Harry Potter and the Philosopher's Stane

Harry Potter
and the
Philosopher's Stane

by J.K. Rowling

Translatit intae Scots by

Matthew Fitt

First published 2017 in Scots by Itchy Coo

ITCHY COO is an imprint and trade mark of James Francis Robertson and Matthew Fitt and used under licence by Black & White Publishing Limited.

Black & White Publishing Ltd
Nautical House, 104 Commercial Street, Edinburgh, EH6 6NF

7 9 10 8 6 19 20

Reprinted 2017 (twice), 2018 (twice), 2019

ISBN: 978 1 78530 154 4

First published in Great Britain as *Harry Potter and the Philosopher's Stone*
by Bloomsbury Publishing Plc in 1997

A CIP catalogue record for this book is available from the British Library.

Typeset by Iolaire, Newtonmore
Printed and bound by CPI Group (UK) Ltd, Croydon, CR0 4YY

For a glossary and guide to the Scots language used in this book, please visit www.itchy-coo.com

Contents

for Jessica, wha loves stories,
for Anne, wha loved them and aw,
and for Di, wha heard this ane first.

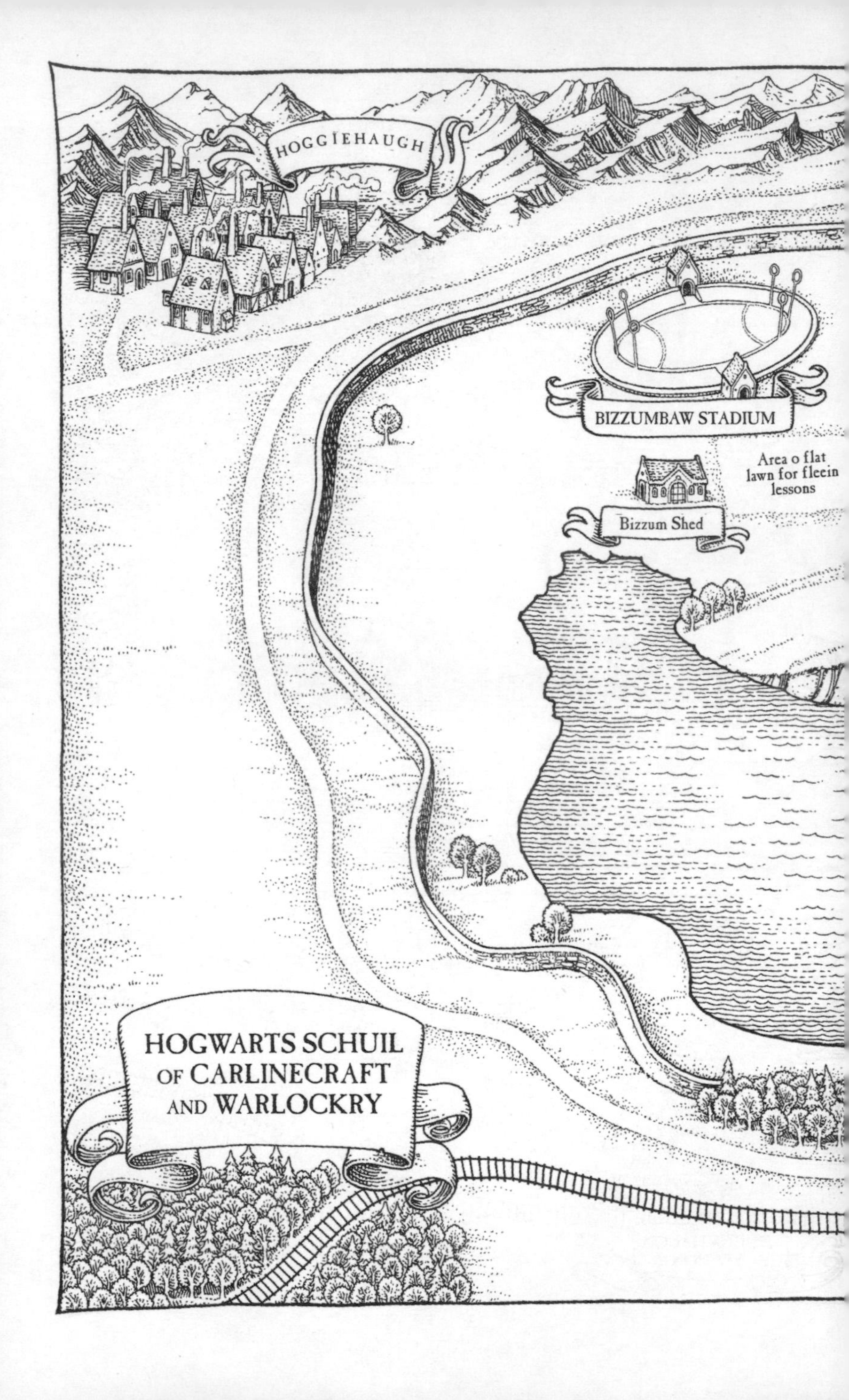
HOGGIEHAUGH
BIZZUMBAW STADIUM
Area o flat
lawn for fleein
lessons
Bizzum Shed
HOGWARTS SCHUIL
OF CARLINECRAFT
AND WARLOCKRY

HAGRID'S BOTHY
FORBIDDEN FOREST
SKELPIN SAUCH
GREENHOOSES
HOGWARTS CASTLE
HOGGIEHAUGH STATION

Chaipter Ane

The Laddie Wha Lived

Mr and Mrs Dursley, o nummer fower, Privet Loan, were prood tae say that they were gey normal, thank ye verra much. They were the lest fowk ye wid jalouse wid be taigled up wi onythin unco or weird, because they jist didnae haud wi havers like yon.

Mr Dursley wis the heidbummer o a firm cawed Grunnings, that made drills.

He wis a muckle, beefy-boukit man wi a stumpie wee craigie, although he did hae a gey muckle mowser. Mrs Dursley wis a skinnymalinkie, blonde-heidit wummin whase craigie wis jist aboot twice as lang as ither fowk's, which wis awfie haundy as she spent sae muckle time keekin ower gairden fences, nebbin at the neebors. The Dursleys had a wee son cawed Dudley and tae them there wisnae a brawer laddie in the haill warld.

The Dursleys had awthin they wantit, but as weel as haein awthin they had a secret, and their warst fear wis that somebody wid neb it oot. They didnae think they could thole it if onybody foond oot aboot the Potters. Mrs Potter wis Mrs Dursley's sister, but the ane hadnae seen the ither in a lang while; tae tell the truth, Mrs Dursley pretendit she didnae hae a sister, because her sister and yon numpty o a husband o hers were as unDursleyish as it wis possible tae be. The Dursleys were feart tae think whit the neebors wid say if the Potters ever shawed up in their street. The Dursleys kent that the Potters had a wee son as weel, but they hadnae ever seen him. This laddie wis anither guid reason for keepin the Potters awa; they didnae want Dudley haein onythin tae dae wi a bairn like that yin.

When Mr and Mrs Dursley got oot o bed on the dreich gray Tuesday oor story sterts, there wis naethin aboot the drumlie lift ootside tae let on that unco and weird things wid soon be happenin aw ower the country. Mr Dursley chanted tae himsel as he waled oot his maist dreich gray tie for wark, and Mrs Dursley gabbed awa blythely as she warsled a skirlin Dudley intae his high chair.

Nane o them catchit sicht o a muckle jenny hoolet flichterin past the windae.

At hauf past eicht, Mr Dursley liftit his briefcase, gied Mrs Dursley a wee kiss on the cheek, and raxed doon tae gie Dudley a kiss but couldnae, because Dudley wis noo gaun his dinger and plaisterin the waws wi cereal. 'Whit a wee roguie,' lauched Mr Dursley as he left the hoose. He got intae his caur and backed oot o nummer fower's drive.

It wis on the corner o the street that he got the first glisk that somethin wisnae richt – a bawdrins readin a map. For a second, Mr Dursley didnae tak in whit he'd seen – then he jouked his heid roond and had anither keek. There wis a tabby cat staundin on the corner o Privet Loan, but there wisnae a map in sicht. Whit wis wrang wi him? Mibbe it wis a pliskie o the licht. Mr Dursley blenked and glowered at the bawdrins. It glowered back. As Mr Dursley drove aroond the corner and up the road, he watched the bawdrins in his mirror. It wis noo readin the sign that said *Privet Loan* – naw, keekin at the sign jist; bawdrins couldnae read maps *or* signs. Mr Dursley gied himsel a shak and pit the bawdrins oot o his heid. As he drove tae the toun he thocht o naethin apairt fae a muckle order o drills he wis hopin tae get the day.

But on the edge o the toun, drills were huntit fae his mind by somethin else. As he waitit in the usual mornin traffic jam, he couldnae help noticin that there seemed tae be a wheen o fowk gaun aboot buskit up in unco claes. Fowk in cloaks. Mr Dursley couldnae thole fowk that wore unco claes – the things ye saw on young fowk nooadays! He jaloused this wis some glaikit new fashion. He dirled his fingirs on the steerin wheel and he glowered at a bourach o eejits staundin no faur awa. They were whusperin thegither aw excitit. Mr Dursley wis scunnered tae see that ane or twa o them werenae aw that young themsels; here, that mannie there had tae be aulder than he wis, and wearin an emeraud-green cloak and aw! The cheek o it! But then it struck Mr Dursley that this wis probably jist wan o thae stupit cairry-ons – obviously thir fowk were oot collectin for cherity … aye, that wid be it. The traffic moved on and, efter a wheen meenits, Mr Dursley drove intae the caur park at Grunnings, thinkin ainly aboot drills.

Mr Dursley aye sat wi his back tae the windae in his office on the ninth flair. If he hadnae, he micht hae foond it a bittie haurder tae think ainly aboot his drills that mornin. *He* didnae see the hoolets swoofin past in braid daylicht, though fowk doon in the street did; they pynted and gowked wi their mooths hingin open as hoolet efter hoolet sped by ower-heid. Maist o them had never seen a hoolet, even at nicht. Mr Dursley, hooanever, had a perfectly ordinar, hoolet-free mornin. He yelloched at five different fowk. He made a wheen important telephone caws and raired at a few mair fowk. He wis in an awfie guid tid until denner time, when he thocht he'd streetch his legs and gang oot and buy himsel a sneyster fae the baxter's shop ower the road.

He'd forgot aw aboot the fowk in cloaks until he passed a hantle o them nixt tae the baxter's. He gied them a crabbit look as he passed. He didnae ken why, but somethin aboot them fashed him. This lot were whusperin in excitit voices as weel, and he couldnae see a singil collectin tin. It wis on his wey back past them, cairryin a muckle doughnut in a poke, that he got a quick lugfu o whit they were sayin.

'The Potters, that's richt, yon's whit I heard –'

'– aye, their laddie, Harry –'

Mr Dursley stapped deid. His bluid run cauld wi fear. He keekit back at the whusperers as if he wantit tae say somethin tae them, but thocht he'd better no.

He nashed back ower the road, hurried up tae his office, snashed at his secretary no tae disturb him, grabbit his telephone, and had jist aboot feenished dialin his hame nummer when he chynged his mind. He pit the receiver back doon and clapped his mowser, thinkin ... naw, he wis bein daft. Potter wisnae a byordinar name. He wis shair there were hunners o fowk cawed Potter wha had a son cawed Harry. When he thocht aboot it, he wisnae even shair his nevoy *wis* cawed Harry. He'd never even seen the laddie. It micht hae been Harvey. Or Hamish. There wis nae pynte in fashin Mrs Dursley; she wis ayewis bleck affrontit at ony mention o her sister. He didnae blame her – if *he'd* had a sister like yon . . . but aw the same, thae fowk in cloaks . . .

He foond it faur haurder tae think aboot drills that efternoon and when he left the buildin at five o'clock, he wis sae worrit that he walked straicht intae somebody jist ootside the door.

'Sorry,' he gruntit, as the tottie auld mannie stummled and near fell doon. It wis a wheen seconds afore Mr Dursley realised that the man wis wearin a violet cloak. He didnae seem pit oot at aw at bein jist aboot cowped ontae the groond. It wis jist the opposite. His face birst intae a braid smile and he said in a pewlie voice that made fowk passin by glower. 'Dinnae be sorry, ma dear sir, for naethin can vex me the day! Rejoice, for You-Ken-Wha has gane at lest! Even Muggles like yersel should be haein a pairty tae celebrate, this blythe, blythe day!'

And the auld man pit his airms roond Mr Dursley's belly, cooried in for a wee meenit and then walked aff.

Mr Dursley stood thirled tae the spot. A complete streenger had jist cam up and cooried intae him. He thocht he had been cawed a Muggle, tae, whitever that wis. He wis fleyed. He hurried tae his caur and heidit hame, hopin it wis aw in his imagination, which he had never hoped afore, because he didnae haud wi imagination.

As he poued intae the drivewey o nummer fower, the first thing he saw – and it did his tid nae guid – wis the tabby cat he'd spottit that mornin. It wis noo sittin on his gairden waw.

He wis shair it wis the same ane; it had the same kenmerks aroond its een.

'Awa ye go!' said Mr Dursley loodly.

The bawdrins didnae budge. It jist gied him a carnaptious look. Did cats normally cairry on this wey? Mr Dursley wunnered. Tryin tae keep the heid, he gaed intae the hoose. He telt himsel no tae say onythin tae his wife.

Mrs Dursley had had a fine, ordinar-like day. Ower their tea, she blethered awa aboot Mrs Nixt Door's problems wi her dochter and hoo Dudley had learnt a new word ('Nut!'). Mr Dursley tried tae cairry on jist as normal. When Dudley wis pit tae his bed, he gaed ben the front room in time tae hear the lest report on the evenin news:

'And finally, bird-watchers in aw the airts hae reportit that the nation's hoolets havenae been themsels the day. Although hoolets normally hunt at nicht and are haurdly ever seen in daylicht, hunners o the birds hae been seen fleein aw weys since daw o day. Experts hae nae idea why the hoolets hae suddently chynged their sleepin pattern.' The news reader couldnae hide a grin. 'Awfie mysterious. And noo, ower tae Jim McGuffin wi the weather. Are we gonnae get ony mair shooers o hoolets the nicht, Jim?'

'Weel, Ted,' said the weather mannie, 'I dinnae ken aboot that, but it's no juist hoolets that hae been actin a wee bit streenge the day. Viewers as faur apairt as Kent, Yorkshire, and Dundee hae been phonin in tae tell me that insteid o the rain I promised yisterday, they've had a blooter o shootin staurs! Mibbe fowk hae been haein their Bonfire Nicht early – it's no tae nixt week! But I can promise it'll be a weet nicht the nicht.'

Mr Dursley sat frozent in his airmchair. Shootin staurs aw ower Britain? Hoolets fleein in daylicht? Ferliesome fowk in cloaks gaun aboot the place? And a whusper, a whusper aboot the Potters …

Mrs Dursley cam ben the front room cairryin twa cups o tea. It wis nae guid. He'd hae tae say somethin tae her. A wee bit feart, he cleared his thrapple. 'Er – Petunia, dear – ye've no heard onythin fae yer sister lately, hiv ye?'

As he kent she wid be, Mrs Dursley wis bleck affrontit. Efter aw, they normally pretendit she didnae even hae a sister.

'Naw,' she said shairply. 'Why?'

'Unco stuff on the news,' Mr Dursley mumped. 'Hoolets … shootin staurs … and there wis a bourach o funny-lookin fowk in toun the day …'

'*Sae whit?*' snashed Mrs Dursley.

'Weel, I jist thocht … mibbe … it wis somethin tae dae wi … ye ken … *her lot.*'

Mrs Dursley sooked her tea through bluidless lips. Mr Dursley wunnered if he daured tae tell her he'd heard the name 'Potter'. But daur he didnae. Insteid he said, as joco as he wis able, 'Their laddie – he'd be aboot ages wi Dudley noo, wid he no?'

'Nae doot,' said Mrs Dursley croosely.

'Whit's he cawed again? Howard, is it no?'

'Harry. A common, scunnersome name, as faur's I'm concerned.'

'Oh, aye,' said Mr Dursley, his hert sinkin horribly. 'Aye, ye're richt eneuch, dear.'

He didnae say anither word aboot it as they gaed up the stairs tae their bed. While Mrs Dursley wis in the bathroom,

Mr Dursley creepit ower tae the bedroom windae and keeked doon intae the front gairden. The bawdrins wis aye there. It wis glowerin doon Privet Loan as though it wis waitin on somethin.

Wis he jist imaginin aw this? Could aw this hae onythin tae dae wi the Potters? If it did ... if it got oot that they were relatit tae a pair o – weel, he didnae think he could thole it.

The Dursleys got intae bed. Mrs Dursley fell ower intae sleep quickly but Mr Dursley lay awake, turnin it aw ower in his heid. His lest, comfortin thocht afore he fell ower wis that even if the Potters *were* pairt o aw this, there wis nae reason for them tae cam onywhaur near him and Mrs Dursley. The Potters kent fine weel whit he and Petunia thocht aboot them and their kind ... He couldnae see hoo he and Petunia could get taigled up in onythin that micht be gaun on. He ganted and turnt ower. It couldnae affect *them* ...

He couldnae hae been mair wrang.

Mr Dursley micht hae been doverin intae a fitfu sleep, but the bawdrins on the waw ootside wisnae wabbit at aw. It wis sittin still as a stookie, its een thirled on the faur corner o Privet Loan. It didnae even blenk when a caur door slammed in the nixt street, nor when twa hoolets flichtered by owerheid. In fact, it wis near midnicht afore the bawdrins budged at aw.

A man appeart on the corner the bawdrins had been watchin, appeart sae suddently and soonlessly ye'd hae thocht he'd jist papped up oot o the groond. The bawdrins' tail jinked and its een growed nairra.

Naethin like this man had ever been seen on Privet Loan. He wis lang, skinnymalinkie and awfie auld, gaun by the siller o his hair and beard, which were baith lang eneuch tae tuck intae his belt. He wis wearin a lang goun, a purpie cloak that dichted the groond, and high-heeled, buckled bitts. His blue een were licht, bricht, and glistered ahint hauf-muin glesses and his neb wis awfie lang and squint, as though it had been broken at least twiced. This man's name wis Albus Dumbiedykes.

Albus Dumbiedykes didnae seem tae ken that he had jist arrived in a street whaur awthin fae his name tae his bitts wisnae weelcome. He wis busy howkin aboot in his cloak, lookin for somethin. But he did seem tae ken he wis bein watched, because he keekit up suddently at the bawdrins, that wis aye glowerin at him fae the ither end o the street. For some reason, the sicht o the bawdrins seemed tae amuse him. He geegled and mummled, 'I should hiv kent.'

He foond whit he wis lookin for in his inside pooch. It seemed tae be a siller cigarette lichter. He flicked it open, held it up intae the air, and clicked it. The nearest street lamp gaed oot wi a wee pop. He clicked it again – the nixt lamp flichered intae daurkness. Twal times he clicked the Pit-Ooter, until the ainly lichts left on the haill street were twa peerie dots in the distance, which were the een o the bawdrins watchin him. If onybody keeked oot o their windae noo, even the shairp-eed, nebbie Mrs Dursley, they widnae be able tae see if onythin wis happenin doon on the pavement. Dumbiedykes slippit the Pit-Ooter back inside his cloak and set aff doon the street toward nummer fower, whaur he sat doon on the waw nixt tae the bawdrins. He didnae look at it, but efter a moment he spoke tae it.

'Fancy seein you here, Professor McGonagall.'

He turnt tae smile at the tabby, but it wis awa. Insteid he wis smilin at a raither dour-lookin wummin wha wis wearin square glesses exactly the shape o the kenmerks the cat had had aroond its een. She wis wearin a cloak and aw, an emeraud ane. Her bleck hair wis drawn intae a ticht bun. She looked gey tousie.

'Hoo did ye ken it wis me?' she spiered.

'Ma dear Professor, I've never seen a bawdrins sit sae straicht.'

'Ye'd be straicht yersel if ye'd been sittin on a brick waw aw day,' said Professor McGonagall.

'Aw day? Were ye no oot celebratin? I think I passed aboot a dizzen feasts and pairties on ma wey here.'

Professor McGonagall snirled angrily.

'Oh aye, awbody's celebratin, aw richt,' she said impatiently. 'Ye'd think they'd be a bit mair carefu, but naw – even the Muggles hiv noticed somethin's gaun on. It wis on their news.' She jouked her heid back at the Dursleys' daurk front-room windae. 'I heard it. Flocks o hoolets … shootin staurs … Weel, they're no completely glaikit. They were boond tae notice somethin. Shootin staurs doon in Kent – I'll bet ye that wis Dedalus Diggle. He's ayewis been a bit o a gomeril.'

'Ye cannae blame them,' said Dumbiedykes gently. 'We've had haurdly onythin tae celebrate for eleeven year.'

'I ken that,' said Professor McGonagall crabbitly. 'But that's nae reason tae lose the heid. Fowk hiv been richt middens, oot on the randan in braid daylicht, no even dressed in Muggle claes, exchyngin clishmaclavers.'

She flung a shairp, sideweys glance at Dumbiedykes here, as though hopin he wis gonnae tell her somethin, but he didnae, sae she cairried on. 'A fine thing it wid be if, on the verra day You-Ken-Wha seems tae hae disappeart at lang lest, the Muggles foond oot aboot us aw. I suppose he really *is* awa, Dumbiedykes?'

'It certainly looks that wey,' said Dumbiedykes. 'We hae muckle tae be thankfu for. Dae ye want a sherbet lemon?'

'A *whit?*'

'A sherbet lemon. They're a kinna Muggle sweetie I'm raither fond o.'

'Nae thanks,' said Professor McGonagall cauldly, as though she didnae think this wis the richt time for sherbet lemons. 'As I say, even if You-Ken-Wha *is* awa –'

'Ma dear Professor, shairly a wice-like buddie like yersel can caw him by his name? Aw this "You-Ken-Wha" havers – for eleeven year I hae been tryin tae persuade fowk tae caw him by his richt name: *Voldemort.*' Professor McGonagall flenched, but Dumbiedykes, wha wis unsteekin twa sherbet lemons, didnae seem tae notice. 'It aw gets sae confusin if we keep sayin "You-Ken-Wha". I hae never seen ony reason tae be frichtened o sayin Voldemort's name.'

'I ken ye havenae,' said Professor McGonagall, soondin hauf-bealin, hauf-impressed. 'But ye're different. Awbody kens ye're the ainly wan You-Ken – och, aw richt, Voldemort, wis frichtened o.'

'Ye're makkin me soond graunder than I am,' said Dumbiedykes calmly. 'Voldemort had pouers I will never hae.'

'Ainly because ye're tae – weel – *noble* tae use them.'

'It's lucky it's daurk. I've no had a riddie like this since Madam Pomfrey telt me she liked ma new lugwarmers.'

Professor McGonagall shot a shairp look at Dumbiedykes

and said, 'The hoolets are naethin tae the *rumours* that are fleein aboot. Ye ken whit awbody's sayin? Aboot why he's disappeart? Aboot whit finally stapped him?'

It seemed that Professor McGonagall had raxed the pynte she wis maist anxious tae discuss, the richt reason she had been waitin aw day on a cauld stane waw, for neither as a bawdrins nor as a wummin had she giein Dumbiedykes sic a piercin glower as she did noo. It wis plain that whitever 'awbody' wis sayin, she wisnae gonnae believe it until Dumbiedykes telt her it wis true. Dumbiedykes, hooanever, wis pickin oot anither sherbet lemon and didnae answer.

'Whit they're *sayin*,' she pressed on, 'is that lest nicht Voldemort turnt up in Godric's Howe. He gaed there tae find the Potters. The rumour is that Lily and James Potter are – are – that they're – *deid*.'

Dumbiedykes boued his heid. Professor McGonagall gowped.

'Lily and James ... I cannae believe it ... I didnae want tae believe it ... Och, Albus ...'

Dumbiedykes raxed oot and clapped her on the shooder. 'I ken ... I ken ...' he said heavily.

Professor McGonagall's voice tremmled as she cairried on. 'That's no aw. They're sayin he tried tae kill the Potters' wean, Harry. But – he couldnae. He couldnae kill that wee laddie. Naebody kens why, or hoo, but they're sayin that when he couldnae kill Harry Potter, Voldemort's pouer somewey broke – and that's why he's gane.'

Dumbiedykes gied a dowie nod.

'It's – it's *true?*' bummled Professor McGonagall. 'Efter aw he's done ... aw the fowk he's killt ... he couldnae kill a wee laddie? It jist bumbazes me ... o aw the things tae stap him ... but hoo in the name o heiven did Harry survive?'

'We can ainly guess,' said Dumbiedykes. 'We micht never ken.'

Professor McGonagall poued oot a lace handkerchief and dichted her een ablow her glesses. Dumbiedykes had a muckle sniff as he taen a gowd watch fae his pooch and keeked at it. It wis a gey unco watch. It had twal hauns but nae nummers; insteid, wee planets were flittin aroond the edge. It must hae made sense tae Dumbiedykes, though, because he pit it back in his pooch and said, 'Hagrid's late. I suppose it wis him that telt ye I'd be here, am I richt?'

'Aye,' said Professor McGonagall. 'And I dinnae suppose ye're gonnae tell me *why* you're here, o aw places?'

'I've cam tae bring Harry tae his auntie and uncle. They're the ainly faimly he has left noo.'

'Ye dinnae mean – ye *cannae* mean the fowk that bide *here?*' cried Professor McGonagall, lowpin tae her feet and pyntin at nummer fower. 'Dumbiedykes – ye cannae. I've been watchin them aw day. Ye couldnae find twa fowk wha are less like us. And they hae this son – I saw him kickin his mither aw the wey up the street, greetin for sweeties. Harry Potter cam and bide here!'

'It'll be guid for him,' said Dumbiedykes firmly. 'His auntie and uncle will be able tae explain awthin tae him when he's aulder. I've scrievit them a letter.'

'A letter?' repeatit Professor McGonagall faintly, sittin back doon on the waw. 'Really, Dumbiedykes, ye think ye can explain aw this in a letter? These fowk will never unnerstaund him! He'll be famous – a legend – I widnae be surprised if the day wisnae kent as Harry Potter Day in the future – there will be buiks scrievit aboot Harry – ivry bairn in oor warld will ken his name!'

'That's richt,' said Dumbiedykes, lookin awfie seriously ower the tap o his hauf-muin glesses. 'It wid be eneuch tae turn ony laddie's heid. Famous afore he can walk and talk! Famous for somethin he winnae even mind! Can ye no see he'll be faur better growin up awa fae aw that until he's ready tae haunle it?'

Professor McGonagall opened her mooth, chynged her mind, swallaed, and then said, 'Aye – aye, ye're richt, o coorse. But hoo is the laddie gettin here, Dumbiedykes?' She eed his cloak suddently as though she thocht he micht hae Harry hidin in ablow it.

'Hagrid's bringin him.'

'Ye think it – *wice* – tae trust Hagrid wi somethin as important as this?'

'I wid trust Hagrid wi ma life,' said Dumbiedykes.

'I'm no sayin he's no got a hert o corn,' said Professor McGonagall thrawnly, 'but ye cannae pretend he's no a hasher. He does tend tae – whit wis that?'

A laich rummlin soond had cowped the silence aroond them. It grew steadily looder as they keeked up and doon the street for some sign o a heidlicht; it grew intae a lood rair as they baith looked up at the lift – and a muckle motorbike fell oot o the air and landit on the road in front o them.

If the motorbike wis muckle, it wis naethin tae the man sittin astride it. He wis aboot twice as lang as ony normal man and at least five times as braid. He jist looked ower big tae be alloued, and sae *ramshackle* – lang taigles o bushy bleck hair and beard hid maist o his face, he had hauns the size o dustbin lids, and his feet in their leather bitts were like baby gairfish. In his muckle, muscular airms he wis haudin a bunnle o plaidies.

'Hagrid,' said Dumbiedykes, soondin relieved. 'At lest. And whaur did ye get that motorbike fae?'

'Got a len o it, Professor Dumbiedykes, sir,' said the giant, sclimmin cannily aff the motorbike as he spoke. 'Aff young Sirius Bleck. Eh've got him, sir.'

'Nae problems, were there?'

'Na, sir – hoose aa but flattened, but Eh got him oot aa richt afore the Muggles sterted swarmin aa ower it. He fell asleep as we were flehin ower Bristol.'

Dumbiedykes and Professor McGonagall boued forrit ower the bunnle o plaidies. Inside, jist visible, wis a wee bairnie, a laddie, soond asleep. Unner a tuft o jet-bleck hair ower his foreheid they could see an unco shaped cut, like a jag o lichtnin.

'Is that whaur –?' whuspered Professor McGonagall.

'Aye,' said Dumbiedykes. 'He'll ayewis hae that scaur.'

'Could ye no dae somethin aboot it, Dumbiedykes?'

'Even if I could, I widnae. Scaurs can come in usefu. I hae ane masel abune ma left knap that's a perfect map o the London Unnergroond. Weel – gie's him here, Hagrid – we'd better get this ower wi.'

Dumbiedykes taen Harry in his airms and turnt toward the Dursleys' hoose.

'Could Eh – could Eh no say cheerio tae him, sir?' spiered Hagrid. He bent his muckle, tousie heid ower Harry and gied him whit must hae been a gey yokie, whuskery kiss. Then, suddently, Hagrid let oot a yowl like a woundit dug.

'Wheeesshht!' hished Professor McGonagall, 'ye'll wauken the Muggles!'

'S-s-sorry,' sabbed Hagrid, takkin oot a muckle, spottit handkerchief and beeryin his face in it. 'But Eh c-c-canna staund it – Lily and James daid – and puir wee Harry aff tae bide wi Muggles –'

'Aye, aye, it's aw verra sad, but keep the heid noo, Hagrid, or we'll be foond,' Professor McGonagall whuspered, clappin Hagrid cannily on the airm as Dumbiedykes stepped ower the wee gairden waw and walked tae the front door. He pit Harry saftly doon on the doorstep, taen a letter oot o his cloak, tucked it inside Harry's plaidies, and then cam back tae the ither twa. For a haill meenit the three o them stood and looked at the wee bunnle; Hagrid's shooders shook, Professor McGonagall blenked furiously, and the skinklin licht that usually shone fae Dumbiedykes' een seemed tae hae dwyned awa.

'Weel,' said Dumbiedykes at lang lest, 'that's that. We've nae business steyin here. We micht as weel gang and jine the celebrations.'

'Aye,' said Hagrid in a gey muffled voice, 'Eh'd better get oot o here wi this bike. Guidnicht, Professor McGonagall – Professor Dumbiedykes, sir.'

Dichtin his greetin een on his jaikit sleeve, Hagrid swung himsel ontae the motorbike and kicked the engine intae life; wi a rair it rose intae the air and aff intae the nicht.

'I will see ye soon, nae doot, Professor McGonagall,' said Dumbiedykes, noddin tae her. Professor McGonagall blew her neb in reply.

Dumbiedykes turnt and walked back doon the street. On the corner he stapped and taen oot the siller Pit-Ooter. He clicked it wance, and twal baws o licht sped back tae their street lamps sae that Privet Loan suddently lowed orange and he could mak oot a tabby cat snoovin aroond the corner at the ither end o the street. He could jist see the bunnle o plaidies on the step o nummer fower.

'Guid luck, Harry,' he murmelled. He birled roon and wi a sweesh o his cloak he wis gane.

A breeze kittled the weel-kept hedges o Privet Loan, which lay wheesht and trig unner the ink-bleck lift, the verra lest place ye wid expect astoondin things tae happen. Harry Potter rowed ower inside his plaidies wioot waukenin up. Yin wee haun closed on the letter aside him and he slept on, no kennin he wis special, no kennin he wis famous, no kennin he wid be waukened in a few oors' time by Mrs Dursley's skraich as she opened the front door tae pit oot the milk bottles, nor that he wid spend the nixt few weeks bein pouked and paiked by his cousin Dudley … He couldnae ken that at this verra moment, fowk meetin in secret aw ower the country were liftin their glesses and sayin in saft lown voices: 'Tae Harry Potter – the laddie wha lived!'

Chaipter Twa

The Gless That Disappeart

Near ten year had passed since the Dursleys had waukened tae find their nevoy on their door stane, but Privet Loan had haurdly chynged at aw. The sun aye rose on the same trig front gairdens and lichtit up the bress nummer fower on the Dursleys' front door; it creepit intae their front room, that wis awmaist exactly the same as it had been on the nicht when Mr Dursley had seen that fatefu news report aboot the hoolets. Ainly the photies on the mantelpiece really shawed hoo muckle time had passed. Ten year syne, there had been hunners o picturs o whit looked like a muckle pink beach baw wearin different-coloured bairn's bunnets – but Dudley Dursley wis nae langer a bairnie, and noo the photies shawed a muckle blond laddie ridin his first bicycle, on a roondaboot at the shows, playin a computer gemme wi his faither, bein cooried and bosied by his mither. The room held nae sign at aw that anither laddie steyed in the hoose as weel.

Yet Harry Potter wis aye there, sleepin the noo, but no for lang. His Auntie Petunia wis up and daein and it wis her shill voice that made the first soond o the day.

'Up! Git up! Noo!'

Harry waukened wi a stert. His auntie chapped the door again.

'Up!' she skirled. Harry heard her walkin ben the kitchen and then the dunt o the fryin pan bein pit on the cooker. He rowed ontae his back and tried tae mind the dream he'd been haein. It had been a guid ane. There had been a fleein motorbike in it. He had an unco feelin he'd had the same dream afore.

His auntie wis back ootside the door.

'Are ye up yet?' she demandit.

'Jist aboot,' said Harry.

'Weel, shift yer bahookie. I want ye tae look efter the bacon. And dinnae you daur let it burn, I want awthin perjink on Duddy's birthday.'

Harry girned.

'Whit did ye say?' his auntie snashed through the door.

'Naethin, naethin ...'

Dudley's birthday – hoo could he forget yon? Harry got slawly oot o his bed and sterted lookin for soacks. He foond a pair unner his bed and, efter pouin an ettercap aff ane o them, pit them on. Harry wis used tae ettercaps, because the cupboard unner the stairs wis hotchin wi them, and that wis whaur he slept.

When he'd pit his claes on, he gaed doon the lobby intae the kitchen. The table wis jist aboot hidden ablow aw o Dudley's birthday presents. It looked as though Dudley had got the new computer he wantit, no tae mention the second television and the racin bike. Whit Dudley wantit a racin bike for wis a mystery tae Harry, as Dudley wis awfie fat and hatit exercise – unless o coorse it involved skelpin somebody. Dudley's favourite somebody tae skelp wis Harry, but he couldnae aften catch him. Harry didnae look it, but he wis gey fast.

Mibbe it had somethin tae dae wi livin in a daurk cupboard, but Harry had ayewis been wee and skinnylinky for his age. He looked even mair wee and skinnylinky than he really wis because aw he had tae wear were haun-me-doon claes fae Dudley, and Dudley wis aboot fower times as muckle him. Harry had a skelf-thin face, knobbly knaps, bleck hair, and bricht green een. He wore roond glesses held thegither wi a wheen o Sellotape because o aw the times Dudley had banged his neb for him. The ainly thing Harry liked aboot the wey he looked wis a gey thin scaur on his foreheid in the shape o a lichtnin jag. He had had it as lang as he could mind, and the first question he could ever mind spierin his Auntie Petunia wis hoo he had got it.

'In the caur crash when yer parents dee'd,' she had said. 'And dinnae spier questions.'

Dinnae spier questions – that wis the first rule for a quiet life wi the Dursleys.

Uncle Vernon cam ben the kitchen as Harry wis turnin ower the bacon.

'Kaim yer hair!' he bowfed insteid o sayin 'guid mornin'.

Aboot wance a week, Uncle Vernon looked ower the tap o his newspaper and shoutit that Harry needit his hair cut. Harry must hae had mair haircuts than aw the laddies in his cless pit thegither, but it made nae difference, his hair jist growed that wey – aw ower the place.

Harry wis fryin eggs by the time Dudley stotted ben the kitchen wi his mither. Dudley looked awfie like Uncle Vernon. He had a muckle pink face, haurdly ony craigie, smaw, watterie blue een, and thick blond hair that lay sleekitly on his thick, fat heid. Auntie Petunia aften said that Dudley looked like a wee baby angel – Harry aften said that Dudley looked like a grumphie in a wig.

Harry pit the plates o egg and bacon on the table, which wisnae easy as there wis haurdly ony room. Dudley, meanwhile, wis coontin his presents. His face wis trippin him.

'Thirty-sax,' he said, lookin up at his mither and faither. 'That's twa less than lest year.'

'Darlin, ye havenae coontit Auntie Marge's present, see, here it's unner this muckle yin fae yer maw and da.'

'Aw richt, thirty-seeven then,' said Dudley, his face turnin reid.

Harry, wha could see Dudley wis jist aboot tae stert gaun his dinger, scranned his bacon as fast as possible in case Dudley gaed radge and cowped the table ower.

Auntie Petunia obviously catchit a guff o the danger and aw, because she said quickly, 'And we'll buy ye anither *twa* presents while we're oot the day. Whit dae ye think, ma wee doo? *Twa* mair presents. Is that aw richt?'

Dudley thocht for a meenit. It looked like haurd wark. At lang lest he said slawly, 'Sae I'll hae thirty … thirty …'

'Thirty-nine, darlin,' said Auntie Petunia.

'Och.' Dudley sat doon heavily and grabbit the nearest paircel. 'Aw richt then.'

Uncle Vernon keckled.

'The wee roguie wants his money's warth, jist like his faither. That's the gemme, Dudley, boay!' He clapped Dudley's heid.

At that moment the telephone rang and Auntie Petunia gaed tae answer it while Harry and Uncle Vernon watched Dudley unwrap the racin bike, a cine-camera, a remote-control airplane, saxteen new computer gemmes, and a video recorder. He wis rivin the paper aff a gowd wristwatch when Auntie Petunia cam back fae the telephone lookin baith bealin and worrit.

'Bad news, Vernon,' she said. 'Mrs Figg's broke her leg. She cannae tak him.' She jouked her heid in Harry's direction.

Dudley's mooth fell open in horror, but Harry's hert gied a lowp. Ivry year on Dudley's birthday, his parents taen him and a freend oot for the day, tae adventure pairks, hamburger restaurants, or the picturs. Ivry year, Harry wis left ahint wi Mrs Figg, a mad auld wife wha steyed twa streets awa. Harry hatit it there. The haill hoose reeked o kail and Mrs Figg made him look at photies o aw the bawdrins she'd ever owned.

'Noo whit?' said Auntie Petunia, lookin carnaptiously at Harry as though he'd planned this. Harry kent he should feel sorry that Mrs Figg had broke her leg, but it wisnae easy when he thocht tae himsel it wid be a haill year afore he had tae look at Tibbies, Snawy, Mr Crogs, and Tufty again.

'We could gie Marge a phone,' Uncle Vernon suggestit.

'Dinnae be daft, Vernon, she cannae thole the laddie.'

The Dursleys aften spoke aboot Harry like this, as though he wisnae there – or raither, as though he wis some wee scunnersome thing that couldnae unnerstaund them, like a snail.

'Whit aboot whit's-her-gub, yer freend – Yvonne?'

'Awa on her holidays in Majorca,' snashed Auntie Petunia.

'Ye could jist lea me here,' Harry pit in, fu o hope (he'd be able tae watch whit he wantit on television for a chynge and mibbe even hae a shote on Dudley's computer).

Auntie Petunia looked as though she'd jist swallaed a haill lemon.

'And cam hame and find the hoose in bits?' she snirled.

'I'll no blaw up yer hoose,' said Harry, but they werenae listenin.

'I suppose we could tak him tae the zoo,' said Auntie Petunia slawly, '... and lea him ootside in the caur ...'

'That caur's new, he's no sittin in it on his ain ...'

Dudley sterted tae greet loodly. In fact, he wisnae really greetin – it had been years since he'd really gret – but he kent that if he skirled up his face and bubbled, his mither wid gie him onythin he wantit.

'Ma wee clootie dumplin, dinnae greet, yer maw winnae let him spile yer special day!' she cried oot, flingin her airms aroond him.

'I ... dinnae ... want ... him ... t-t-tae cam!' Dudley yowled atween muckle pretend sabs. 'He ayewis sp-spiles awthin!' He flung Harry a sleekit grin ablow ane o his mither's oxters.

Jist then, the doorbell rang – 'Oh, guid Lord, they're here!' said Auntie Petunia frantically – and a moment efter, Dudley's best freend, Piers Polmont, walked in wi his mither. Piers wis a rickle o banes wi a face like a ratton. He wis aye the ane haudin fowk's airms ahint their backs while Dudley skelped them. Dudley stapped the pretend greetin at wance.

Hauf an oor later, Harry, wha couldnae believe his luck, wis sittin in the back o the Dursleys' caur wi Piers and Dudley, on the wey tae the zoo for the first time in his life. His auntie and uncle hadnae been able tae think o onythin else tae dae wi him, but afore they'd left, Uncle Vernon had taen Harry aside.

'I'm warnin ye,' he had said, pittin his muckle purpie coupon richt up close tae Harry's, 'I'm warnin ye noo, boay – ony joukery packery, onythin at aw – and ye'll be in that cupboard fae noo tae Yule.'

'I'm no gaun tae dae onythin,' said Harry, 'I promise I winnae …'

But Uncle Vernon didnae believe him. Naebody ever did.

The problem wis, unco things aften happened aroond Harry and it wis jist nae guid tellin the Dursleys he didnae mak them happen.

Wan time, Auntie Petunia, scunnered at Harry comin back fae the barbers lookin as though he hadnae been at aw, had taen a pair o kitchen scissors and cut his hair sae short he wis awmaist baldie-heidit apairt fae his coo's-lick, which she left 'tae hide that ugsome scaur'. Dudley had lauched himsel pouerless at Harry, wha spent a sleepless nicht imaginin schuil the nixt day, whaur he wis awready lauched at for his baggy claes and Sellotaped glesses. Nixt mornin, hooanever, he had got up tae find his hair exactly the wey it had been afore Auntie Petunia had chapped it aw aff. He had been gien a week in his cupboard for this, even though he had tried tae explain that he *couldnae* explain hoo it had growed back sae quick.

Anither time, Auntie Petunia had been tryin tae force him intae a mingin auld ganzie o Dudley's (broon wi orange bobbles). The haurder she tried tae pou it ower his heid, the smawer it seemed tae become, until finally it micht hae fittit a haun puppet, but certainly widnae fit Harry. Auntie Petunia had decidit it must hae shrunk in the wash and, tae his great relief, Harry didnae get ony paiks for this.

On the ither haun, he'd got intae awfie trouble for bein foond on the roof o the schuil kitchens. Dudley's gang had been huntin him as usual when, as muckle tae Harry's surprise as onybody else's, there he wis sittin on the lum. The Dursleys had received an awfie angry letter fae Harry's heidie tellin them Harry had been sclimmin schuil buildins. But aw he'd tried tae dae (as he shoutit at Uncle Vernon through the lockit door o his cupboard) wis lowp ahint the muckle dustbins ootside the kitchen doors. Harry supposed that the wund must hae caucht him in mid-lowp.

But the day, naethin wis gaun tae gang agley. It wis even warth bein wi Dudley and Piers tae be spendin the day somewhaur that wisnae the schuil, his cupboard, or Mrs Figg's kail-honkin front room.

While he drove, Uncle Vernon compleened tae Auntie Petunia. He liked tae compleen aboot things: fowk at wark, Harry, the cooncil, Harry, the bank, and Harry wis jist a swatch o his favorite subjects. This mornin it wis motorbikes.

'…rairin alang like dafties, the young bampots,' he said, as a motorbike owertaen them.

'I had a dream aboot a motorbike,' said Harry, mindin suddently. 'It wis fleein.'

Uncle Vernon near crashed intae the caur in front. He turnt richt roond in his seat and yelloched at Harry, his face as reid as beetroot but a beetroot wi a mowser: 'MOTORBIKES DINNAE FLEE!'

Dudley and Piers snichered.

'I ken they dinnae,' said Harry. 'It wis jist a dream.'

But he wished he hadnae said onythin. If there wis wan thing the Dursleys hatit even mair than him spierin questions, it wis him talkin aboot onythin actin in a wey it shouldnae, nae maitter if it wis in a dream or even a cartoon – they seemed tae think he micht get dangerous ideas.

It wis a verra sunny Setterday and the zoo wis stowed oot wi faimlies. The Dursleys bocht Dudley and Piers muckle chocolate ice creams at the entrance and then, because the smilin wife in the van had spiered Harry whit he wantit afore they could huckle him awa, they bocht him a cheap lemon ice pole. It wisnae bad, either, Harry thocht, sookin it as they watched a gorilla scartin its heid that looked awfie like Dudley, apairt fae the fact it wisnae blond.

Harry had the brawest mornin he'd had in a lang time. He wis canny tae walk a wee bit awa fae the Dursleys sae that Dudley and Piers, wha were stertin tae get bored wi the animals by denner time, widnae faw back on their favourite hobby o skelpin him. They had scran in the zoo restaurant, and when Dudley gaed aff his heid because his knickerbocker glory wisnae muckle eneuch, Uncle Vernon bocht him anither ane and Harry wis alloued tae feenish the first.

Harry felt, efterwards, that he should hae kent it wis aw ower guid tae lest. Efter denner they gaed tae the reptile hoose. It wis caller and daurk in here, wi lit windaes aw alang the waws. Ahint the gless, aw sorts o dirdy lochrags and snakes were crowlin and slidderin ower dauds o widd and stane. Dudley and Piers wantit tae see muckle, pysenous cobras and thick, man-grushin pythons. Dudley quickly foond the maist muckle snake in the place. It could hae fankled its body twice aroond Uncle Vernon's caur and grushed it intae a dustbin – but at the moment it didnae look in the mood. In fact, it wis fast asleep.

Dudley stood wi his neb pressed against the gless, gowkin at the glisterin broon coils.

'Mak it move,' he peenged at his faither. Uncle Vernon chapped on the gless, but the snake didnae budge.

'Dae it again,' Dudley telt him. Uncle Vernon chapped the gless smertly wi his knockles, but the snake jist dovered on.

'I'm pure bored,' Dudley mumped. He shauchled awa.

Harry moved in front o the tank and keeked intently at the snake. He widnae hae been surprised if it had dee'd o boredom itsel – nae company apairt fae stupit fowk dirlin their fingirs on the gless tryin tae rooze it aw day lang. It wis warse than haein a cupboard as a bedroom, whaur the ainly veesitor wis Auntie Petunia chappin on the door tae wauk ye up; at least he got tae veesit ither pairts o the hoose.

The snake suddently opened its beady een. Slawly, awfie slawly, it liftit its heid until its een were on a level wi Harry's.

It winked an ee at him.

Harry gawped. Then he keeked quickly aroond tae see if onybody wis watchin. They werenae. He keeked back at the snake and winked and aw.

The snake jouked its heid at Uncle Vernon and Dudley, then raised its een tae the ceilin. It gied Harry a look that said as plain as parritch: *'I get that aw the time.'*

'I ken,' Harry mummled through the gless, though he wisnae shair the snake could hear him. 'It must be awfie annoyin.'

The snake noddit its heid up and doon.

'Whaur dae ye come fae, onywey?' Harry spiered.

The snake jagged its tail at a wee sign nixt tae the gless. Harry keeked at it.

Boa Constrictor, Brazil.

'Wis it guid there?'

The boa constrictor jagged its tail at the sign again and Harry read on: *This specimen wis bred in the zoo.* 'Och, I see – sae ye've never been tae Brazil?'

As the snake shook its heid, a deefenin shout ahint Harry made baith o them lowp. 'DUDLEY! MR DURSLEY! CAM AND LOOK AT THIS SNAKE! YE WINNAE *BELIEVE* WHIT IT'S DAEIN!'

Dudley cam hoddlin toward them as gleg as he could.

'Oot o the wey, you,' he said, duntin Harry in the ribs. Caucht by surprise, Harry fell doon ontae the haurd concrete flair. Whit cam nixt happened sae fast naebody saw hoo it happened – wan second, Piers and Dudley were leanin richt up close tae the gless, the nixt, they had lowped back wi yowls o horror.

Harry sat up and gowped; the gless front o the boa constrictor's tank had disappeart. The muckle snake wis unfanklin itsel rapidly, slidderin oot ontae the flair. Fowk throughoot the reptile hoose skirled and sterted rinnin for the ootgangs.

As the snake sliddered swippertly past him, Harry could hae sworn a laich, hishin voice said, 'Nixt stap, Brazil … Thanksss, amigo.'

The keeper o the reptile hoose wis in shock.

'But the gless,' he keepit sayin, 'whaur did the gless go?'

The zoo director himsel made Auntie Petunia a cup o strang sweet tea while he apologised ower and ower again. Piers and Dudley could ainly haver. As faur as Harry had seen, the snake hadnae done onythin apairt fae gie their heels a freendly nip as it passed, but by the time they were aw back in Uncle Vernon's caur, Dudley wis tellin them hoo it had nearly bit his leg aff, while Piers wis swearin it had tried tae squeeze the life oot o him. But warst o aw, for Harry at least, wis Piers calmin doon eneuch tae say, 'Harry wis talkin tae it, is that no richt, Harry?'

Uncle Vernon waitit until Piers wis safely oot o the hoose afore stertin on Harry. He wis sae bealin he could haurdly speak. He managed tae say, 'Gang – cupboard – stey – nae scran,' afore he cowpit intae a chair, and Auntie Petunia had tae rin and poor him a muckle brandy.

Harry lay in his daurk cupboard a lang while efter, wishin he had a watch. He didnae ken whit time it wis and he couldnae be shair the Dursleys were asleep yet. Until they were, he couldnae risk sneakin ben the kitchen for some scran.

He'd bade wi the Dursleys awmaist ten year, ten awfie years, as lang as he could mind, ever since he'd been a bairnie and his parents had dee'd in that caur crash. He couldnae mind bein in the caur when his parents had dee'd. Whiles, when he streetched his memory durin lang oors in his cupboard, he cam up wi an unco vision: a blinnin flash o green licht and a burnin pain on his foreheid. This, he jaloused, wis the crash, though he couldnae imagine whaur aw the green licht cam fae. He couldnae mind his parents at aw. His auntie and uncle never spoke aboot them, and o coorse he wisnae alloued tae spier questions. There were nae photies o them in the hoose.

When he wis younger, Harry had dreamed and dreamed o some unkent relation comin tae tak him awa, but it hadnae ever happened; the Dursleys were his ainly faimly. Yet whiles he thocht (or mibbe hoped) that streengers in the street seemed tae ken him. Gey streenge streengers they were and aw. A tottie mannie in a violet tap hat had boued tae him wance while oot daein the messages wi Auntie Petunia and Dudley. Efter spierin Harry furiously if he kent the man, Auntie Petunia had huckled them oot o the shop wioot buyin onythin. A gallus-lookin auld wummin buskit aw in green had waved merrily at him wance on a bus. A baldie-heidit man in a gey lang purpie jaiket had actually shook his haun in the street the ither day and then walked awa wioot a word. The maist unco thing aboot aw thir fowk wis the wey they seemed tae vainish the second Harry tried tae get a closer look.

At the schuil, Harry had naebody. Awbody kent that Dudley's gang hatit that teuchter Harry Potter in his baggy auld claes and broken glesses, and naebody wantit tae get on the wrang side o Dudley's gang.

Chaipter Three

The Letters fae Naebody

The escape o the Brazilian boa constrictor earned Harry his langest-ever paiks. By the time he wis alloued oot o his cupboard again, the simmer holidays had sterted and Dudley had awready hashed his new cine-camera, crashed his remote-control aeroplane, and, first time oot on his racin bike, knocked doon auld Mrs Figg as she crossed Privet Loan on her oxter sticks.

Harry wis gled schuil wis ower, but there wis nae joukin Dudley's gang, wha cam tae the hoose ivry singil day. Piers, Dennis, Malcolm, and Gordon were aw muckle and glaikit, but as Dudley wis the maist muckle and maist glaikit o the lot, he wis the heid yin. The lave o them were aw jist joco tae jine in Dudley's favourite gemme: Harry-huntin.

This wis hoo Harry spent as muckle time as possible oot o the hoose, stravaigin aboot and thinkin aboot the end o the holidays, whaur he could glisk a tottie leam o hope. When September cam he wid be gaun aff tae the secondary schuil and, for the verra first time in his life, he widnae be wi Dudley. Dudley had a place at Uncle Vernon's auld private schuil, Smeltings. Piers Polmont wis gaun there and aw. Harry, on the ither haun, wis gaun tae Stanedyke High, the local state schuil. Dudley thocht this wis gey funny.

'They pit fowk's heids doon the cludgie the first day at Stanedyke,' he telt Harry. 'Want tae cam up the stair and hae a practise?'

'Naw, thanks,' said Harry. 'The puir cludgie's never had onythin as honkin as your heid doon it – it'll mibbe boak.' Then he ran, afore Dudley could wark oot whit he'd said.

Ae day in July, Auntie Petunia taen Dudley tae London tae buy his Smeltings uniform, leain Harry at Mrs Figg's. Mrs Figg wisnae as bad as usual. It turnt oot she'd broke her leg fawin ower ane o her bawdrins, and she didnae seem jist as fond o them as afore. She let Harry watch television and gied him a scliff o chocolate cake that tastit as though she'd had it for years.

That evenin, Dudley mairched aroond the front room for the faimly in his brent-new uniform. Smeltings laddies wore maroon tailcoats, orange knickerbockers, and flat straw hats cawed boaters. They cairried hurlin sticks as weel, used for skelpin each ither wi while the dominies werenae lookin. This wis supposed tae be guid trainin for later life.

As he glowered at Dudley in his new knickerbockers, Uncle Vernon said dourly that it wis the proodest moment o his life. Auntie Petunia birst oot greetin and said she couldnae believe it wis her wee dumplin Dudley, he looked sae braw and aw growed-up. Harry didnae trust himsel tae speak. He thocht twa o his ribs micht hae awready crackit fae tryin no tae lauch.

There wis a bowfin reek in the kitchen the nixt mornin when

Harry gaed ben for his breakfast. It seemed tae be comin fae a muckle metal bine in the jawbox. He gaed ower tae hae a keek. The tub wis fu o whit looked like clarty rags sweemin in gray watter.

'Whit's this?' he spiered Auntie Petunia. Her lips tichtened as they aye did if he daured tae spier a question.

'Yer new schuil uniform,' she said.

Harry keeked intae the metal bine again.

'Och,' he said, 'I didnae realise it had tae be sae weet.'

'Dinnae be stupit,' snashed Auntie Petunia. 'I'm dyein some o Dudley's auld things gray for ye. It'll look jist like awbody else's when I've feenished.'

Harry had his doots, but thocht it best no tae argue. He sat doon at the table and tried no tae think aboot hoo he wis gonnae look on his first day at Stanedyke High like he wis wearin bits o auld elephant skin, probably.

Dudley and Uncle Vernon cam in, baith haudin their nebs because o the reek fae Harry's new uniform. Uncle Vernon opened his newspaper as usual and Dudley dunted his Smeltings stick, which he cairried ivrywhaur, on the table.

They heard the click o the letter-box and whud o letters fawin ontae the doormat.

'Get the post, Dudley,' said Uncle Vernon fae ahint his paper.

'Mak Harry get it.'

'Get the post, Harry.'

'Mak Dudley get it.'

'Paik him wi yer Smeltings stick, Dudley.'

Harry jouked the Smeltings stick and gaed tae get the post. Three things lay on the doormat: a postcaird fae Uncle Vernon's sister Marge, wha wis on her holidays on the Isle o Wight, a broon envelope that looked like a bill, and – *a letter for Harry.*

Harry picked it up and gowked at it, his hert jist aboot lowpin oot o his chist. Naebody, ever in his haill life, had scrievit tae him. Wha wid? He had nae freends, nae ither kin – he hadnae jined the library, sae he'd never even got crabbit notes spierin for buiks back. Yet here it wis, a letter, addressed sae plainly there could be nae doot:

Mr H. Potter
The Cupboard unner the Stairs
4 Privet Loan
Nether Girning
Surrey

The envelope wis thick and heavy, made o yella pairchment, and the address wis scrievit in emeraud-green ink. There wis nae stamp.

Turnin the envelope ower, his haun tremmlin, Harry saw a purpie wax seal wi a coat o airms; a lion, an earn, a brock, and a snake surroondin a muckle letter 'H'.

'Hurry up, laddie!' shoutit Uncle Vernon fae the kitchen. 'Whit are ye daein, checkin for letter-bombs?' He lauched at his ain joke.

Harry gaed back ben the kitchen, aye gawpin at his letter. He haundit Uncle Vernon the bill and the postcaird, sat doon, and slawly sterted tae open the yella envelope.

Uncle Vernon rived open the bill, snirted in disgust, and turnt ower the postcaird. 'Marge's no weel,' he telt Auntie Petunia. 'Ate a foostie buckie …'

'Da!' said Dudley suddently. 'Da, Harry's got somethin!'

Harry wis jist aboot tae unfauld his letter, which wis scrievit on the same heavy pairchment as the envelope, when it wis wheeched rochly oot o his haun by Uncle Vernon.

'That's mines!' said Harry, tryin tae tak it back.

'Wha'd be scrievin tae you?' snashed Uncle Vernon, shakkin the letter open wi wan haun and gliskin at it. His face turnt fae reid tae green glegger than a set o traffic lichts. And it didnae stap there. It soon turnt the grayish white o auld parritch.

'P-P-Petunia!' he gowped.

Dudley tried tae grup the letter tae read it, but Uncle Vernon held it high oot o his rax. Auntie Petunia taen it curiously and read the first line. For a moment it looked as though she micht pass oot. She clutched her thrapple and made a chokin soond.

'Vernon! In the name o the wee man – Vernon!'

They glowered at each ither, seemin tae hae forgotten that Harry and Dudley were aye in the room. Dudley wisnae used tae gettin ignored. He gied his faither a shairp skelp on the heid wi his Smeltings stick.

'I want tae read that letter,' he said loodly.

'I want tae read it,' said Harry bealin. 'It's mines.'

'Get oot, the baith o ye,' squaiked Uncle Vernon, stuffin the letter back inside its envelope.

Harry didnae budge.

'I WANT MA LETTER!' he shoutit.

'Let *me* see it!' demandit Dudley.

'OOT!' raired Uncle Vernon, and he taen baith Harry and Dudley by the scruffs o their necks and flung them intae the lobby, slammin the kitchen door ahint them. Harry and Dudley had a radge but silent fecht ower wha wid listen at the keyhole;

Dudley won, sae Harry, his glesses hingin fae wan lug, lay flat on his wame tae listen at the crack atween door and flair.

'Vernon,' Auntie Petunia wis sayin in a shooglie voice, 'look at the address – hoo could they possibly ken whaur he sleeps? Ye dinnae think they're watchin the hoose?'

'Watchin – spyin – micht be follaein us,' mummled Uncle Vernon, feart.

'But whit should we dae, Vernon? Should we scrieve back? Tell them we dinnae want –'

Harry could see Uncle Vernon's sheeny bleck shuin pacin up and doon the kitchen.

'Naw,' he said finally. 'Naw, we'll ignore it. If they dinnae get an answer ... Aye, that's best ... we'll no dae onythin ...'

'But –'

'I'm no haein wan in the hoose, Petunia! Did we no swear when we taen him in we'd stamp oot that ill-trickit nonsense?'

That evenin when he got hame fae his wark, Uncle Vernon did somethin he'd never done afore; he veesited Harry in his cupboard.

'Whaur's ma letter?' said Harry, the moment Uncle Vernon had squeezed ben through the door. 'Wha's scrievin tae me?'

'Naebody. It wis addressed tae ye by mistak,' said Uncle Vernon shairply. 'I hae burned it.'

'It *wisnae* a mistak,' said Harry bealin. 'It had ma cupboard on it.'

'WHEESHT!' yelloched Uncle Vernon, and a couple o ettercaps fell aff the ceilin. He taen a wheen deep braiths and then warsled his face intae a smile, which looked sair.

'Er – aye, Harry – aboot this cupboard. Yer auntie and I

hae been thinkin ... ye're a bittie big for it gettin ... we think it micht be guid for ye if ye flitted intae Dudley's second bedroom.'

'Hoo?' said Harry.

'Dinnae spier questions!' snashed his uncle. 'Tak this stuff up the stair, noo.'

The Dursleys' hoose had fower bedrooms: ane for Uncle Vernon and Auntie Petunia, ane for veesitors (usually Uncle Vernon's sister, Marge), ane whaur Dudley slept, and ane whaur Dudley keepit aw the toys and things that widnae fit intae his first bedroom. It ainly taen Harry wan trip up the stair tae flit awthin he owned fae the cupboard tae this room. He sat doon on the bed and keeked aroond him. Jist aboot awthin in here wis broken. The month-auld video camera wis lyin on tap o a wee, warkin tank Dudley had wance driven ower the neebor's dug; in the faur neuk wis Dudley's first-ever television set, which he'd pit his fit through when his favourite program wis taen aff the air; there wis a muckle birdcage, that had wance held a papingo that Dudley had swapped at schuil for an air rifle, that wis up on a shelf wi the end aw bent efter Dudley sat on it. Ither shelves were fu o buiks. They were the ainly things in the room that looked as though they hadnae ever been touched.

Fae doon the stair cam the soond o Dudley fizzin at his mither, 'I dinnae want him in there ... I need that room ... mak him get oot ...'

Harry seched and streetched oot on the bed. Yisterday he'd hae gien onythin tae be up here. The day he'd raither be back in his cupboard wi that letter than up here wioot it.

Nixt mornin at breakfast, awbody wis raither quiet. Dudley wis in shock. He'd skraiched, wannered his faither wi his Smeltings stick, boaked on purpose, kicked his mither, and flung his pet tortie through the greenhoose roof, and he still didnae hae his room back. Harry wis thinkin aboot this time yisterday and sairly wishin he'd opened the letter in the lobby. Uncle Vernon and Auntie Petunia keepit keekin at each ither dourly.

When the post arrived, Uncle Vernon, wha seemed tae be tryin tae be guid tae Harry, made Dudley awa and get it. They heard him skelpin things wi his Smeltings stick aw the wey doon the lobby.

Then he shoutit, 'There's anither ane! *Mr H. Potter, The Smawest Bedroom, 4 Privet Loan* –'

Wi a thrappled cry, Uncle Vernon lowped fae his seat and run doon the lobby, Harry richt ahint him. Uncle Vernon had tae warsle Dudley tae the groond tae get the letter aff him, which wis made mair difficult by the fact that Harry had gruppit Uncle Vernon aroond the craigie fae ahint. Efter a meenit o radge fechtin, in which awbody got a guid few skelps aff the Smeltings stick, Uncle Vernon straichtened up, gowpin for braith, wi Harry's letter clutched in his haun.

'Gang tae yer cupboard – I mean, yer bedroom,' he wheezled at Harry. 'Dudley – gang – jist gang.'

Harry walked roond and roond his new room. Somebody kent he had flitted oot o his cupboard and they seemed tae ken he hadnae got his first letter. Shairly that meant they wid try again? And this time he'd mak shair they didnae fail. He had a plan.

The repaired alairm nock rang at sax o'clock the nixt mornin. Harry turnt it aff quick and dressed wioot a soond. He mustna wauken the Dursleys. He tiptaed doon the stair, no turnin on ony o the lichts.

He wis gonnae wait for the postie on the corner o Privet Loan and get the letters for nummer fower first. His hert dunted as he creepit across the daurk lobby tae the front door –

'UUUYYYAAAHHH!'

Harry lowped intae the air; he'd stood on somethin muckle and saft on the doormat – somethin *alive!*

Lichts clicked on up the stair and tae his horror Harry realised that the muckle, saft thing wis his uncle's face. Uncle Vernon had been lyin at the fit o the front door in a sleepin bag, clearly makkin shair that Harry didnae dae exactly whit he'd been tryin tae dae. He raired at Harry for aboot hauf an oor and then telt him tae gang and mak a cup o tea. Harry shauchled meeserably aff ben the kitchen and by the time he got back, the post had arrived, richt intae Uncle Vernon's lap. Harry could see three letters wi addresses scrievit in green ink.

'I want –' he sterted, but Uncle Vernon wis rivin the letters intae pieces afore his een.

Uncle Vernon didnae gang tae his wark that day. He steyed at hame and nailed up the letter-box.

'See,' he explained tae Auntie Petunia through a moothfu o nails, 'if they cannae deliver them they'll jist gie up.'

'I'm no shair that's gonnae wark, Vernon.'

'Och, these fowk's minds wark in unco weys, Petunia, they're no like you and me,' said Uncle Vernon, tryin tae chap in a nail wi the scliff o fruitcake Auntie Petunia had jist haundit him.

On Friday, nae less nor twal letters arrived for Harry. As they couldnae get through the letter-box they had been pushed unner the door, slottit through the sides, and a wheen even pit through the wee windae in the doonstairs cludgie.

Uncle Vernon steyed at hame again. Efter burnin aw the letters, he got oot a hammer and nails and boardit up aw the cracks aroond the front and back doors sae naebody could gang oot. He chanted 'Tiptae Through the Tulips' as he warked, and lowped at wee noises.

On Setterday, things sterted tae get oot o haun. Twinty-fower letters tae Harry foond their wey intae the hoose, rowed up and hidden inside each o the twa dizzen eggs that a dumfoonert milkman had haundit Auntie Petunia through the front room windae. While Uncle Vernon made crabbit telephone caws tae the post office and the dairy tryin tae find somebody tae compleen tae, Auntie Petunia shreddit the letters in her food processor.

'Wha on earth wants tae talk tae ye this badly?' Dudley spiered Harry in bumbazement.

On Sunday mornin, Uncle Vernon sat doon at the breakfast table lookin wabbit and no weel, but happy.

'Nae post on Sundays,' he remindit them awfie cheerfu-like as he spreid marmalade on his newspapers, 'nae damn letters the day –'

Somethin cam wheechin doon the kitchen lum as he spoke and hut him on the back o the heid. Nixt moment, thirty or forty letters cam skitin oot o the fireplace like bullets. The Dursleys dooked, but Harry lowped intae the air tryin tae catch ane –

'Oot! OOT!'

Uncle Vernon caucht Harry aroond the hurdies and hurled him intae the lobby. When Auntie Petunia and Dudley had run oot wi their airms ower their faces, Uncle Vernon slammed the door shut. They could hear the letters still scuddin intae the room, booncin aff the waws and flair.

'That's hit!' said Uncle Vernon, tryin tae speak calmly but tearin lumps oot o his mowser at the same time. 'I want ye aw back here in five meenits ready tae flit. We're gaun awa. Jist pack some claes. Nae argle-barglin!'

He looked sae radge wi hauf his mowser aff that naebody daured argue. Ten meenits later they had rived their wey oot through the boardit-up doors and were in the caur, speedin toward the motorwey. Dudley wis bubblin in the back seat; his faither had gien him a cloot roond the lug for haudin them up while he tried tae pack his television, video, and computer intae his sports poke.

They drove. And they drove. Even Auntie Petunia didnae daur spier whaur they were gaun. Ivry noo and then Uncle Vernon wid tak a shairp turn and drive in the opposite direction for a whilie.

'Shak them aff… shak them aff,' he wid haver whenever he did this.

They didnae stap tae eat or drink aw day. By gloamin, Dudley wis yowlin. He'd never had a warse day in his life. He wis stervin, he'd missed five television programs he'd wantit tae see, and he'd never gane as lang as this wioot malkyin at least wan alien on his computer.

Uncle Vernon stapped at lang lest ootside a dour-lookin hotel on the ootskirts o a muckle toun. Dudley and Harry shared a room wi twin beds and damp, foostie sheets. Dudley snochered but Harry steyed awake, sittin on the windae sill, glowerin doon at the lichts o passin caurs and wunnerin …

They ate auld cornflakes and cauld tinned tomataes on toast for breakfast the nixt day. They had jist feenished when the owner o the hotel cam ower tae their table.

'Excuse me, but is wan o yous Mr H. Potter? There's aboot a hunner mair o these at the front desk.'

She held up a letter sae they could read the green ink address:

Mr H. Potter
Room 17
Railview Hotel
Cokewarth

Harry raxed oot his haun for the letter but Uncle Vernon skelped it awa. The wummin glowered.

'I'll tak them,' said Uncle Vernon, staundin up quick and follaein her fae the dinin room.

'Wid we no be better aff jist gaun hame, dear?' Auntie Petunia suggestit tim'rously, oors later, but Uncle Vernon didnae seem tae hear her. Exactly whit he wis lookin for, nane o them kent. He drove them intae the middle o a forest, got oot, looked aroond, shook his heid, got back in the caur, and aff they gaed again. The same thing happened in the middle o a plooed field, haufwey across a suspension brig, and at the tap o a multi-storey caur park.

'Ma da's gane aff his heid, eh Maw?' Dudley spiered Auntie Petunia wabbitly late that efternoon. Uncle Vernon had parked at the coast, lockit them aw inside the caur, and disappeart.

It sterted tae rain. Muckle draps dirled on the roof o the caur. Dudley bubbled.

'It's Monday,' he telt his mither. 'The Great Humberto's on the nicht. I want tae stey somewhaur wi a television.'

Monday. This mindit Harry o somethin. If it wis Monday – and ye could usually coont on Dudley tae ken the days o the week, because o television – then the morra, Tuesday, wis Harry's eleeventh birthday. O coorse, his birthdays were never exactly fun – lest year, the Dursleys had gien him a coat hanger and a pair o Uncle Vernon's auld soacks. Mind ye, ye werenae eleeven ivry day.

Uncle Vernon wis back and he wis smilin. He wis cairryin a lang, thin paircel and aw, and didnae answer Auntie Petunia when she spiered whit he'd bocht.

'Foond the perfect place!' he said. 'C'moan! Awbody oot!'

It wis awfie cauld ootside the caur. Uncle Vernon wis pyntin at whit looked like a muckle skerrie awa oot at sea. On tap o the skerrie wis the maist meeserable wee bothy ye could imagine. Ane thing wis certain, there wis nae television in there.

'Storm forecast for the nicht!' said Uncle Vernon aw joco, clappin his hauns thegither. 'And this gentleman's kindly agreed tae gie us a len o his boat!'

An auld man wi nae teeth cam shauchlin up tae them, pyntin, wi a sleekit grin, at an auld rowboat jowin up and doon in the iron-gray watter ablow them.

'I've awready got us some rations,' said Uncle Vernon, 'sae aw aboard!'

It wis freezin in the boat. Icy spindrift and rain creepit doon their craigies and a cranreuch wund whuppit their faces. Efter whit seemed like oors they won ower tae the skerrie, whaur Uncle Vernon, slidderin and skitin, led the wey tae the broken-doon hoose.

The inside wis awfie; it honked o seaweed, the wund whustled through the gaps in the widden waws, and the fireplace wis weet and toom. There were ainly twa rooms.

Uncle Vernon's rations turnt oot tae be a poke o chips each and fower bananaes. He tried tae stert a fire but the empty chip pokes jist reeked and skrunkled up.

'Could dae wi some o thae letters noo, eh?' he said, aw cheerfu.

He wis in an awfie guid tid. Obviously he thocht naebody stood a chaunce o raxin them here in a storm tae deliver post. He's richt, thocht Harry tae himsel, but it didnae cheer him up wan bit.

As nicht fell, the promised storm blew up aroond them. Spray fae the muckle waves battered the waws o the bothy and a roch wund rattled the clarty windaes. Auntie Petunia foond a few foostie blankets in the second room and made up a bed for Dudley on the maukit sofae. She and Uncle Vernon gaed aff tae the lumpy bed nixt door, and Harry wis left tae find the saftest bit o flair he could and curl up unner the thinnest, maist threidbare blanket.

The storm blew mair and mair radgely as the nicht gaed on. Harry couldnae sleep. He chittered and turnt ower, tryin tae get snod, his wame rummlin wi hunger. Dudley's snochers were drooned oot by the laich rowe o thunner that sterted near midnicht. The lichtit dial o Dudley's watch, which wis hingin ower the edge o the sofae on his fat sheckle, telt Harry he'd be eleeven in ten meenits' time. He lay and watched his birthday tick nearer, wunnerin if the Dursleys wid mind at aw, wunnerin whaur the scriever o the letter wis noo.

Five meenits tae gang. Harry heard somethin creak ootside. He hoped the roof wisnae gaun tae faw in, although he micht be warmer if it did. Fower meenits. Mibbe the hoose in Privet Loan wid be sae stappit fu o letters when they got back that he'd be able tae somewey chore ane.

Three meenits. Wis that the sea, skelpin haurd on the skerrie like that? And (twa meenits tae gang) whit wis that unco crunchin soond? Wis the skerrie crummlin intae the sea?

Ane meenit mair and he'd be eleeven. Thirty seconds … twinty … ten … nine – mibbe he'd wauk Dudley up, jist tae annoy him – three … twa … ane …

DOOF.

The haill bothy shoogled and Harry sat bolt upricht, gawpin at the door. Somebody wis ootside chappin, wantin ben.

Chaipter Fower

The Keeper o the Keys

DOOF. They chapped again. Dudley waukened wi a stert.

'Whaur's Mons Meg?' he said glaikitly.

There wis a crash ahint them and Uncle Vernon cam skitterin intae the room. He wis haudin a rifle in his hauns – noo they kent whit had been in the lang, thin paircel he had brocht wi them.

'Wha's there?' he yelloched. 'I'm warnin ye – I'm airmed!'

There wis a pause. Then –

DOOSHT!

The door wis skelped wi sic force that it swung richt aff its hinges and wi a deefenin crash landit on the flair.

A giant o a man wis staundin in the doorwey. His face wis gey near completely hidden by a lang, tousie mane o hair and a radge, taigled baird, but ye could mak oot his een, glentin like bleck clockers unner aw the hair.

The giant shauchled through the doorwey intae the bothy. He boued doon but his heid still sclaffed the ceilin. He raxed and picked up the door, pittin it nae bother back intae its frame. The rair o the storm ootside drapped a bittie. He turnt tae look at them aw.

'Ken, a cup o tea wid be braa. That journey wis murder …'

He strode ower tae the sofae whaur Dudley sat frozent wi fear.

'Budge up, ya big dumplin,' said the streenger.

Dudley squaiked and ran tae hide ahint his mammy, wha wis hunkerin doon, feart oot her wits, ahint Uncle Vernon.

'And here's oor Harry!' said the giant.

Harry keeked up intae the strang, gallus, daurk face and saw that the clocker een were runkled in a smile.

'Lest time Eh saa you, ye were jist a wee bairn,' said the giant. 'Ye look affy like yer faither, but ye've got yer mither's ehs.'

Uncle Vernon made a funny pewlin soond.

'I demand that you get oot at wance, sir!' he said. 'You are brekkin and enterin!'

'Ach, shut yer gub, Dursley, ye aald prune,' said the giant; he raxed ower the back o the sofae, jirked the gun oot o Uncle Vernon's hauns, twistit it intae a knot as easy as if it had been made o rubber, and flung it intae the faur corner o the room.

Uncle Vernon made anither funny pewlin soond, like a moose gettin stood on.

'Onywey – Harry,' said the giant, turnin his back on the Dursleys, 'a verra happy birthday tae ye. Got somethin for ye here – ken, Eh've mibbe sat on it a wee bit, but it'll taste aa richt jist the same.'

Fae an inside pooch o his bleck owercoat he poued a box that wis aw skew-wheef. Harry opened it wi tremmlin fingirs.

Inside wis a muckle, sticky chocolate cake wi *Happy Birthday Harry* scrievit on it in green icin.

Harry keeked up at the giant. He meant tae say thank ye, but the words got wandered on the wey tae his mooth, and whit he said insteid wis, 'Wha are ye?'

The giant keckled.

'That's richt, Eh've no introduced masel. Rubeus Hagrid, Keeper o Keys and Groonds at Hogwarts.'

He held oot an undeemous haun and shook Harry's haill airm.

'Whut aboot that tea then, eh?' he said, rubbin his hauns thegither. 'Eh'd no say no tae a drappie o the craitur as weel if ye had it, mind.'

His een fell on the toom grate wi the skrunkled chip pokes in it and he snirted. He bent doon ower the fireplace; they couldnae see whit he wis daein but when he drew back a second efter, there wis a fire bleezin awa in it. It filled the haill damp bothy wi flicherin licht and Harry felt the warmth wash ower him as though he'd jist sclimmed intae a hot bath.

The giant sat back doon on the sofae, which girned unner his wecht, and sterted pouin aw kinna things oot o the pooches o his coat: a copper kettle, a squashy poke o sassidges, a poker, a teapot, a wheen chippit mugs, and a bottle o some amber liquid that he taen a sook fae afore stertin tae mak tea. Soon the bothy wis fu o the soond and reek o sizzlin sassidge. Naebody said a thing while the giant wis warkin, but as he sliddered the first sax fat, creeshie, hauf-burnt sassidges aff the poker, Dudley slavered a wee bit. Uncle Vernon said shairply, 'Dinnae touch onythin he gies ye, Dudley.'

The giant keckled daurkly.

'Yer muckle puddin o a son doesna need ony mair feedin up, Dursley, dinna worry.'

He passed the sassidges tae Harry, wha wis sae hungert he had never tasted onythin as braw, but he still couldnae tak his een aff the giant. Finally, as naebody seemed aboot tae explain onythin, he said, 'I'm sorry, but I still dinnae really ken wha ye are.'

The giant taen a gowp o tea and dichted his mooth wi the back o his haun.

'Caa me Hagrid,' he said, 'aabody caas me Hagrid. And like Eh telt ye, Eh'm Keeper o Keys at Hogwarts – ye ken aa aboot Hogwarts, eh no?'

'Er – naw,' said Harry.

Hagrid wis taen aback.

'Sorry,' Harry said quick-like.

'Sorry?' bowfed Hagrid, turnin tae glower at the Dursleys, wha jinked back intae the shaddas. 'They're the anes that should be sorry! Eh kent ye werena gettin yer letters but Eh never thocht ye widna even ken aboot Hogwarts, for crehin oot lood! Did ye never wunner whar yer parents learned it aa?'

'Aw whit?' spiered Harry.

'AA WHUT?' Hagrid thunnered. 'Noo jist wait a wee meenit here!'

He had lowped tae his feet. In his anger he seemed tae fill the haill bothy. The Dursleys were cooerin against the waw.

'Dae yous mean tae tell me,' he grooled at the Dursleys, 'that this laddie – this laddie! – kens naethin aboot – aboot ONYTHIN?'

Harry thocht this wis gaun a bit faur. He had been tae schuil, efter aw, and his merks werenae bad.

'I ken *some* things,' he said. 'I can dae maths and aw that.'

But Hagrid simply waved his haun and said, 'Aboot *oor* warld, Eh mean. *Your* warld. *Meh* warld. Yer *parents'* warld.'

'Whit warld?'

Hagrid looked as if he wis aboot tae blaw his tap.

'DURSLEY!' he yellyhooed.

Uncle Vernon, wha had turnt awfie peeliewally, whuspered somethin that soondit like 'Mimblewimble.' Hagrid glowered wildly at Harry.

'But ye must ken aboot yer ma and da,' he said. 'Eh mean, they're *famous*. You're *famous*.'

'Whit? Ma – ma mither and faither werenae famous, were they?'

'Ye dinna ken … he doesna ken …' Hagrid ran his fingirs through his hair, gawpin at Harry wi a dumfoonert look.

'Ye dinna ken whut ye *are*?' he said finally.

Uncle Vernon suddently foond his voice.

'Stap!' he commandit. 'Stap richt there, sir! I forbid ye tae tell the laddie onythin!'

A mair stoot-hertit man than Vernon Dursley wid hae drapped deid unner the bealin look Hagrid gied him noo; when Hagrid spoke, his ivry syllable tremmled wi rage.

'Ye never telt him? Never telt him whut wis in the letter Dumbiedykes left for him? Eh wis there! Eh saw Dumbiedykes pit it there, Dursley! And ye've keepit it fae him aa these years?'

'Keepit *whit* fae me?' said Harry eidently.

'STAP! I FORBID YE!' yowled Uncle Vernon in panic.

Auntie Petunia gied a gowp o horror.

'Ach, awa and bile yer haids, the baith o yis,' said Hagrid. 'Harry – ye're a warlock.'

Inside the bothy, awthin wheesht. Ainly the sea and the whustlin wund could be heard.

'I'm a whit?' peched Harry.

'A warlock, o coorse,' said Hagrid, sittin back doon on the sofae, which girned even mair loodly, 'and a stottin guid ane, Eh'd say, aince ye've been trained up a bittie. Wi a mither and faither like yours, whut else wid ye be? And Eh doot it's aboot time ye read yer letter.'

Harry streetched oot his haun at lest tae tak the yella envelope, addressed in emeraud green tae *Mr H. Potter, The Flair, Bothy-on-the-Skerrie, The Sea.* He poued oot the letter and read:

HOGWARTS SCHUIL O
CARLINECRAFT AND WARLOCKRY

Heidmaister: Albus Dumbiedykes
(Order o Merlin, First Cless, Graund Sorc.,
Chf. Warlock, Heid Mugwump, International
Confed. o Warlocks)

Dear Mr Potter,
We are pleased tae inform ye that ye hae a place at Hogwarts Schuil o Carlinecraft and Warlockry. Please find enclosed a leet o aw necessar buiks and graith. Term sterts on 1 September. We await yer hoolet by nae later than 31 July.

Yours aye,

Minerva McGonagall
Deputy Heidmistress

Questions explodit inside Harry's heid like firewarks and he couldnae decide which ane tae spier first. Efter a few meenits he havered, 'Whit does it mean, they await ma hoolet?'

'Grummlin Gorgons, that minds me,' said Hagrid, clappin a haun tae his foreheid wi eneuch force tae cowp a cairthorse, and fae yet anither pooch inside his owercoat he poued a hoolet – a real, live, raither tousie-lookin hoolet – a lang quill, and a rowe o pairchment. Wi his tongue atween his teeth he scartit a note that Harry could read upside doon:

DEAR MR DUMBIEDYKES,
GIED HARRY HIS LETTER.
TAKKIN HIM TAE BUY HIS THINGS THE MORRA.
WEATHER'S MINGIN. HOPE YE'RE WEEL.
HAGRID

Hagrid rowed up the notie, gied it tae the hoolet, which snecked it in its beak, gaed tae the door, and flung the hoolet oot intae the storm. Then he cam back and sat doon as though this wis as ordinar as talkin on the telephone.

Harry realised his mooth wis open and shut it quick.

'Whar wis Eh?' said Hagrid, but at that moment, Uncle Vernon, still poukit but lookin gey angry, moved intae the licht o the fire.

'He's no gaun,' he said.

Hagrid gruntit.

'Eh'd like tae see a big Muggle like you stap him,' he said.

'Whit's a Muggle?' said Harry, interestit.

'A Muggle,' said Hagrid, 'it's whut we caa non-magic fowk

like them. And it's your bad luck ye growed up in a faimly o the biggest Muggles Eh've ever laid ehs on.'

'We swore when we taen him in we'd pit a stap tae aw this havers,' said Uncle Vernon, 'swore we'd stamp it oot o him! Warlock, indeed!'

'You *kent?*' said Harry. 'You *kent* I'm a – a *warlock?*'

'Kent!' skraiched Auntie Petunia suddently. '*Kent!* O coorse we kent! Hoo could ye no be, ma glaikit sister bein whit she wis? Och, she got a letter jist like that and disappeart aff tae yon – yon *schuil* – and cam hame in the holidays wi her pooches fu o puddock-spawn, turnin teacups intae rattons. I wis the ainly yin that kent the truth – that there wis somethin no richt aboot her! But for ma mither and faither, och naw, it wis Lily this and Lily yon, they were sae prood tae hae a carline in the faimly!'

She stapped tae tak a deep braith and then cairried on fizzin. It seemed she had been wantin tae say aw this for years.

'Then she met that Potter at schuil and they left and got mairried and had you, and o coorse I kent ye'd be jist the same, jist as unco, jist as – as – *no richt* – and then, if ye please, she got hersel blawn up and we got landit wi you!'

Harry had gane aw peeliewally. As soon as he foond his voice he said, 'Blawn up? You telt me they dee'd in a caur crash!'

'CAUR CRASH!' raired Hagrid, lowpin up sae crabbitly that the Dursleys scrammled back tae their neuk. 'Hoo could a caur crash kill Lily and James Potter? It's an ootrage! A scandal! Harry Potter no kennin his ain story when aa the bairns in oor warld ken his name!'

'But why? Whit happened?' Harry spiered urgently.

The anger dwyned fae Hagrid's face. He looked suddently anxious.

'Eh never expectit this,' he said, in a laich, worrit voice. 'Eh had nae idea, when Dumbiedykes telt me it micht be a trachle gettin a haud o ye, hoo muckle ye didna ken. Ach, Harry, Eh dinna ken if Eh'm the richt person tae tell ye – but somebody's got tae – ye canna gae aff tae Hogwarts no kennin.'

He gied the Dursleys a crabbit look.

'Weel, it's best ye ken as muckle as Eh can tell ye – mind ye, Eh canna tell ye aathin, it's a muckle mystery, pairts o it...'

He sat doon, glowered intae the fire for a wheen seconds, and then said, 'It sterts, Eh suppose, wi – wi a person caaed – but Eh canna believe ye dinna ken his name, aabody in oor warld kens –'

'Wha?'

'Weel – Eh dinnae like sayin the name if Eh can help it. Naebody does.'

'Why no?'

'Gowpin gargoyles, Harry, fowk are still feart. Jings, this isna easy. See, there wis this warlock wha turnt... bad. As bad as ye could get. Warse. Warse than warse. His name wis ...'

Hagrid gowped, but nae words cam oot.

'Could ye write it doon?' Harry suggestit.

'Na, Eh canna spell it. Aa richt – *Voldemort*.' Hagrid shiddered. 'Dinna mak me say it again. Onywey, this – this warlock, aboot twinty year ago noo, sterted lookin for fowk tae follae him. Got them, tae – some were feart at him, some jist wantit a bit o his pouer, because he wis gettin pouer himsel aa richt. Daurk days, Harry. Didnae ken wha tae trust, didnae daur get freendly wi fremmit warlocks or carlines ... Affy things happened. He wis takkin ower. O coorse, some stood up tae him – and he killt them. In affy weys. Ane o the ainly safe places left wis Hogwarts. Nae doot Dumbiedykes is the ainly ane You-Ken-Wha wis feart o. Didnae daur try takkin the schuil, no jist then, onywey.

'Noo, yer ma and da were as guid a carline and warlock as Eh ever kent. Haid laddie and lassie at Hogwarts in their day! Suppose the mystery is hoo You-Ken-Wha never tried tae get them on his side afore … probably kent they were ower close tae Dumbiedykes tae want onythin tae dae wi the Daurk Side.

'Mibbe he thocht he could persuade them … mibbe he jist wantit them oot o the road. Aa onybody kens is, he turnt up in the clachan whar ye were aa bidin, on Halloween ten year ago. Ye were jist a year auld. He cam tae yer hoose and – and –'

Hagrid suddently poued oot a verra clarty, spottit cloot and blew his neb wi a soond like a foghorn.

'Sorry,' he said. 'But it's affy sad. Eh kent yer ma and da, and they were braa fowk – onywey –

'You-Ken-Wha killt them. And then – and this is the real mystery o the thing – he tried tae kill you and aa. Wantit tae mak a clean job o it, Eh suppose, or mibbe he jist liked killin by then. But he couldnae dae it. Never wunnered hoo ye got that merk on yer foreheid? That wis nae ordinar cut. That's whit ye get when a pouerfu, evil curse touches ye – taen care o yer ma an da and even yer hoose – but it didnae wark on you, and that's hoo ye're famous, Harry. Naebody ever lived efter he decidit tae kill them, naebody apairt fae you, and he'd killt some o the best carlines and warlocks o the age – the McKinnons, the Banes, the Prewetts – and you were jist a wee bairn, and ye lived.'

Somethin verra painfu wis gaun on in Harry's heid. As Hagrid's story cam tae a close, he saw again the blinnin flash o green licht, mair clearly than he had ever mindit it afore – and he mindit somethin else, for the first time in his life: a high, cauld, cruel lauch.

Hagrid wis watchin him sadly.

'Eh taen ye oot o the ruined hoose masel, on Dumbiedykes' orders. Brocht ye tae this shooer …'

'Load o auld mince,' said Uncle Vernon. Harry lowped; he had near forgot the Dursleys were there. Uncle Vernon certainly seemed tae hae got his some o his smeddum back. He wis glowerin at Hagrid and his hauns were clenched intae nieves.

'Noo, you listen here, laddie,' he snirled, 'I ken there's somethin streenge aboot ye, probably naethin a guid skelpin widnae hae cured – and as for aw this aboot yer parents, weel, they were bampots, there's nae gettin awa fae it, and the warld's better aff wioot them in ma opinion – got whit they spiered for, gettin taigled up wi thae warlockin types – jist whit I expectit, ayewis kent they'd come tae nae guid –'

But at that moment, Hagrid lowped fae the sofae and poued a battered pink umberellae fae inside his coat. Pyntin this at Uncle Vernon like a sword, he said, 'Eh'm warnin ye, Dursley – Eh'm warnin ye – ane mair word …'

In danger o gettin chibbed by the end o an umberellae by a beardit giant, Uncle Vernon suddently lost his smeddum again; he flattened himsel against the waw and held his wheesht.

'That's mair like it,' said Hagrid, pechin and sittin back doon on the sofae, which this time sagged richt doon tae the flair.

Harry, meanwhile, aye had questions tae spier, hunners o them.

'But whit happened tae Vol – sorry – I mean, You-Ken -Wha?'

'Guid question, Harry. Disappeart. Vainished. Same nicht he tried tae kill ye. Maks ye even mair famous. That's the maist muckle mystery, see … he wis gettin mair and mair pouerfu – hoo come he gaed awa?

'Some say he dehd. Havers, in meh opinion. Dinna ken if he had eneuch human left in him tae dee. Some say he's still oot there, bidin his time, like, but Eh dinna believe it. Fowk wha wis on his side cam back tae oors. A wheen o them cam oot o kinna trances. Eh doot they could hae done that if he wis comin back.

'Maist o us think he's still oot there somewhar but lost his pouers. Ower fooneri tae cairry on. Because somethin aboot you feenished him, Harry. There wis somethin gaein on that nicht he hadna coontit on – Eh dinna ken whut it wis, naebody does – but somethin aboot you stapped him aa richt.'

Hagrid looked at Harry wi warmth and respect bleezin in his een, but Harry, insteid o feelin pleased and prood, felt shair there had been some awfie mistak. A warlock? Him? Hoo could he possibly be? He'd spent his life gettin skelped by Dudley, and gettin his paiks fae his Auntie Petunia and Uncle Vernon; if he wis really a warlock, hoo had they no been turnt intae plookie puddocks ivry time they'd tried tae lock him in his cupboard? If he'd wance defeatit the greatest warlock in the warld, hoo come Dudley had ayewis been able tae kick him aboot like a fitba.

'Hagrid,' he said quietly, 'I think ye must hae made a mistak. I dinnae think I can be a warlock.'

Tae his surprise, Hagrid lauched.

'No a warlock, eh? Never made things happen when ye were feart or angert?'

Harry looked intae the fire. Noo he cam tae think aboot it … ivry unco thing that had ever made his auntie and uncle bealin wi him had happened when he, Harry, had been bubblin or ragin … huntit by Dudley's gang, he had somewey foond himsel oot o their rax … dreidin gaun tae schuil wi that eediotic haircut, he'd managed tae mak it grow back … and the verra lest time Dudley had skelped him, had he no got his revenge, wioot even kennin he wis daein it? Had he no set a boa constrictor on him?

Harry looked back at Hagrid, smilin, and saw that Hagrid wis pure beamin at him.

'See?' said Hagrid. 'Harry Potter, no a warlock – jist wait, ye'll be affy famous at Hogwarts.'

But Uncle Vernon wisnae for giein up wioot a fecht.

'Did I no tell ye he's no gaun?' he hished. 'He's gaun tae Stanedyke High and he'll be gratefu for it. I've read thae letters and he needs aw sorts o daft gear – cantrip buiks and wands and –'

'If he wants tae gae, an aald Muggle like you'll no stap him,' grooled Hagrid. 'Stap Lily and James Potter's son gaein tae Hogwarts! Ye're aff yer haid. His name's been doon ever since he wis born. He's aff tae the finest schuil o carlinecraft and warlockry in the warld. Seeven year there and he winna ken himsel. He'll be wi young fowk o his ain sort, for a chynge, and he'll be unner the greatest heidmaister Hogwarts ever had, Albus Dumbiedy–'

'I'M NO PEYIN FOR SOME DEMENTIT AULD

EEJIT TAE TEACH HIM MAGIC TRICKS!' yowled Uncle Vernon.

But he'd done it noo. Hagrid taen his umberellae and hurled it ower his heid, 'NEVER –' he thunnered, '– INSULT – ALBUS – DUMBIEDYKES – IN – FRONT – O – ME!'

He brocht the umberellae sweeshin doon through the air tae pynte at Dudley – there wis a flash o violet licht, a soond like a firecracker, a shairp squeal, and the nixt second, Dudley wis dauncin on the spot wi his hauns haudin his fat bahookie, skirlin in pain. When he turnt his back on them, Harry saw a grumphie's curly tail pokin oot through a hole in his breeks.

Uncle Vernon raired. Pouin Auntie Petunia and Dudley intae the ither room, he flung yin lest frichtened look at Hagrid and slammed the door ahint them.

Hagrid looked doon at his umberellae and stroked his beard.

'Eh shouldna hae lost meh temper,' he said regrettin it, 'but it didna wark onywey. Meant tae turn him intae a grumphie, but Eh suppose he's that like a grumphie onywey, there wisna muckle left tae dae.'

He cast a sideweys look at Harry unner his bushy eebroos.

'Eh'd be affy gratefu if ye didna mention that tae onybody at Hogwarts,' he said. 'Eh'm – er – no supposed tae dae magic, strictly speakin. Eh wis alloued tae dae a bit tae follae ye and get yer letters tae ye and aa that – ane o the reasons Eh wis sae keen tae tak on the job –'

'Hoo are ye no supposed tae dae magic?' spiered Harry.

'Och, weel – Eh wis at Hogwarts masel but Eh – er – got expelled, ken, kicked oot, tae tell ye the truth. In meh third year. They broke meh wand in hauf and aathin. But Dumbiedykes let me stey on as gemmekeeper. Braa man, Dumbiedykes.'

'Why were ye expelled?'

'It's gettin late and we've got lots tae dae the morra,' said Hagrid loodly. 'We hae tae gae up the toun, get yer buiks and aa that.'

He taen aff his thick bleck coat and flung it tae Harry.

'Ye can sleep unner that,' he said. 'Dinna worry if things stert creepin aboot. Eh think Eh've still got a moose or twa in ane o the pooches.'

Chaipter Five

The Squinty Gate

Harry waukened early the nixt mornin. Although he could tell it wis daylicht, he keepit his een ticht shut.

'Yon wis a dream,' he telt himsel firmly. 'I dreamed a giant cawed Hagrid cam tae tell me I wis gaun tae a schuil for warlocks. When I open ma een I'll be at hame in ma cupboard.'

There wis suddently a lood chappin soond.

'And yon's Auntie Petunia chappin on the door,' Harry thocht, his hert sinkin. But he still didnae open his een. It had been that guid a dream.

Chap. Chap. Chap.

'Aw richt,' Harry mummled, 'I'll get oot ma bed.'

He sat up and Hagrid's heavy coat fell aff him. The bothy wis fu o sunlicht, the storm wis ower, Hagrid himsel wis asleep on the cowped sofae, and there wis a hoolet chappin wi its clook on the windae, haudin a newspaper in its beak.

Harry scrammled tae his feet, sae happy he felt as though a muckle balloon wis swallin inside him. He gaed straicht ower and opened the windae. The hoolet swoofed in and drapped the newspaper on tap o Hagrid, wha didnae wauken up. The hoolet then flichtered ontae the flair and sterted tae bite and scart at Hagrid's coat.

'Dinnae dae that.'

Harry tried tae frichten the hoolet awa, but it snashed its beak radgely at him and cairried on malkyin the coat.

'Hagrid!' said Harry loodly. 'There's a hoolet –'

'Pey him,' Hagrid gruntit intae the sofae.

'Whit?'

'He wants tae get peyed for deliverin the paper. Look in the pooches.'

Hagrid's coat seemed tae be made o naethin *but* pooches – bunches o keys, slug pellets, baws o string, mint humbugs, tea-bags … finally, Harry poued oot a haunfu o streenge-lookin coins.

'Gie him five Knuts,' said Hagrid sleepily.

'Knuts?'

'The wee bronze anes.'

Harry coontit oot five wee bronze coins, and the hoolet held its leg oot sae Harry could pit the siller intae a smaw leather pooch tied tae it. Then it flew aff through the open windae.

Hagrid ganted loodly, sat up, and streetched.

'Best be aff, Harry, lots tae dae the day, got tae get up tae London and buy aa yer gear for the schuil.'

Harry wis turnin ower the warlock coins and lookin at them. He had jist thocht o somethin that could stick a peen intae the happy balloon inside him.

'Um – Hagrid?'

'Mm?' said Hagrid, wha wis pouin on his muckle bitts.

'I havenae got ony siller – and ye heard Uncle Vernon lest nicht . . . he winnae pey for me tae gang and learn magic.'

'Dinna fash yersel aboot that,' said Hagrid, staundin up and scrattin his heid. 'Dae ye think yer parents didna lea ye ony bawbees?'

'But if their hoose wis burnt doon –'

'They didna keep their gowd in the hoose, laddie! Na, first stap for us is Gringotts. Warlocks' bank. Hae a sassidge, they're no bad caald – and Eh widna say no tae a scliff o yer birthday cake, either.'

'Warlocks hae *banks?*'

'Jist the ane. Gringotts. Run by doolies.'

Harry drapped the daud o sassidge he wis haudin.

'Doolies?'

'Aye, some fowk caa them goblins – but ye'd be aff yer haid tae try and rob it, Eh'll tell ye that. Dinna mess wi doolies, Harry. Gringotts is the safest place in the warld for onythin ye want tae keep safe – apairt fae mibbe Hogwarts. As a maitter o fact, Eh've got tae veesit Gringotts onywey for Dumbiedykes. Hogwarts business, ken.' Hagrid drew himsel up proodly. 'He usually gets me tae dae important stuff for him. Gettin you – gettin things fae Gringotts – kens he can trust me, see.

'Got aathin? C'moan, then.'

Harry follaed Hagrid oot ontae the skerrie. The lift wis gey clear noo and the sea leamed in the sunlicht. The boat Uncle Vernon had rentit wis aye there, wi a lot o watter in the bottom efter the storm.

'Hoo did ye get here?' Harry spiered, lookin aroond for anither boat.

'Eh flew,' said Hagrid.

'Flew?'

'Aye – but we'll gae back in this. Eh'm no supposed tae use magic noo Eh've got ye.'

They settled doon in the boat, Harry aye gawpin at Hagrid, tryin tae imagine him fleein.

'Seems a shame tae rowe, though,' said Hagrid, giein Harry anither o his sideweys looks. 'If Eh wis tae – ken – speed things up a bittie, wid ye mind no mentionin it at Hogwarts?'

'O coorse no,' said Harry, fidgin fain tae see mair magic. Hagrid poued oot the pink umberellae again, chapped it twiced on the side o the boat and they sped aff toward land.

'Why wid ye be aff yer heid tae try and rob Gringotts?' Harry spiered.

'Cantrips – inchantments,' said Hagrid, unfauldin his newspaper as he spoke. 'They say there's draigons guairdin the tap-security vaults. And then ye've got tae find yer wey – Gringotts is hunners o miles unner London, ken. Deep unner the Unnergroond. Ye'd deh o hunger tryin tae get oot, even if ye did manage tae get yer hauns on somethin.'

Harry sat and thocht aboot this while Hagrid read his newspaper, the *Daily Prophet*. Harry had learned fae Uncle Vernon that fowk liked tae be left alane while daein this, but it wis awfie difficult, he'd never had sae mony questions in his life.

'Meenistry o Magic makkin a richt guddle o things as usual,' Hagrid mumped, turnin the page.

'There's a Meenistry o Magic?' Harry spiered, afore he could stap himsel.

'Coorse,' said Hagrid. 'They wantit Dumbiedykes for Meenister, o coorse, but he'd never lea Hogwarts, sae aald Cornelius Fudge got the job. Dunderheid if ever there wis ane. Sae he nips Dumbiedykes' haid wi hoolets ivry mornin, spierin for advice.'

'But whit does a Meenistry o Magic *dae*?'

'Weel, their main job is tae keep it sae the Muggles dinna ken there's aye carlines and warlocks gaein aboot up and doon the country.'

'Why?'

'*Why?* Jings, Harry, aabody wid be wantin their problems fixed wi magic. Na, we're better left alane.'

At this moment the boat dunted gently intae the herbour waw. Hagrid faulded up his newspaper, and they sclimmed the stane steps ontae the street.

Passers-by jist gowked at Hagrid as they walked through the wee toun tae the station. Harry couldnae blame them. No ainly wis Hagrid twiced as muckle as onybody else, he keepit pyntin at ordinar things like parkin meters and sayin loodly, 'See that, Harry? See whut thae Muggles huv come up wi noo?'

'Hagrid,' said Harry, pechin a bit as he ran tae keep up, 'did ye say there are *draigons* at Gringotts?'

'Weel, sae they say,' said Hagrid. 'Crivvens, Eh'd like a draigon.'

'Ye'd *like* ane?'

'Wantit ane ever since Eh wis a wee bairn – that's us here noo.'

They had raxed the station. There wis a train tae London in five meenits' time. Hagrid, wha didnae unnerstaund 'Muggle siller,' as he cawed it, gied the notes tae Harry sae he could buy their tickets.

Fowk gowked at him even mair on the train. Hagrid taen

up twa seats and sat knittin whit looked like a canary-yella circus tent.

'Huv ye still got yer letter, Harry?' he spiered as he coontit steeks.

Harry taen the pairchment envelope oot o his pooch.

'Guid,' said Hagrid. 'There's a leet there o aathin ye need.'

Harry unfaulded a second piece o paper he hadnae noticed the nicht afore, and read:

HOGWARTS SCHUIL O
CARLINECRAFT AND WARLOCKRY

UNIFORM

First-year students must hae:

1. Three plain wark gouns (bleck)
2. Ane plain pokey hat (bleck) for day wear
3. Ane pair o protective gloves (draigon hide or similar)
4. Ane winter cloak (bleck, siller fastenins)

Please note that aw pupils' claes should cairry name tags

SET BUIKS

Aw students should hae a copy o each o the follaein:

The Standart Buik o Cantrips (Grade 1) by Miranda Goshawk
A History o Magic by Bathilda Bagshot
Magical Theory by Adalbert Wafflin
A Beginners' Guide tae Transfiguration by Emeric Switch
Ane Thoosan Magical Herbs and Fungi by Phyllida Spore
Magical Drafts and Potions by Arsenius Jigger
Fantastic Beasties and Whaur tae Find Them by Newt Scamander
The Daurk Forces: A Guide tae Sel-Protection by Quentin Trimble

ITHER GRAITH

1 wand
1 caudron (pewter, standart size 2)
1 set gless or crystal phials
1 telescope
1 set bress scales

Students may bring as weel a hoolet OR a bawdrins OR a puddock

PARENTS ARE REMINDIT THAT FIRST-YEARS ARE NO ALLOUED TAE HAE THEIR AIN BIZZUMS

'Can we buy aw this in London?' Harry wunnered alood.

'If ye ken whut ye're daein,' said Hagrid.

Harry had never been tae London afore. Although Hagrid seemed tae ken whaur he wis gaun, he wis obviously no used tae gettin there the wey awbody else did. He got fankled up in the ticket bairrier on the Unnergroond, and compleened loodly that the seats were ower wee and the trains ower slaw.

'Eh dinna ken hoo the Muggles manage wioot magic,' he said as they sclimmed a broken-doon escalator that led up tae a road hotchin wi fowk and lined wi shops.

Hagrid wis sae muckle that the croods o fowk pairtit afore him; aw Harry had tae dae wis keep close ahint him. They passed buikshops and music stores, hamburger restaurants and pictur hooses, but naewhaur that looked as if it could sell ye a magic wand. This wis jist an ordinar street fu o ordinar fowk. Could there really be bings o warlock gowd yirdit miles ablow their feet? Were there really shops that selt cantrip buiks and bizzums? Wis this no aw some muckle pliskie that the Dursleys were playin on him? If Harry hadnae kent that the Dursleys had nae sense o humor, he micht hae thocht sae; yet somewey, even though awthin Hagrid had telt him sae faur wis unbelievable, Harry couldnae help trustin him.

'This is hit,' said Hagrid, comin tae a stap, 'the Crackit Caudron. It's a kenspeckle place.'

It wis a tottie, clatty-lookin howff. If Hagrid hadnae pynted it oot, Harry widnae hae noticed it wis there. The fowk nashin by didnae even keek at it. Their een jinked fae the muckle buikshop on ae side tae the record shop on the tither as if they couldnae see the Crackit Caudron at aw. In fact, Harry had the maist unco feelin that ainly he and Hagrid could see it. Afore he could mention this, Hagrid had steered him inside.

For sic a kenspeckle pub, it wis a bit o a cowp. A puckle auld weemen were sittin in a corner, drinkin tottie tassies o sherry. Ane o them wis smokin a lang pipe. A wee man in a lum hat wis talkin tae the auld barman, wha had a baldie heid and looked like a gumsie walnut. The laich bizz o blethers stapped when they walked in. Awbody seemed tae ken Hagrid; they waved and smiled at him, and the barman raxed for a tassie, sayin, 'The usual, Hagrid?'

'Canna, Tam, Eh'm on Hogwarts business,' said Hagrid, pittin his muckle haun on Harry's shooder and makkin Harry's knaps buckle.

'Guid Lord,' said the barman, keekin at Harry, 'is this – it cannae be –?'

The Crackit Caudron had suddently gane completely wheesht.

'Bless ma nicky tams,' whuspered the auld barman, 'Harry Potter … whit an honour.'

He jouked oot fae ahint the bar, nashed toward Harry and gruppit his haun, tears in his een.

'Weelcome back, Mr Potter, weelcome back.'

Harry didnae ken whit tae say. Awbody wis lookin at him. The auld wummin wi the pipe wis aye puffin on it, no kennin it had gane oot. Hagrid wis grinnin fae muckle lug tae muckle lug.

Then there wis a great scartin o chairs and, nixt moment, Harry foond himsel shakkin hauns wi awbody in the Crackit Caudron.

'Doris Crockford, Mr Potter, cannae believe I'm meetin ye at lest.'

'Sae prood, Mr Potter, I'm jist sae prood.'

'Ayeweys wantit tae shak yer haun – och, I'm up tae high doh.'

'Delichted, Mr Potter, jist cannae tell ye, Diggle's the name, Dedalus Diggle.'

'I've seen ye afore!' said Harry, as Dedalus Diggle's lum hat fell aff his heid in his excitement. 'Ye boued tae me in a shop.'

'He minds!' cried Dedalus Diggle, lookin aroond at awbody. 'Did ye hear that? He minds me!'

Harry shook hauns again and again – Doris Crockford keepit comin back for mair.

A peeliewally young man made his wey forrit, awfie nervous-like. Wan o his een wis aye twitchin.

'Professor Quirrell!' said Hagrid. 'Harry, Professor Quirrell will be ane o yer dominies at Hogwarts.'

'P-P-Potter,' habbled Professor Quirrell, gruppin Harry's haun, 'c-cannae t-tell ye hoo p-pleased I am tae meet ye.'

'Whit kinna magic dae ye teach, Professor Quirrell?'

'D-Defense Against the D-D-Daurk Airts,' mummled Professor Quirrell, as though he'd raither no think aboot it. 'N-no that you n-need it, eh, P-P-Potter?' He lauched nervous-like. 'Ye'll be g-gettin aw yer graith, nae doot? I've g-got tae p-pick up a new b-buik on vampires m-masel.' He looked frichtit at the verra thocht.

But the ithers widnae let Professor Quirrell keep Harry tae himsel. It taen near ten meenits tae get awa fae them aw. At lang lest, Hagrid managed tae mak himsel heard ower the clishmaclavers.

'We huv tae get on – hunders o things tae buy. C'moan, Harry.'

Doris Crockford shook Harry's haun yin lest time, and Hagrid led them ben through the howff and oot intae a wee coortyaird wi a waw rinnin roon it, whaur there wis naethin but a dustbin and a puckle weeds.

Hagrid grinned doon at Harry.

'Telt ye, did Eh no? Telt ye ye were famous. Even Professor Quirrell wis tremmlin tae meet ye – mind ye, he's usually tremmlin.'

'Is he ayeweys that nervous?'

'Oh, aye. Puir sowel. Brilliant mind. He wis fine while he wis studyin oot o buiks but then he taen a year aff tae get some first-haun experience ... They say he met vampires in the Bleck Forest, and he had an affy unfreendly encoonter wi a gyre carlin – hasnae been the same since. Feart o the students, feart o his ain subject – noo, whar's ma umberellae?'

Vampires? Gyre carlins? Harry's heid wis birlin. Hagrid, meanwhile, wis coontin bricks in the waw abune the dustbin.

'Three up ... twa across ...' he mummled. 'Richt, staund back, Harry.'

He chappit the waw three times wi the pynte o his umberellae.

The brick he had touched chittered – it shoogled – in the middle o it, a wee hole appeart – it grew braider and braider – a second efter they were lookin though an airchwey muckle eneuch even for Hagrid, a pend that led ontae a street paved wi causeystanes and that twistit and turnt oot o sicht.

'Weelcome,' said Hagrid, 'tae the Squinty Gate.'

He grinned at Harry's bumbazement. They stepped through the pend. Harry keeked quickly ower his shooder and saw the airchwey skrink instantly back intae solid waw.

The sun sheened brichtly on a stack o caudrons ootside the nearest shop. *Caudrons – Aw Sizes – Copper, Bress, Pewter, Siller – Sel-Steerin – Fauld-awa*, said a sign hingin ower them.

'Aye, ye'll be needin ane o them,' said Hagrid, 'but we've got tae get yer siller first.'

Harry wished he had aboot eicht mair een. He turnt his heid in ivry direction as they walked up the street, tryin tae look at awthin at wance: the shops, the things ootside them, the fowk daein their messages. A wechtie wife ootside an apothecary's wis shakkin her heid as they passed, sayin, 'Draigon liver, saxteen Heuks an oonce? They're awa wi the fairies ...'

A laich, saft hootin cam fae a daurk shop wi a sign sayin *Eeylops Hoolet Emporium – Jenny, Screech, Barn, Broon, and Snawy*. A hantle laddies aboot Harry's age had their nebs pressed against a windae wi bizzums in it. 'Look,' Harry heard ane o them say, 'the new Nimbus Twa Thoosand – fastest ever –' There were shops sellin gouns, shops sellin telescopes and streenge siller instruments Harry had never seen afore, windaes stacked wi barrels o bawkie bird spleens and eels' een, shooglie piles o cantrip buiks, quills, and rowes o pairchment, potion bottles, globes o the muin …

'Gringotts,' said Hagrid.

They had raxed a snaw-white biggin that touered ower the ither wee shops. Staundin aside its burnished bronze doors, wearin a uniform o scairlet and gowd, wis –

'Aye, that's a doolie,' said Hagrid quiet-like as they walked up the white stane steps toward him. The doolie wis aboot a heid shorter than Harry. He had a daurk-avised, shairp face, a pynted beard and, Harry noticed, awfie lang fingirs and feet. He boued as they walked ben. Noo they were facin a second pair o doors, siller this time, wi words engravit on them:

COME BEN, STREENGER, BUT TAK HEED
O WHIT AWAITS THE SIN O GREED,
FOR THAIM THAT STEAL, BE MAN OR BAIRN,
WILL NO BE LANG TAE GET THEIR FAIRIN.
SAE IF PAUCHLIN'S WHIT YE'RE THINKIN NOO
TREISURES THAT DINNAE BELANG TAE YOU
THIEF, THAT'S YOU BEEN TELT, AND SAE BEWARE –
YE MICHT FIND MAIR THAN TREISURE THERE.

'Like I said, ye'd be aff yer haid tae try and rob it,' said Hagrid.

Twa doolies boued them through the siller doors and they were in a muckle mairble ha. Aboot a hunner mair doolies were sittin on high stools ahint a lang coonter, scrievin in muckle ledgers, weighin coins on bress scales, examinin precious stanes through eeglesses. There were ower mony doors tae coont leadin aff the ha, and yet mair doolies were shawin fowk in and oot o these. Hagrid and Harry heidit for the coonter.

'Mornin,' said Hagrid tae a free doolie. 'We've cam tae tak some siller oot o Mr Harry Potter's safe.'

'Ye hae his key, sir?'

'Got it here somewhar,' said Hagrid, and he sterted cowpin the contents o his pooches ontae the coonter, skailin a haunfu o foostie dug biscuits ower the doolie's buik o nummers. The doolie runkled his neb. Harry watched the doolie on their richt weighin a pile o rubies as muckle as lowin coals.

'Foond it,' said Hagrid at lest, haudin up a tottie gowden key.

The doolie taen a close keek at it.

'That seems tae be in order.'

'And Eh hae a letter here fae Professor Dumbiedykes,' said Hagrid importantly, puffin oot his chest. 'It's aboot the You-Ken-Whut in vault seeven hunner and thirteen.'

The doolie read the letter wi his shairp een.

'Verra weel,' he said, haundin it back tae Hagrid, 'I will get somebody tae tak ye doon tae baith vaults. Gripheuk!'

Gripheuk wis yet anither doolie. Wance Hagrid had steched aw the dug biscuits back intae his pooches, he and Harry follaed Gripheuk toward ane o the doors leadin aff the ha.

'Whit's the You-Ken-Whit in vault seeven hunner and thirteen?' Harry spiered.

'Canna tell ye that,' said Hagrid mysteriously. 'Affy secret. Hogwarts business. Dumbiedykes's trustit me. Mair than ma job's warth tae tell ye that.'

Gripheuk held the door open for the twa o them. Harry,

wha had expectit mair mairble, wis surprised. They were in a nairra stane passagewey lit wi bleezin torches. It wis on a stey doonward slope and there were smaw train tracks on the flair. Gripheuk whustled and a wee cairt cam hurlin up the tracks toward them. They sclimmed in – Hagrid no wioot a trauchle – and were aff.

At first they jist hurled through a maze o twistin passages. Harry tried tae mind, left, richt, richt, left, middle fork, richt, left, but it wis impossible. The rattlin cairt seemed tae ken its ain wey, because Gripheuk wisnae steerin.

Harry's een stung as the cauld air wheeshed past them, but he keepit them wide open. Wance, he thocht he saw a bleeze o fire at the end o a passage and twistit aroond tae see if it wis a draigon, but ower late – they drapped doon even deeper, passin an unnergroond loch whaur muckle lang stalactites and stalagmites grew fae the ceilin and flair.

'I never ken,' Harry cawed tae Hagrid ower the noise o the cairt, 'whit's the difference atween a stalagmite and a stalactite?'

'Stalagmite's got an 'm' in it,' said Hagrid. 'And dinna spier me ony questions the noo, Eh think Eh'm gaun tae boak.'

He did look gey green, and when the cairt stapped at lang lest aside a wee door in the passage waw, Hagrid got oot and had tae lean against the waw tae stap his knaps tremmlin.

Gripheuk unlockit the door. A clood o green reek cam blawin oot, and as it cleared, Harry gowped. Inside were moonds o gowd coins. Raws o siller. Bings o wee bronze Knuts.

'Aa yours,' smiled Hagrid.

Aw Harry's – it wisnae real. The Dursleys couldnae hae kent aboot this or they'd hae taen it aff him in the blenk o an ee. Hoo mony times had they girned that it cost them an airm and leg tae keep Harry? And aw the time there had been a smaw fortune belangin him, yirdit deep unner London.

Hagrid helped Harry howk some o it intae a poke.

'The gowd anes are Galleons,' he explained. 'Seeventeen siller Heuks tae a Galleon and twinty-nine Knuts tae a Heuk, it's no that difficult. Richt, that should dae ye for a couple o terms, we'll keep the lave o it safe for ye here.' He turnt tae Gripheuk. 'Vault seeven hunner and thirteen noo, please, and dae we hae tae gae sae fast?'

'Jist got the wan speed,' said Gripheuk.

They were gaun even deeper noo and gaitherin speed. The air wis caulder and caulder gettin as they hurled roond ticht corners. They gaed rattlin ower a deep unnergroond glen, and Harry leaned ower the side tae try tae see whit wis doon at the pitmirk bottom o it, but Hagrid gruntit and poued him back by the scruff o the neck.

Vault seeven hunner and thirteen had nae keyhole.

'Staund back,' said Gripheuk importantly. He kittled the door gently wi yin o his lang fingirs and it simply meltit awa.

'If onybody but a Gringotts doolie tried that, they'd be sooked through the door and trapped in there,' said Gripheuk.

'Hoo aften dae ye check tae see if onybody's inside?' Harry spiered.

'Och, aboot wanced ivry ten year,' said Gripheuk wi a raither unfreendly grin.

Somethin awfie byordinar had tae be inside this tap-security vault, Harry wis shair, and fidgin fain he leaned forrit, expectin tae see fantoosh jewels at the verra least – but at first he thocht it wis toom. Then he noticed a clatty wee paircel happit up in broon paper lyin on the flair. Hagrid picked it up and posed it deep inside his coat. Harry langed tae ken whit it wis, but kent better than tae spier.

'C'moan, back in this affy cairt, and dinna talk tae me on the wey back, it's better if Eh keep meh mooth shut,' said Hagrid.

Wan haliket cairt-ride later they stood blenkin in the sunlicht ootside Gringotts. Harry didnae ken whaur tae rin first noo that he had a poke fu o siller. He didnae need tae ken hoo mony Galleons there were tae a poond tae ken that he wis haudin mair siller than he'd had in his haill life – mair siller than even Dudley had ever had in his grippie hauns.

'Micht as weel get yer uniform,' said Hagrid, noddin toward *Madam Maukin's Gouns for Aw Occasions*. 'Listen, Harry, wid ye mind if Eh slippit awa for a wee dram in the Crackit Caudron? Eh hate thae Gringotts cairts.' Hagrid still looked affy no weel, sae Harry gaed ben intae Madam Maukin's shop alane, feelin nervous.

Madam Maukin wis a dumpy, smilin carline buskit aw in mauve.

'Hogwarts, dear?' she said, when Harry sterted tae speak. 'Got awthin ye need here – anither young man gettin fittit up jist noo, in fact.'

In the back o the shop, a laddie wi a peeliewally, shairp face wis staundin on a fitstool while a second carline peened up his lang bleck goun. Madam Maukin pit Harry on a stool nixt tae him, slippit a lang goun ower his heid, and sterted tae peen it tae the richt length.

'Haw, there,' said the laddie, 'Hogwarts, tae?'

'Aye,' said Harry.

'Ma faither's nixt door buyin ma buiks and Mither's up the street lookin at wands,' said the laddie. He had a bored, langsome voice. 'Then I'm gonnae mak them tak me tae look at racin bizzums. I dinnae see hoo first-years cannae hae their ain. I think I'll bully Faither intae gettin me wan and I'll jist pauchle it in tae Hogwarts onywey.'

The laddie mindit Harry o Dudley.

'Ye got your ain bizzum?' the laddie gaed on.

'Naw,' said Harry.

'Play Bizzumbaw at aw?'

'Naw,' Harry said again, wunnerin whit on earth Bizzumbaw micht be.

'I dae – Faither says it'll be absolutely criminal if I'm no picked tae play for ma Hoose, and I hiv tae say, I agree. Ye ken whit hoose ye'll be in yet?'

'Naw,' said Harry, feelin mair stupit by the meenit.

'Weel, naebody really kens until they get there, dae they, but I ken I'll be in Slydderin, aw oor faimly hiv been – imagine bein in Hechlepech, I think I'd jist walk oot o Hogwarts awthegither – wid ye no?'

'Mmm,' said Harry, wishin he could say somethin a bit mair interestin.

'Haw, wid ye look at that yin!' said the laddie suddently, noddin toward the front windae. Hagrid wis staundin there, grinnin at Harry and pyntin at twa muckle ice creams tae shaw he couldnae cam in.

'That's Hagrid,' said Harry, pleased tae ken somethin the laddie didnae. 'He warks at Hogwarts.'

'Aye,' said the laddie, 'I've heard aboot him. He's some kinna servant, is he no?'

'He's the gemmekeeper,' said Harry. He wis takkin a richt scunner at this laddie's patter.

'Aye, exactly. I heard he's a sort o *teuchter* – bides in a bothy on the schuil groonds and ivry noo and then he gets blootered, tries tae dae magic, and ends up settin his bed on fire.'

'I think he's braw,' said Harry cauldly.

'*Dae* ye?' said the laddie, stertin tae look doon his neb at Harry. 'Hoo come he's wi you? Whaur are yer parents?'

'They're deid,' said Harry shairply. He didnae feel like talkin aboot it, no tae this snotty wean.

'Och, sorry,' said the ither, no soondin sorry at aw. 'But they were *oor* kind, eh?'

'They were a carline and warlock, if that's whit ye mean.'

'I really dinnae think they should let the ither sort in, dae you? They're jist no the same, they've no been brocht up tae ken our weys. Some o them havenae ever even heard o Hogwarts until they get the letter, wid ye credit it? I think they should jist keep it in the auld warlockin faimlies. Whit's yer surname, onywey?'

But afore Harry could answer, Madam Maukin said, 'That's you aw feenished, ma dear,' and Harry, no sorry for an excuse tae stap talkin tae this yin, jinked doon fae the fitstool.

'Weel, boond tae see ye at Hogwarts,' said the scunner-some laddie.

Harry didnae say ower muckle as he ate the ice cream Hagrid had bocht him (chocolate and raspberry wi chappit nuts).

'Whut's wrang?' said Hagrid.

'Naethin,' Harry lee'd. They stapped tae buy pairchment and quills. Harry cheered up a bittie when he foond a bottle o ink that chynged colour as ye scrievit. Wance they were oot the shop, he said, 'Hagrid, whit's Bizzumbaw?'

'Jings, Harry, Eh keep forgettin ye dinnae ken things – no kennin aboot Bizzumbaw!'

'Dinnae mak me feel warse,' said Harry. He telt Hagrid aboot the peeliewally laddie in Madam Maukin's.

'– and he said fowk fae Muggle faimlies shouldnae even be alloued in –'

'Ye're no *fae* a Muggle faimly. If he'd kent wha ye *were* – he's grown up kennin yer name if his parents are warlockin fowk – ye saw whut aabody wis like in the Crackit Caudron. Onywey, whut does he ken aboot it, some o the best Eh ever saw were the ainly anes wi magic in them fae a lang line o Muggles – look at yer ma! Look whit she had for a sister!'

'Sae whit is Bizzumbaw?'

'It's oor sport. Warlock sport. It's like – like fitba in the Muggle warld – aabody follaes Bizzumbaw – played up in the air on bizzums and there's fower baas – it's a bit haurd tae explain aa the rules.'

'And whit are Slydderin and Hechlepech?'

'Schuil hooses. There's fower. Aabody says Hechlepech are a bunch o tubes, but –'

'Bet ye I'm in Hechlepech,' said Harry, aw gloomy.

'Better Hechlepech than Slydderin,' said Hagrid daurkly. 'There's no a singil carline or warlock wha turnt bad wha wisnae in Slydderin. You-Ken-Wha wis ane.'

'Vol – sorry – You-Ken-Wha wis at Hogwarts?'

'Aye, he wis, aald lang syne,' said Hagrid.

They bocht Harry's schuil buiks in a shop cawed Flourish and Blotts whaur the shelves were stappit tae the ceilin wi buiks as muckle as causey stanes boond in leather; buiks the size o postage stamps in covers o silk; buiks fu o unco symbols and a wheen buiks wi naethin in them at aw. Even Dudley, wha never read onythin, wid hae been fidgin fain tae get his hauns on some o these. Hagrid jist aboot had tae cairt Harry awa fae *Curses and Coonter-curses (Beglamour Yer Freends and Bumbaze Yer Enemies wi the Latest Revenges: Hair Loss, Jeely-Legs, Tongue-Tackin and muckle, muckle mair)* by Professor Vindictus Viridian.

'I wis wantin tae find oot hoo tae pit a curse on Dudley.'

'Eh'm no sayin that isnae a braa idea, but ye're no tae use magic in the Muggle warld apairt fae in gey special circumstances,' said Hagrid. 'And onywey, ye couldnae mak ony o thae curses wark yet, ye'll need a lot mair study afore ye get that guid.'

Hagrid widnae let Harry buy a solid gowd caudron, either ('It says pewter on yer leet'), but they got a braw set o scales for weighin potion ingredients and a fauldable bress telescope. Then they veesited the apothecary's, which wis fascinatin eneuch tae mak up for its honkin smell, a mixter-maxter o year-auld eggs and foostie kail. Barrels o creeshie stuff stood on the flair; jaurs o herbs, dried roots, and bricht pooders lined the waws; bunnles o fedders, strings o fangs, and twistit clooks hangit fae the ceilin. While Hagrid spiered the man ahint the coonter for a supply o some basic potion ingredients for Harry, Harry himsel examined siller unicorn horns at twinty-wan Galleons each and minuscule, glistery-bleck clocker een (five Knuts a scoop).

Ootside the apothecary's, Hagrid checked Harry's leet again. 'Jist yer wand left – oh aye, and Eh still huvnae got ye a birthday present.'

Harry felt himsel gaun reid.

'Ye dinnae hae tae –'

'Eh ken Eh dinna huv tae. Tell ye whut, Eh'll get ye an animal. No a puddock, puddocks gaed oot fashion years ago, ye'd get lauched at – and Eh dinnae like bawdrins, they mak me sneeze. Eh'll get ye a hoolet. Aa the bairns want hoolets, they're affy usefu, cairry yer letters and aathin.'

Twinty meenits later, they left Eeylops Hoolet Emporium, which had been daurk and fu o reeshlin and flicherin jewel-bricht een. Harry noo cairried a muckle cage that held a bonnie snawy hoolet, fast asleep wi her heid unner her wing. He couldnae stap habblin his thanks, soondin jist like Professor Quirrell.

'Dinna mention it,' said Hagrid rochly. 'Dinna expect ye've had a lot o presents aff thae Dursleys. Jist Ollivanders left noo – ainly place for wands, Ollivanders, and ye've got tae hae the best wand.'

A magic wand ... this wis whit Harry had been really lookin forrit tae.

The lest shop wis nairra and run-doon. Peelin gowd letters ower the door read *Ollivanders: Makars o Fine Wands since 382 BC.* A singil wand lay on a fadit purpie cushion in the stoorie windae.

A bell rang somewhaur in the depths o the shop as they stepped inside. It wis a tottie wee place, toom apairt fae a tall spirlie chair that Hagrid sat on tae wait. Harry had a streenge feelin he had cam intae an awfie strict library; he swallaed a wheen o new questions that had jist cam tae him and keeked insteid at the thoosands o nairra kists piled trigly richt up tae the ceilin. For some reason, the back o his neck prinkled. Even the stoor and silence in here seemed tae dirl wi some hiddlin magic.

'Guid efternoon,' said a saft voice. Harry lowped. Hagrid

must hae lowped, tae, because there wis a lood crunchin soond and he scrammled quickly aff the spirlie chair.

An auld man wis staundin afore them, his wide, peeliewally een sheenin like twa muins through the hauf licht o the shop.

'Hullo,' said Harry, aw awkward.

'Aye, aye,' said the man. 'I thocht I'd be seein ye soon. Harry Potter.' It wisnae a question. 'Ye hae yer mither's een. It seems jist like yisterday she wis in here hersel, buyin her first wand. Ten and a quarter inches lang, a guid sweesh tae it, and made oot o sauch. A braw wand for chairm wark.'

Mr Ollivander flitted closer tae Harry. Harry wished he wid blenk. Thae sillery een were giein him the cauld creeps.

'Yer faither, on the ither haun, favoured a mahogany wand. Eleeven inches. Soople. A bittie mair pouer and braw for transfiguration. Weel, I say yer faither favoured it – it's really the wand that wales the warlock, o coorse.'

Mr Ollivander had cam sae close that he and Harry were jist aboot neb tae neb. Harry could see himsel reflectit in thae misty een.

'And that's whaur …'

Mr Ollivander touched the lichtnin-jag scaur on Harry's foreheid wi a lang, white fingir.

'I'm sorry tae say I selt the wand that did it,' he said saftly. 'Thirteen-and-a-hauf inches. Yew. Pouerfu wand, gey pouerfu, and in the wrang hauns … weel, if I'd kent whit that wand wis gaun oot intae the warld tae dae …'

He shook his heid and then, tae Harry's relief, spottit Hagrid.

'Rubeus! Rubeus Hagrid! Guid tae see ye again … Aik, saxteen inches, raither bendy, wis it no?'

'It wis, sir, aye,' said Hagrid.

'Guid wand, that yin. But nae doot they snappit it in hauf when ye got expelled?' said Mr Ollivander, suddently stern.

'Er – aye, they did, aye,' said Hagrid, shauchlin his feet. 'Eh've stull got the pieces, though,' he addit brichtly.

'But ye dinnae *use* them?' said Mr Ollivander shairply.

'Och na, sir,' said Hagrid quickly. Harry noticed he gruppit his pink umberellae gey ticht as he spoke.

'Hmmm,' said Mr Ollivander, giein Hagrid a sweir look. 'Weel, noo – Mr Potter. Let us see.' He poued a lang tape meisure wi siller merkins oot o his pooch. 'Which is yer wand airm?'

'Er – weel, I'm richt-haundit,' said Harry.

'Haud oot yer airm. That's it.' He meisured Harry fae shooder tae fingir, then sheckle tae elba, shooder tae flair, knap tae oxter and roond his heid. As he meisured, he said, 'Ivry Ollivander wand has a core o a pouerfu magical substance, Mr Potter. We use unicorn hairs, phoenix tail fedders, and the hertstrings o draigons. Nae twa Ollivander wands are the same, jist as nae twa unicorns, draigons, or phoenixes are the same. And o coorse, ye will never get as guid results wi anither warlock's wand.'

Harry suddently realised that the tape meisure, that wis meisurin atween his neb holes, wis daein this on its ain. Mr Ollivander wis flittin aroond the shelves, takkin doon wee kists. 'That will dae,' he said, and the tape meisure cowped intae a heap on the flair. 'Richt then, Mr Potter. Try this yin. Beechwidd and draigon hertstring. Nine inches. Guid and flexible. Jist tak it and gie it a wave.'

Harry taen the wand and (feelin gypit) waved it aroond a

bit, but Mr Ollivander wheeched it oot o his haun awmaist at wance.

'Maple and phoenix fedder. Seeven inches. Gey whuppy. Try –'

Harry tried – but he had haurdly liftit the wand when it wis taen back by Mr Ollivander as weel.

'Naw, naw – here, ebony and unicorn hair, eicht and a hauf inches, springy. Gaun, try it oot.'

Harry tried. And tried. He had nae idea whit Mr Ollivander wis waitin for. The pile o tried wands wis mair and mair muckle gettin on the spirlie chair, but the mair wands Mr Ollivander poued aff the shelves, the happier he seemed tae get.

'Fykie customer, eh? Dinnae fash, we'll find the perfect match here somewhaur – hing on, noo – aye, why no – unco combination – holly and phoenix fedder, eleeven inches, braw and soople.'

Harry taen the wand. He felt a sudden warmth kittlin in his fingirs. He liftit the wand abune his heid, brocht it sweeshin doon through the stoorie air and a shooer o reid and gowd spairks shot fae the end like a firewark, flingin dauncin spots o licht ontae the waws. Hagrid hooched and clapped and Mr Ollivander cried, 'Och, braw biscuits! Aye, indeed, och, verra guid. Weel, weel, weel … hoo unco … hoo awfie unco …'

He pit Harry's wand back intae its kistie and wrappit it in broon paper, aye mummlin, 'Unco … unco …'

'Sorry,' said Harry, 'but *whit's* unco aboot it?'

Mr Ollivander glowered at Harry wi his siller een.

'I mind ivry wand I've ever selt, Mr Potter. Ivry singil wand. It sae happens that the phoenix whase tail fedder is in yer wand, gied anither fedder – jist yin ither. It is awfie curious indeed that ye should be destined for this wand when its brither – weel, its brither gied ye that scaur.'

Harry swallaed.

'Aye, thirteen-and-a-hauf inches. Yew. It is unco indeed hoo these things turn oot. The wand wales the warlock, mind … I think we must expect great things fae you, Mr Potter … Efter aw, He Wha Shouldnae Be Named did great things – awfie things, aye, but great.'

Harry shiddered. He wisnae shair he liked Mr Ollivander aw that muckle. He peyed seeven gowd Galleons for his wand, and Mr Ollivander boued them oot o his shop.

The late-efternoon sun hingit laich in the lift as Harry and Hagrid made their wey back doon the Squinty Gate, back through the waw, back through the Crackit Caudron, noo desertit. Harry didnae speak at aw as they walked doon the road; he didnae even notice hoo mony fowk were gowkin at them on the Unnergroond, comin doon as they were wi aw their unco-shaped pokes, wi the snawy hoolet asleep in its cage on Harry's lap. Up anither escalator, oot intae Paddington station; Harry ainly realised whaur they were when Hagrid chapped him on the shooder.

'Got time for some scran afore yer train,' he said.

He bocht Harry and himsel a hamburger and they sat doon on plastic seats tae eat them. Harry keepit lookin aroond. Awthin roond aboot looked somewey fremmit and new.

'Ye aa richt, Harry? Ye're affy quiet,' said Hagrid.

Harry wisnae shair he could explain. He'd jist had the best birthday o his life – and yet – he chawed his hamburger, tryin tae find the richt words.

'Awbody thinks I'm special,' he said at lest. 'Aw thae fowk in the Crackit Caudron, Professor Quirrell, Mr Ollivander … but I dinnae ken onythin aboot magic at aw. Hoo can they expect great things? I'm famous and I cannae even mind whit I'm famous for. I dinnae ken whit happened when Vol– sorry – I mean, the nicht ma parents dee'd.'

Hagrid leaned ower the table. Ahint the radge beard and eebroos he wore an awfie kind smile.

'Dinna you worry, Harry. Ye'll learn glegly eneuch. Aabody sterts at the beginnin at Hogwarts, ye'll be jist fine. Jist be yersel. Eh ken it's haurd. Ye've been singled oot, and that's ayewis haurd. But ye'll hae a braa time at Hogwarts – I did – still dae, as a maitter o fact.'

Hagrid helpit Harry ontae the train that wid tak him back tae the Dursleys, then haundit him an envelope.

'Yer ticket for Hogwarts,' he said. 'First o September – King's Cross – it's aa on yer ticket. Ony bather wi the Dursleys, send me a letter wi yer hoolet, she'll ken whar tae find me … See ye efter, Harry.'

The train poued oot o the station. Harry wantit tae watch Hagrid until he wis oot o sicht; he rose up fae his seat and pressed his neb against the windae, but he blenked and Hagrid wis awa.

Chaipter Sax

The Journey fae Platform Nine and Three-Quarters

Harry's lest month wi the Dursleys wis nae fun. True, Dudley wis noo sae feart o Harry he widnae stey in the same room as him, while Auntie Petunia and Uncle Vernon didnae shut Harry in his cupboard, mak him dae onythin, or yelloch at him – in fact, they didnae speak tae him at aw. Hauf-frichtit, hauf-bealin, they cairried on as though ony chair wi Harry in it wis toom. Although this wis better in mony weys, it did stert tae get him doon efter a while.

Harry steyed in his room, wi his new hoolet for company. He had decidit tae caw her Hedwig, a name he had foond in *A History o Magic*. His schuil buiks were gey interestin. He lay on his bed readin late intae the nicht, Hedwig swoofin in and oot o the open windae as she pleased. It wis lucky that Auntie Petunia didnae cam in tae hoover onymair, because Hedwig keepit bringin hame deid mice. Ivry nicht afore he gaed tae sleep, Harry ticked aff anither day on the daud o paper he had peened tae the waw, coontin doon tae September the first.

On the lest day o August he thocht he'd better speak tae his auntie and uncle aboot gettin tae King's Cross station the nixt day, sae he gaed doon tae the front room whaur they were watchin a quiz show on the television. He cleared his thrapple tae let them ken he wis there, and Dudley skirled and ran oot the room.

'Er – Uncle Vernon?'

Uncle Vernon gruntit tae let on he wis listenin.

'Er – I need tae be at King's Cross the morra tae – tae go tae Hogwarts.'

Uncle Vernon gruntit again.

'Wid it be aw richt if ye gied me a lift?'

Grunt. Harry supposed that meant aye.

'Thank ye.'

He wis aboot tae gang back upstairs when Uncle Vernon actually spoke.

'Funny wey tae get tae a warlocks' schuil, the train. Magic cairpets no runnin the morra, are they?'

Harry didnae say onythin.

'Whaur is this schuil, onywey?'

'I dinnae ken,' said Harry, realisin this for the first time. He poued the ticket Hagrid had gien him oot o his pooch.

'I jist tak the train fae platform nine and three-quarters at eleeven o'clock,' he read.

His auntie and uncle gowked.

'Platform whit?'

'Nine and three-quarters.'

'Dinnae haver!' said Uncle Vernon. 'There is nae platform nine and three-quarters.'

'It's on ma ticket.'

'Dippit,' said Uncle Vernon, 'gypit, glaikit, the lot o them. Ye'll see. Ye jist wait. Aw richt, we'll tak ye tae King's Cross. We're gaun up tae London the morra onywey, or I widnae bother.'

'Why are ye gaun tae London?' Harry spiered, tryin tae be freendly.

'Takkin Dudley tae the hospital,' grooled Uncle Vernon. 'Gaun tae get that grumphie's tail aff afore he gangs tae Smeltings.'

Harry waukened at five o'clock the nixt mornin and wis ower excitit and nervous tae gang back tae sleep. He got up and poued on his jeans because he didnae want tae walk intae the station in his warlock's goun – he'd chynge on the train. He checked his Hogwarts leet yet again tae mak shair he had awthin he needit, saw that Hedwig's cage door wis steekit, and then paced up and doon the room, waitin for the Dursleys tae get up. Twa oors later, Harry's muckle, heavy kist had been loadit intae the Dursleys' caur, Auntie Petunia had talked Dudley intae sittin nixt tae Harry, and they had set aff.

They raxed King's Cross at hauf past ten. Uncle Vernon pit Harry's kist ontae a trolley and wheeled it intae the station for him. Harry thocht this wis unco kind until Uncle Vernon stapped deid, facin the platforms wi an ill-trickit grin on his face.

'Weel, there ye are, laddie. Platform nine – platform ten.

Yer platform should be somewhaur in the middle, but they dinnae seem tae hae built it yet, dae they?'

He wis richt, o coorse. There wis a muckle plastic nummer nine ower ane platform and a muckle plastic nummer ten ower the ane nixt tae it, and in the middle, naethin at aw.

'Hae a guid term,' said Uncle Vernon wi an even mair ill-trickit smile. He left wioot anither word. Harry birled roond and saw the Dursleys drive awa. Aw three o them were lauchin. Harry's mooth wis suddently droothie. Whit on earth wis he gaun tae dae? He wis stertin tae get a lot o funny looks, because o Hedwig. He'd hae tae spier somebody.

He stapped a passin guaird, but didnae daur mention platform nine and three-quarters. The guaird had never heard o Hogwarts and when Harry couldnae even tell him whit pairt o the country it wis in, he sterted tae get crabbit, as though Harry wis bein stupit on purpose. Gettin desperate, Harry spiered for the train that left at eleeven o'clock, but the guaird said there wisnae ane. The end-up wis the guaird struntit aff, mumpin aboot time wasters. Harry wis noo tryin haurd no tae panic. Gaun by the muckle clock ower the arrivals board, he had ten meenits left tae get on the train tae Hogwarts and he had nae idea hoo tae dae it; he wis strandit in the middle o a station wi a kist he could haurdly lift, a pooch fu o warlock siller, and a muckle big hoolet.

Hagrid must hae forgot tae tell him somethin ye had tae dae, like chappin the third brick on the left tae get intae the Squinty Gate. He wunnered if he should get oot his wand and stert chappin the ticket buckie atween platforms nine and ten. At that moment a group o fowk passed jist ahint him and he caucht a swatch o whit they were sayin.

'– hotchin wi Muggles, sae it wis –'

Harry birled roond. The speaker wis a sonsie wummin wha wis talkin tae fower laddies, aw wi bleezin reid hair. Each o them wis pushin a kist like Harry's in front o him – and they had a *hoolet.*

Hert poondin, Harry pushed his trolley efter them. They stapped and sae did he, jist near eneuch tae hear whit they were sayin.

'Noo, whit's the platform nummer?' said the laddies' mither.

'Nine and three-quarters!' piped up a wee lassie, anither reid-heidit bairn, wha wis haudin her haun, 'Maw, hoo come I cannae go …'

'Ye're no auld eneuch, Ginny, wheesht. Aw richt, Percy, you gang first.'

Whit looked like the auldest laddie mairched toward platforms nine and ten. Harry watched, feart tae blenk in case he missed it – but jist as the laddie raxed the divide atween the twa platforms, a muckle bourach o tourists cam swarmin in front o him and by the time they had cleared awa, the laddie had disappeart.

'Fred, you nixt,' the sonsie wife said.

'I'm no Fred, I'm Geordie,' said the laddie. 'Honestly, wummin, ye caw yirsel oor mither? Can ye no *tell* that I'm Geordie?'

'Sorry, Geordie, ma dear.'

'Jist haein ye on, I am Fred,' said the laddie, and aff he nashed. His twin cawed efter him tae hurry up, and he must hae hurried up, because a second efter, he wis awa – but hoo had he done it?

Noo the third brither wis walkin smertly toward the ticket bairrier – he wis jist aboot there – and then, suddently, he wisnae onywhaur.

There wis naethin else for it.

'Excuse me,' Harry said tae the sonsie wummin.

'Hullo, dear,' she said. 'First time at Hogwarts? Ron's new as weel.'

She pynted at the lest and youngest o her sons. He wis a lang-leggit skinnymalink wi fernietickles, muckle hauns and feet, and a lang neb.

'Aye,' said Harry. 'The thing is – the thing is, I dinnae ken hoo tae –'

'Hoo tae get ontae the platform?' she said in a couthie wey, and Harry noddit.

'Dinnae fash,' she said. 'Aw ye hae tae dae is walk straicht at the bairrier atween platforms nine and ten. Dinnae stap and dinnae be feart ye'll crash intae it, that's awfie important. Better tae tak a bit o a run at it if ye're nervous. Gaun, gang noo afore Ron.'

'Er – aw richt then,' said Harry.

He pushed his trolley roond and glowered at the bairrier. It looked gey solid.

He sterted tae walk toward it. Fowk dunted by him on their wey tae platforms nine and ten. Harry walked mair quickly. He wis gaun tae boonce richt aff that bairrier and then he'd be in trouble – leanin forrit on his trolley, he broke intae a stummlin run – the bairrier wis comin nearer and nearer – he widnae be able tae stap – the trolley wis oot o control – he wis a fit awa – he closed his een ready for a muckle DOOF –

It didnae cam ... he keepit on rinnin ... he opened his een.

A scairlet steam engine wis waitin nixt tae a platform hotchin wi fowk. A sign owerheid said *Hogwarts Express, eleeven o'clock*. Harry keeked ahint him and saw a wrocht-airn airchwey whaur the bairrier had been, wi the words *Platform Nine and Three-Quarters* on it. He had done it.

Reek fae the engine driftit ower the heids o the gabbin crood, while bawdrins o ivry colour cooried here and there atween their legs. Hoolets hooted tae ane anither in a scunnered sort o wey ower the clishmaclavers and the scartin o heavy kists.

The first wheen cairriages were awready stowed oot wi students, some hingin oot o the windae tae talk tae their faimlies, some fechtin ower seats. Harry pushed his trolley doon the platform in search o a free seat. He passed a baw-faced laddie wha wis sayin, 'Gran, I've tint ma puddock again.'

'Och, *Neville*,' he heard the auld wummin sech.

A laddie wi dreidlocks wis surroondit by a smaw crood.

'Gonnae gie us a look, Lee. C'moan, let us see it.'

The laddie liftit the lid o a box in his airms, and the fowk aroond him skraiched and yowled as somethin inside poked oot a lang, hairy leg.

Harry heidit on through the crood until he foond a toom compairtment near the end o the train. He pit Hedwig inside first and then sterted tae haul his kist toward the train door. He tried tae lift it up the steps but could haurdly raise wan end o it and twiced he drapped it on his fit which wis gey sair baith times.

'Needin a haun?' It wis ane o the reid-heidit twins he'd follaed through the bairrier.

'Aye, please,' Harry peched.

'Haw, Fred! Shift yer bahookie ower here and get the fingir oot!'

Wi the twins' help, Harry's kist wis at lest pit awa in a corner o the compairtment.

'Thanks,' said Harry, pushin his switey hair oot o his een.

'Whit's that?' said ane o the twins suddently, pyntin at Harry's lichtnin scaur.

'Jings,' said the ither twin. 'Are ye –?'

'He *is*,' said the first twin. 'Are ye no?' he addit tae Harry.

'Whit?' said Harry.

'*Harry Potter*,' chorused the twins.

'Och, him,' said Harry. 'I mean, aye, I am.'

The twa laddies gowked at him, and Harry felt himsel turnin reid. Then, tae his relief, a voice cam flochterin in through the train's open door.

'Fred? Geordie? Are ye there?'

'Comin, Maw.'

Wi a lest look at Harry, the twins lowped doon aff the train.

Harry sat nixt tae the windae whaur, hauf-hidden, he could watch the reid-heidit faimly on the platform and hear whit they were sayin. Their mither had jist taen oot her handkerchief.

'Ron, ye've got somethin hingin aff yer neb.'

The youngest laddie tried tae jouk oot o the road, but she taen a haud o him and sterted dichtin awa at his face.

'*Maw* – gonnae no dae that.' He warsled his wey free.

'Aw, has wee Ronnie got somethin on his nebbie?' said wan o the twins.

'Wheesht you,' said Ron.

'Whaur's Percy?' said their mither.

'Here he's comin noo.'

The auldest laddie cam mairchin intae sicht. He had awready chynged intae his braw bleck Hogwarts goun, and Harry noticed a sheeny reid and gowd badge on his chist wi the letter *P* on it.

'Cannae stey lang, Mither,' he said. 'I'm up front, the Prefects hiv got twa compairtments tae themsels –'

'Oh, are ye a *Prefect*, Percy?' said wan o the twins as if they couldnae believe it. 'Ye should hae said somethin, we had nae idea.'

'Hing on noo, I seem tae mind him sayin somethin aboot it,' said the ither twin. 'Wanced –'

'Or twiced –'

'A meenit –'

'Aw simmer lang –'

'Och, awa and raffle yersels,' said Percy the Prefect

'Hoo come Percy gets a new gounie, onywey?' said ane o the twins.

'Because he's a *Prefect*,' said their mither proodly. 'Aw richt, dear, weel, hae a guid term – send me a hoolet when ye get there.'

She gied Percy a kiss on the cheek and he left. Then she turnt tae the twins.

'Noo, yous twa – this year, see and behave yoursels. If I get wan mair hoolet tellin me ye've – ye've blawn up a cludgie or –'

'Blaw up a cludgie? We've never blawn up a cludgie.'

'Guid idea though, thanks, Maw.'

'It's *no funny*. And look efter Ron.'

'Dinnae worry, wee Ronnie is safe wi us.'

'Wheesht you,' said Ron again. He wis near as tall as the twins awready and his neb wis still pink whaur his mither had been dichtin it.

'Hey, Maw, guess whit? Guess wha we jist met on the train?'

Harry leaned back quick sae they couldnae see him lookin.

'Ye ken that laddie wi the bleck hair wha wis near us in the station? Ken wha he is?'

'Wha?'

'Harry Potter!'

Harry heard the wee lassie's voice.

'Oh, Maw, can I get on the train and see him, Maw, oh please …'

'Ye've awready seen him, Ginny, and the puir laddie isnae somethin ye gowk at in a zoo. Is he really, Fred? Hoo dae ye ken?'

'Spiered him. Saw his scaur. It's really there – like lichtnin.'

'Puir *dear* – nae wunner he wis alane. I wis wunnerin aboot that. He wis awfie poleet when he spiered hoo tae get ontae the platform.'

'Dinnae fash aboot that, dae ye think he minds whit You-Ken-Wha looks like?'

Their mither wis suddently shairp wi them.

'I dinnae want you spierin him, Fred. Naw, dinnae you daur. As though he needs tae be mindit o that on his first day at the schuil.'

'Aw richt, Maw. Keep the heid, will ye!'

A whustle soondit.

'Hurry up!' their mither said, and the three laddies clambered ontae the train. They leaned oot o the windae for her tae kiss them guid-bye, and their wee sister sterted bubblin.

'Dinnae greet, Ginny, we'll send ye hunners o hoolets.'

'We'll send ye a Hogwarts cludgie seat.'

'*Geordie*!'

'Jist jokin, Maw.'

The train sterted tae move. Harry saw the laddies' mither wavin and their sister, hauf lauchin, hauf greetin, rinnin tae keep up wi the train until it gaithered ower muckle speed, then she stapped and jist waved.

Harry watched the lassie and her mither disappear as the train roondit the corner. Hooses flashed past the windae. Harry felt a great gowp o excitement. He didnae ken whit he wis aheid o him – but it had tae be better than whit he wis leain ahint.

The door o the compairtment sliddered open and the youngest reid-heidit laddie cam in.

'Onybody sittin there?' he spiered, pyntin at the seat forenent Harry. 'Aw the ither seats is fu.'

Harry shook his heid and the laddie sat doon. He glisked at Harry and then keeked quickly oot o the windae, pretendin he hadnae looked. Harry saw he still had a bleck merk on his neb.

'Haw, Ron.'

It wis the twins again.

'Listen, we're gaun doon the middle o the train – Lee Jordan's got a giant tarantula doon there.'

'Richt,' mumped Ron.

'Harry,' said the ither twin, 'did we introduce oorsels? Fred and Geordie Weasley. And this is Ron, oor brither. See ye efter, then.'

'Bye,' said Harry and Ron. The twins sliddered the compairtment door shut ahint them.

'Are ye really Harry Potter?' Ron blurtit oot.

Harry noddit.

'Och – weel, I thocht it wis jist wan o Fred and Geordie's pliskies,' said Ron. 'And hiv ye really got – ye ken ...'

He pynted at Harry's foreheid.

Harry poued back his coo's lick tae shaw the lichtnin scaur. Ron gawped.

'Sae that's whaur You-Ken-Wha –?'

'Aye,' said Harry, 'but I cannae mind onythin aboot it.'

'Naethin?' said Ron, fidgin tae ken mair.

'Weel – I mind a lot o green licht, but naethin else.'

'Oh, ya boay,' said Ron. He sat and gowked at Harry for a wheen moments, then, as though he had suddently realised whit he wis daein, he keeked quickly oot o the windae again.

'Are aw yer faimly warlocks?' spiered Harry, wha foond Ron jist as interestin as Ron foond him.

'Er – aye, I think sae,' said Ron. 'I think Maw's got a second cousin wha's an accoontant, but we never talk aboot him.'

'Sae ye must ken hunners o magic awready.'

The Weasleys were clearly ane o thae auld warlock faimlies the peeliewally laddie in the Squinty Gate had talked aboot.

'I heard ye gaed tae stey wi Muggles,' said Ron. 'Whit are they like?'

'Dreidfu – weel, no aw o them. Ma auntie and uncle and cousin are, though. Wish I'd had three warlock brithers.'

'Five,' said Ron. For some reason, he wis lookin doon in the mooth. 'I'm the saxth in oor faimly tae gang tae Hogwarts. Ye micht say I've got a lot tae live up tae. Bill and Chairlie hae awready left – Bill wis heid boay and Chairlie wis captain o Bizzumbaw. Noo Percy's a Prefect. Fred and Geordie like a guid cairry-on, but they still get really guid merks and awbody thinks they're awfie funny. Awbody expects me tae dae as weel as the ithers, but if I dae, naebody will care, because they did it first. Ye never get onythin new, either, wi five brithers. I've got Bill's auld goun, Chairlie's auld wand, and Percy's auld ratton.'

Ron raxed inside his jaiket and poued oot a fat gray ratton, that wis soond asleep.

'He's cawed Scabbers and he's absolutely haunless, he haurdly ever wauks up. Percy got an hoolet fae ma da for bein made a Prefect, but they couldnae aff – I mean, I got Scabbers insteid.'

Ron's lugs turnt pink. He seemed tae think he'd said ower muckle, because he gaed back tae gawpin oot the windae.

Harry didnae think there wis onythin wrang wi no bein able tae afford a hoolet. Efter aw, he'd never had ony siller in his life until a month syne, and he telt Ron this, aw aboot haein tae wear Dudley's auld claes and never gettin proper birthday presents. This seemed tae cheer Ron up.

'… and until Hagrid telt me, I didnae ken onythin aboot bein a warlock or aboot ma parents or Voldemort –'

Ron gowped.

'Whit?' said Harry.

'Ye said You-Ken-Wha's name!' said Ron, soondin baith taen aback and up tae high doh. 'I'd hae thocht you, o aw fowk –'

'I'm no tryin tae be *brave* or onythin, sayin the name,' said Harry, 'I jist never kent ye shouldnae. See whit I mean? I've got hunners tae learn … I bet,' he addit, voicin for the first time somethin that had been fashin him a lot lately, 'I bet I'm the warst in the cless.'

'Ye winnae be. There's hunners o fowk wha cam fae Muggle faimlies and they learn quick eneuch.'

While they had been talkin, the train had cairried them oot o London. Noo they were speedin past fields fu o kye and sheep. They didnae speak for a whilie, watchin the fields and lanes flittin past.

Aroond hauf past twelve there wis a muckle clatterin ootside in the corridor and a smilin, dimpled wummin sliddered back their door and said, 'Onythin aff the trolley, dears?'

Harry had had nae breakfast and lowped tae his feet, but Ron's lugs gaed pink again and he mumped that he'd brocht pieces. Harry nashed oot intae the corridor.

He had never had ony siller for sweeties wi the Dursleys, and noo that he had pooches jinglin wi gowd and siller he wis ready tae buy as mony Mars Bars as he could cairry – but the wummin didnae hae Mars Bars. Whit she did hae were Bertie Bott's Ivry Flavour Beans, Drooble's Best Blawin Gum, Chocolate Puddocks, Pumpkin Bridies, Caudron Cakes, Liquorice Wands, and a wheen ither streenge things Harry hadnae ever seen in his life. No wantin tae miss oot on onythin, he got some o awthin and peyed the wummin eleeven siller Heuks and seeven bronze Knuts.

Ron gawped as Harry brocht it aw back in tae the compairtment and cowped it ontae a toom seat.

'Hungry, are ye?'

'Stervin,' said Harry, takkin a muckle bite oot o a pumpkin bridie.

Ron had taen oot a lumpy poke and opened it. There were fower pieces inside. He poued ane o them apairt and said, 'She aye forgets I dinnae like corned beef.'

'Swap ye for ane o these,' said Harry, haudin up a bridie. 'C'moan –'

'Ye dinnae want this, it's aw dry,' said Ron. 'She's never got ony time,' he addit quickly, 'ye ken, wi the five o us.'

'Here, tak a bridie,' said Harry, wha had never had onythin tae share afore or, for that maitter, onybody tae share it wi. It wis a braw feelin, sittin there wi Ron, scrannin their wey through aw Harry's bridies, cakes, and sweeties (the pieces lay forgotten).

'Whit are these?' Harry spiered Ron, haudin up a poke o Chocolate Puddocks. 'They're no *really* puddocks, are they?' He wis stertin tae feel that naethin wid surprise him.

'Naw' said Ron. 'But see whit the caird is. I'm needin Agrippa.'

'Whit?'

'Och, o coorse, ye widnae ken – Chocolate Puddocks hae cairds inside them, ye ken, tae collect – Famous Carlines and Warlocks. I've got aboot five hunner, but I havenae got Agrippa or Ptolemy.'

Harry unwrappit his Chocolate Puddock and picked up the caird. It shawed a man's face. He wore hauf-muin glesses, had a lang squint neb, and flowin siller hair, beard and mowser. Unnerneath the pictur wis the name *Albus Dumbiedykes*.

'Sae *this* is Dumbiedykes!' said Harry.

'Dinnae tell me ye'd never heard o Dumbiedykes!' said Ron. 'Can I hae a puddock? I micht get Agrippa – thanks –'

Harry turnt ower his caird and read:

ALBUS DUMBIEDYKES,
currently Heidmaister o Hogwarts.
Considered by mony the greatest
warlock o modren times, Dumbiedykes
is particularly weel-kent for his defeat
o the Daurk warlock Grindelwald
in 1945, for the discovery o the twal
uses o draigon's bluid, and his wark on
alchemy wi his pairtner, Nicolas Flamel.
Professor Dumbiedykes enjoys chaumer
music and tenpin bools.

Harry turnt the caird back ower and saw, tae his bumbazement, that Dumbiedykes' face had disappeart.

'He's awa!'

'Weel, ye cannae expect him tae hing aboot aw day,' said Ron. 'He'll cam back. Naw, I've got Morgana again and I've got aboot sax o her … dae ye want it? Ye can stert collectin.'

Ron's een wannered tae the pile o Chocolate Puddocks waitin tae be unwrappit.

'Help yersel,' said Harry. 'But ken in the Muggle warld, fowk jist stey pit in photies.'

'Dae they? Whit, they dinnae budge at aw?' Ron soondit amazed. '*Streenge!*'

Harry gawped as Dumbiedykes daunnered back intae the pictur on his caird and gied him a wee smile. Ron wis mair interestit in scrannin the puddocks than lookin at the Famous

Carlines and Warlocks cairds, but Harry couldnae keep his een aff them. Soon he didnae jist hae Dumbiedykes and Morgana, but Hengist o Widdcraft, Alberic Grunnion, Circe, Paracelsus, and Merlin. He finally rived his een awa fae the druidess Cliodna, wha wis howkin her neb, tae open a poke o Bertie Bott's Ivry Flavour Beans.

'Ye better caw canny wi thae wans,' Ron warned Harry. 'When they say ivry flavour, they mean ivry flavour – ye ken, ye get aw the ordinar wans like chocolate and peppermint and mairmalade, but then ye can get spinach and liver and tripe. Geordie reckons he had a snochter-flavoured yin wance.'

Ron picked up a green bean, looked at it carefu-like, and bit intae a corner.

'That's honkin – see? Sproots.'

They had a guid time eatin the Ivry Flavour Beans. Harry got toast, coconut, baked bean, strawberry, curry, gress, coffee, sardine, and wis even brave eneuch tae chaw the end aff a funny gray wan Ron widnae touch, which turnt oot tae be pepper.

The countryside noo fleein past the windae wis wilder gettin. The trig fields had gane. Noo there were widds, twistin rivers, and daurk green braes.

There wis a chap on the door o their compairtment and the baw-faced laddie Harry had passed on platform nine and three-quarters cam in. He looked like he'd been greetin.

'Sorry,' he said, 'but hiv ye seen a puddock?'

When they shook their heids, he bubbled, 'I've lost him! He keeps gettin awa fae me!'

'He'll mibbe turn up soon,' said Harry.

'Aye,' said the boay meeserably. 'Weel, if ye see him …'

He gaed oot.

'Dinnae ken why he's sae bothered,' said Ron. 'If I'd brocht a puddock I'd loss it as quick as I could. Mind ye, I brocht Scabbers, sae I cannae talk.'

The ratton wis aye doverin on Ron's lap.

'He could be deid and ye widnae ken the difference,' said Ron, scunnered. 'I tried tae turn him yella yisterday tae mak him mair interestin, but the cantrip didnae wark. I'll shaw ye, look...'

He raiked aroond in his kist and poued oot a gey battered-lookin wand. It wis chippit in places and somethin white wis glentin at the end.

'Unicorn hair's nearly pokin oot. Onywey –'

He had jist liftit his wand when the compairtment door sliddered open again. The puddockless laddie wis back, but this time he had a lassie wi him. She wis awready wearin her new Hogwarts goun.

'Has onybody seen a puddock? Neville's lost yin,' she said. She had a bossy sort o voice, a heid o bushy broon hair, and kinna muckle front teeth.

'We've awready telt him we havenae seen it,' said Ron, but the lassie wisnae listenin, she wis lookin at the wand in his haun.

'Oh, are ye daein magic? Let's see it, then.'

She sat doon. Ron looked taen aback.

'Er – aw richt.'

He cleared his thrapple.

'Pretty, bonnie, schön and bella,
Turn this glaikit ratton yella.'

He wagged his wand, but naethin happened. Scabbers steyed gray and soond asleep.

'Are ye shair that's a real cantrip?' said the lassie. 'Weel, it's no verra guid, is it? I've tried a wheen simple cantrips jist for practice and they aw warked for me. Naebody in ma faimly's magic at aw, it wis a muckle surprise when I got ma letter, but I wis awfie pleased, o coorse, I mean, it's the verra best schuil o carlinecraft there is, I've heard – I've learned aw oor course buiks aff by hert, I jist hope it will be eneuch – I'm Hermione Granger, by the wey, wha are you?'

She said aw this awfie fast.

Harry looked at Ron, and wis relieved tae see by his face that he hadnae learned aw the course buiks by hert either.

'I'm Ron Weasley,' Ron mumped.

'Harry Potter,' said Harry.

'Are ye really?' said Hermione. 'I ken aw aboot ye, o coorse – I got a wheen extra buiks for backgroond readin, and you're in *Modren Magical History* and *The Rise and Faw o the Daurk Airts* and *Great Warlockin Events o the Twintieth Century*.'

'Am I?' said Harry, feelin dumfoonert.

'Jings, did ye no ken, I'd hae foond oot aw aboot it, if it wis me,' said Hermione. 'Dae either o ye ken whit Hoose ye'll be in? I've been spierin fowk, and I hope I'm in Gryffindor, it soonds by faur the best; I hear Dumbiedykes himsel wis in it, but I'm thinkin Corbieclook widnae be aw that bad. … Onywey, we'd better gang and look for Neville's puddock. You twa had better chynge, ye ken, nae doot we'll be there soon.'

And she left, takkin the puddockless laddie wi her.

'Whitever hoose I'm in, I hope she's no in it,' said Ron. He flung his wand back intae his kist. 'Stupit cantrip – Geordie gied me it, bet he kent it wis nae use.'

'Whit hoose are yer brithers in?' spiered Harry.

'Gryffindor,' said Ron. He seemed tae be doon in the mooth again. 'Maw and Da were in it, tae. I dinnae ken whit they'll say if I'm no. I dinnae suppose Corbieclook wid be bad, but imagine if they pit me in Slydderin.'

'That's the hoose Vol –, I mean, You-Ken-Wha wis in?'

'Aye,' said Ron. He sliddered back intae his seat, lookin aw scunnered.

'Ye ken, I think the ends o Scabbers' whuskers are a bittie lichter,' said Harry, tryin tae tak Ron's mind aff hooses. 'Sae whit dae yer auldest brithers dae noo that they've left, onywey?'

Harry wis wunnerin whit a warlock did wance he'd feenished the schuil.

'Chairlie's in Romania studyin draigons, and Bill's in Africa daein somethin for Gringotts,' said Ron. 'Did ye hear aboot Gringotts? It's been aw ower the *Daily Prophet*, but I dinnae suppose ye get that wi the Muggles – someone tried tae brek intae a tap-security vault.'

Harry gowked.

'Really? Whit happened tae them?'

'Naethin, that's hoo it's sic big news. They've no been caucht. Ma da says it must hae been a pouerfu Daurk warlock tae get roond Gringotts, but they dinnae think they've taen onythin, that's whit's unco. Coorse, awbody gets feart when somethin like this happens jist in case You-Ken-Wha's ahint it.'

Harry turnt this news ower in his mind. He wis stertin tae get a stob o fear ivry time You-Ken-Wha wis mentioned. He supposed this wis aw pairt o gaun ben intae the magical warld, but it had been a lot mair comfortable sayin 'Voldemort' wioot worryin.

'Whit's yer Bizzumbaw team?' Ron spiered.

'Er – I dinnae ken ony,' Harry confessed.

'Whit!' Ron looked dumfoonert. 'Oh, you wait, it's the best gemme in the warld –' And he wis aff, explainin aw aboot the fower baws and the positions o the seeven players, describin famous gemmes he'd been tae wi his brithers and the bizzum he'd like tae get if he had the siller. He wis jist takkin Harry through the finer pyntes o the gemme when the compairtment door sliddered open yet again, but it wisnae Neville the puddockless laddie, or the lassie Hermione Granger this time.

Three laddies breenged in, and Harry recognised the middle ane at wance: it wis the peeliewally laddie fae Madam Maukin's goun shop. He wis lookin at Harry wi a lot mair interest than he'd shawn back at the Squinty Gate.

'Is it true?' he said. 'They're sayin aw doon the train that Harry Potter's in this compairtment. Sae it's you, is it?'

'Aye,' said Harry. He wis lookin at the ither laddies. Baith o them were muckle-boukit and looked gey roch. Staundin on either side o the peeliewally laddie, they looked like bodyguairds.

'Oh, this is Crabbit and this is Gurr,' said the peeliewally laddie aff-loof, seein whaur Harry wis lookin. 'And ma name's Malfoy, Draco Malfoy.'

Ron gied a wee hoast, that micht hae been hidin a snicher. Draco Malfoy glowered at him.

'Think ma name's funny, dae ye? Nae need tae spier wha *you* are. Ma faither telt me aw the Weasleys hae reid hair, fernietickles and mair bairns than they can afford.'

He turnt back tae Harry. 'Ye'll soon find oot some warlock faimlies are faur better than ithers, Potter. Ye dinnae want tae stert makkin freends wi the wrang sort. I can help ye there.'

He held oot his haun tae shak Harry's, but Harry didnae tak it. 'I think I can tell wha the wrang sort are for masel, thanks,' he said cauldly.

Draco Malfoy didnae turn reid, but his peeliewally cheeks did appear a wee bit pink.

'I'd caw canny if I were you, Potter,' he said slawly. 'Unless ye're a bit mair poleet ye'll end up the same wey as yer parents. They didnae ken whit wis guid for them, either. Ye hing aroond wi tinkies like the Weasleys and that Hagrid, and it'll rub aff on ye.'

Baith Harry and Ron stood up.

'Say that again,' Ron said, his face as reid as his hair.

'Oh, ye're gonnae fecht us, are ye?' Malfoy snashed.

'Unless ye get oot noo,' said Harry, mair bravely than he felt, because Crabbit and Gurr were mair muckle than him or Ron.

'But we dinnae feel like gaun, dae we, lads? We've eaten aw oor scran and yous still seem tae hiv some.'

Gurr raxed doon for the Chocolate Puddocks nixt tae Ron – Ron lowped forrit, but afore he'd even touched Gurr, Gurr let oot an awfie yowl.

Scabbers the ratton wis hingin aff his fingir, shairp wee teeth sunk deep intae Gurr's knockle bane – Crabbit and Malfoy backed awa as Gurr hurled Scabbers roond and roond, yellochin, and when Scabbers finally flew aff and hit the windae, aw three o them disappeart at wance. Mibbe they thocht there were mair rattons scowkin aboot in the sweeties, or mibbe they'd heard fitsteps, because a second efter, Hermione Granger had cam ben.

'Whit's been gaun on?' she said, lookin at the sweeties aw ower the flair and Ron haudin up Scabbers by his tail.

'I think he's been knocked oot,' Ron said tae Harry. He taen a closer look at Scabbers. 'Naw – I dinnae believe it – he's awa back tae sleep.'

And sae he wis.

'Ye've met Malfoy afore?'

Harry explained aboot their meetin in the Squinty Gate.

'I've heard o his faimly,' said Ron daurkly. 'They were some o the first tae cam back tae oor side efter You-Ken-Wha disappeart. Said they'd been beglamoured. Ma da doesnae believe that. He says Malfoy's faither didnae need an excuse tae gang ower tae the Daurk Side.' He turnt tae Hermione. 'Can we help ye wi somethin?'

'Ye'd better hurry up and pit yer gouns on, I've jist been up tae the front tae spier the conductor, and he says we're jist aboot there. Ye've no been fechtin, hiv ye? Ye'll be in trouble afore we even get there!'

'Scabbers has been fechtin, no us,' said Ron, froonin at her. 'Wid ye mind gettin oot while we get chynged?'

'Aw richt – I ainly cam in here because fowk ootside are cairryin on like big bairns, rinnin up and doon the corridors,' said Hermione in a sniffy voice. 'And ye've got clart on yer neb, by the wey, did ye ken that?'

Ron glowered at her as she left. Harry keeked oot the windae. It wis gettin daurk. He could see moontains and forests unner a deep purpie lift. The train did seem tae be slawin doon.

He and Ron taen aff their jaikets and poued on their lang bleck gouns. Ron's wis that cutty on him ye could see his gutties stickin oot unnerneath it. A voice rang oot through the train: 'We will be at Hogwarts in five meenits' time. Please lea yer luggage on the train, it will be taen tae the schuil separately.'

Harry's wame jangled wi nerves and Ron, he saw, looked peeliewally unner his fernietickles. They stappit their pooches wi the lest o the sweeties and jined the croods o fowk in the corridor.

The train slawed richt doon and finally stapped. Fowk jundied their wey toward the door and oot ontae a tottie, daurk platform. Harry chittered in the cauld nicht air. Then a lamp cam bobbin ower the heids o the students, and Harry heard a familiar voice: 'Furst-years! Furst-years ower here! Aa richt there, Harry?'

Hagrid's muckle hairy coupon beamed ower the sea o heids.

'C'moan, follae me – ony mair furst-years? Mind yer step, noo! Furst-years follae me!'

Skitin and stummlin, they follaed Hagrid doon whit seemed tae be a stey, nairra peth. It wis sae daurk on either side o them that Harry thocht there must be thick trees there. Naebody spoke aw that muckle. Neville, the laddie wha keepit lossin his puddock, sniffed aince or twiced.

'Ye'll get yer furst sicht o Hogwarts in a wee meenit,' Hagrid cawed ower his shooder, 'jist roond this bend here.'

There wis a lood 'Ooooocchhh!'

The nairra peth had opened suddently ontae the edge o a muckle bleck loch. Perched on tap o a high moontain on the ither side, its windaes spairklin in the staur-studdit lift, wis a vast castle wi hunners o turrets and touers.

'Nae mair nor fower tae a boat!' Hagrid cawed, pyntin tae a fleet o wee boats sittin in the watter by the shore. Harry and Ron were follaed intae their boat by Neville and Hermione.

'Aabody in?' yowled Hagrid, wha had a boat tae himsel. 'Richt then – FORRIT!'

And the fleet o wee boats moved aff aw at wance, glidin across the loch, which wis as sleekit as gless. Awbody wis silent, gawpin up at the great castle owerheid. It touered ower them as they sailed nearer and nearer tae the muckle craig on which it stood.

'Haids doon!' yowled Hagrid as the first boats raxed the craig; they aw boued their heids and the wee boats cairried them through a curtain o ivy that hid a wide openin in the craig face. They were cairried alang a daurk tunnel, which seemed tae be takkin them richt ablow the castle, until they raxed a kinna unnergroond herbour, whaur they clambered oot ontae rocks and peebles.

'Haw, you there! This puddock belang tae you?' said Hagrid, wha wis checkin the boats as fowk sclimmed oot o them.

'Trevor!' cried Neville blythely, haudin oot his hauns. Then they scrammled up a passagewey in the rock efter Hagrid's lamp, comin oot at lest ontae sleekit, damp gress richt in the shadda o the castle.

They walked up a flicht o stane steps and croodit aroond the muckle, aik front door.

'Aabody here? You there, ye still got yer puddock?'

Hagrid raised a gigantic nieve and chapped three times on the castle door.

CHAIPTER SEEVEN

THE BLETHERIN BUNNET

The door swung open at wance. A tall, bleck-haired carline in an emeraud-green goun stood there. She had an awfie stern face and Harry's first thocht wis that this wisnae somebody tae get on the wrang side o.

'The furst-years, Professor McGonagall,' said Hagrid.

'Thank ye, Hagrid. I will tak them fae here.'

She poued the door wide. The Entrance Ha wis that muckle ye could hae fittit the haill o the Dursleys' hoose in it. The stane waws were lit wi bleezin torches like the yins at Gringotts, the ceilin wis ower high tae mak oot, and a fantoosh mairble staircase facin them led tae the upper flairs.

They follaed Professor McGonagall across the flagged stane flair. Harry could hear the drone o hunners o voices fae a doorwey tae the richt – the lave o the schuil must awready be here – but Professor McGonagall shawed the first-years intae a wee, toom chaumer aff the ha. They croodit in, staundin raither closer thegither than they wid hae liked, peerin aboot nervously.

'Weelcome tae Hogwarts,' said Professor McGonagall. 'The stert-o-term banquet will begin shortly, but afore ye tak yer seats in the Great Ha, ye will be sortit intae yer hooses. The Sortin is a gey important ceremony because, while ye are here, yer hoose will be somethin like yer faimly at Hogwarts. Ye will hae clesses wi the fowk in yer hoose, sleep in yer hoose dormitory, and spend yer free time in yer hoose common room.

'The fower hooses are cawed Gryffindor, Hechlepech, Corbieclook and Slydderin. Each Hoose has its ain noble history and each has produced ootstaundin carlines and warlocks. While ye are at Hogwarts, yer triumphs will win yer hoose pyntes, but brek ony rules and ye will lose yer hoose pyntes. At the end o the year, the hoose wi the maist pyntes is awardit the Hoose Tassie, a muckle honour. I hope aw o ye will be a credit tae whichever becomes your hoose.

'The Sortin Ceremony will tak place in a few meenits in front o the haill schuil. I suggest ye aw redd yersels up as best as ye can while ye are waitin.'

Her een stapped for a moment on Neville's cloak, which wis fastened unner his left lug, and on Ron's clatty neb. Harry nervously tried tae flatten doon his hair.

'I will return when we are ready for ye,' said Professor McGonagall. 'Please wait quietly the noo.'

She left the chaumer. Harry swallaed.

'Hoo exactly dae they sort us intae hooses?' he spiered Ron.

'Some kinna test, I think. Fred said it's deid sair, but I think he wis jokin.'

Harry's hert gied a muckle dunt. A test? In front o the haill schuil? But he didnae ken ony magic yet – whit on earth wid he hae tae dae? He hadnae expectit somethin like this the moment they arrived. He looked aroond anxiously and saw that awbody else looked frichtit as weel. Naebody wis talkin apairt fae Hermione Granger, wha wis whusperin awfie fast aboot aw the cantrips she'd learned and wunnerin which yin she'd need. Harry tried haurd no tae listen tae her. He'd never been mair nervous, never, no even when he'd had tae tak a letter hame fae the schuil tae the Dursleys sayin that he'd somewey turnt his dominie's wig blue. He keepit his een fixed on the door. Ony second noo, Professor McGonagall wid cam back and lead him tae his doom.

Then somethin happened that made him lowp aboot a fit in the air – a wheen fowk ahint him skraiched.

'Whit the – ?'

He gowped. Sae did the fowk aroond him. Aboot twinty ghaists had jist breenged through the back waw. Peeliewally-white and kinna see-through, they skimmered across the room talkin tae ane anither and haurdly glancin at the first-years. They seemed tae be arguin. Whit looked like a wee fat monk wis sayin: 'Forgie and forget is whit I ayewis say, we ocht tae gie him a second chaunce –'

'Ma dear Friar, hiv we no gien Peenge aw the chaunces he deserves? He gies us aw a bad name and ye ken, he's no really even a ghaist – here, whit are yous aw daein here?'

A ghaist wearin a ruff and tichts had suddently noticed the first-years.

Naebody answered.

'New students!' said the Fat Friar, smilin aroond at them. 'Aboot tae be Sortit, I suppose?'

A wheen o them gied a dowie nod.

'Hope tae see ye in Hechlepech!' said the Friar. 'Ma auld hoose, ken.'

'Move alang noo,' said a shairp voice. 'The Sortin Ceremony's aboot tae stert.'

Professor McGonagall wis back. Wan by wan, the ghaists floated awa through the opposite waw.

'Noo, form a line,' Professor McGonagall telt the first-years, 'and follae me.'

Feelin like his legs had turnt tae leid, Harry got intae line ahint a laddie wi sandy hair, wi Ron ahint him, and they walked oot o the chaumer, back across the ha, and through a pair o double doors intae the Great Ha.

Harry had never even imagined sic an unco and braw place. It wis lit by thoosands and thoosands o caunnles that were hingin in mid-air ower fower lang tables, whaur the lave o the students were sittin. Thir tables were laid wi glisterin gowden plates and tassies. At the tap o the Ha wis anither lang table whaur the dominies were sittin. Professor McGonagall brocht the first-years up here, sae that they cam tae a stap in a line facin the ither students, wi the dominies ahint them. The hunners o faces gawpin at them looked like peeliewally lanterns in the flichterin caunnle licht. Dottit here and there amang the students, the ghaists sheened misty siller. Maistly tae jouk aw the glowerin een, Harry looked up the wey and saw a velvety bleck ceilin dottit wi staurs. He heard Hermione whusper, 'It's beglamoured tae look like the lift ootside. I read aboot it in *Hogwarts, A History*.'

It wis haurd tae believe there wis a ceilin there at aw, and that the Great Ha didnae simply open oot on tae the heivens.

Harry quickly looked doon again as Professor McGonagall silently pit a fower-leggit stool in front o the first-years. On tap o the stool she pit a pynted warlock's bunnet. This bunnet wis auld and threidbare and awfie clarty. Auntie Petunia widnae hae had it in the hoose.

Mibbe they had tae try and pou a mappie oot o it, Harry thocht wildly, that seemed the sort o thing – noticin that awbody in the Ha wis noo glowerin at the bunnet, he glowered at it and aw. For a wheen seconds, there wis complete wheesht. Then the bunnet jinked. A rive in it near the brim opened wide like a mooth – and the bunnet sterted tae sing:

'Haw, ye micht no think I'm bonnie,
But dinnae go by whit ye see,
I'll eat masel if ye can find
A bunnet that's smerter than me.
Ye can keep yer bowlers bleck,
Yer tap hats sleek and braw,
For I'm Hogwarts Bletherin Bunnet
And I can tap them aw.
There's naethin hidden in yer heid
The Bletherin Bunnet cannae see,
Sae pit me on and I will tell ye
Whaur ye're gonnae be.
Ye micht belang in Gryffindor,
Whaur dwall the brave at hert,
Their smeddum, nerve, and chivalry
Set Gryffindors apairt;
You micht belang in Hechlepech,
Whaur loyalty is their mark,
Those patient Hechlepechs are true
And arenae feart o wark;

Or yet in wise auld Corbieclook,
If ye've a clever heid,
Whaur those o wit and learnin,
Will aye find their ain breed;
Or perhaps in Slydderin
Whaur naebody is dauntit,
There ye can hatch and plot and scheme
Tae get whit ye've aye wantit.
Sae pit me on! Wha'll be first
Tae say that they hae done it?
Ye're in safe hauns (though I've got nane)
For I'm the Bletherin Bunnet!'

The haill Ha birst intae applause as the bunnet feenished its sang. It boued tae each o the fower tables and then wis still again.

'Sae we've jist got tae pit the bunnet on!' Ron whuspered tae Harry. 'I'll pure murder Fred, he wis gaun on aboot haein tae warsle a trow.'

Harry smiled wershly. Aye, tryin on the bunnet wis a lot better than haein tae dae a cantrip, but he did wish they could hae tried it on wioot awbody watchin. The bunnet seemed tae be spierin for raither a lot; Harry didnae feel braw or shairp-wittit or ony o it at the moment. If ainly the bunnet had mentioned a hoose for fowk wha felt a wee bit peeliewally, that wid hae been the yin for him.

Professor McGonagall noo stepped forrit haudin a lang rowe o pairchment.

'When I caw yer name, ye will pit on the bunnet and sit on the stool tae be sortit,' she said. 'Abbott, Hannah!'

A pink-faced lassie wi blonde pigtails stummled oot o line, pit on the bunnet, which fell richt ower her een, and sat doon. Efter a moment –

'HECHLEPECH!' shoutit the bunnet.

The table on the richt cheered and clapped as Hannah gaed tae sit doon at the Hechlepech table. Harry saw the ghaist o the Fat Friar wavin blythely at her.

'Banes, Susan!'

'HECHLEPECH!' shoutit the bunnet again, and Susan nashed aff tae sit nixt tae Hannah.

'Bitt, Terry!'

'CORBIECLOOK!'

The table second fae the left clapped this time; a wheen Corbieclooks stood up tae shak hauns wi Terry as he jined them.

'Brocklehurst, Mandy' gaed tae Corbieclook and aw, but 'Broon, Lavender' became the first new Gryffindor, and the table on the faur left explodit wi cheers; Harry could see Ron's twin brithers whustlin.

'Bulstrode, Millicent' then became a Slydderin. Mibbe it wis Harry's imagination, efter aw he'd heard aboot Slydderin, but he thocht they looked like an unfreendly lot.

He wis definately stertin tae feel seik noo. He mindit bein picked for teams in gym cless at his auld schuil. He had ayewis been lest tae be waled, no because he wis nae guid, but because naebody wantit Dudley tae think that they liked him.

'Finch-Fletchley, Justin!'

'HECHLEPECH!'

Whiles, Harry noticed, the bunnet shoutit oot the Hoose straicht awa, but at ithers it taen a wee while tae decide. 'Finnigan, Seamus,' the sandy-haired boay nixt tae Harry in the line, sat on the stool for aboot a haill meenit afore the bunnet announced his hoose wis Gryffindor.

'Granger, Hermione!'

Hermione awmaist ran tae the stool and papped the bunnet quickly on her heid.

'GRYFFINDOR!' shoutit the bunnet. Ron girned.

A ugsome thocht struck Harry, as ugsome thochts aye dae when ye're awfie nervous. Whit if he wisnae chosen at aw? Whit if he jist sat there wi the bunnet ower his een for ages, until Professor McGonagall wheeched it aff his heid and said there had obviously been a mistak and he'd better get himsel back on the train?

When Neville Langdowper, the laddie wha wis aye lossin his puddock, wis cawed, he fell ower on his wey tae the stool. The bunnet taen a lang time tae decide wi Neville. When it finally shoutit, 'GRYFFINDOR,' Neville ran aff still wearin it, and had tae hirple back amid hoots o lauchter tae gie it tae 'MacDougal, Morag.'

Malfoy stotted up when his name wis cawed and richt awa he got his wish: the bunnet had haurdly touched his heid when it skirled, 'SLYDDERIN!'

Malfoy gaed tae jine his freends Crabbit and Gurr, lookin gey pleased wi himsel.

There werenae mony fowk left noo.

'Muin' ..., 'Nott' ... , 'Parkinson' ... , then a pair o twin lassies, 'Patil' and 'Patil' ..., then 'Perks, Sally-Anne' ..., and then, at lang lest –

'Potter, Harry!'

As Harry stepped forrit, whuspers suddently broke oot like wee hissin fires aw roond the Ha.

'*Potter,* did she say?'

'*The* Harry Potter?'

The lest thing Harry saw afore the bunnet drapped ower his een wis the Ha fu o fowk crannin tae get a guid look at him. Nixt second he wis keekin at the bleck inside o the bunnet. He waitit.

'Hmm,' said a wee voice in his lug. 'Difficult. Awfie difficult. Plenty o courage, I see. No a bad mind either. There's talent, oh ma guidness, aye – and a strang will tae prove yersel, noo that's interestin … Sae whaur will I pit ye?'

Harry gruppit the edges o the stool and thocht, 'No Slydderin, no Slydderin.'

'No Slydderin, eh?' said the wee voice. 'Are ye shair? Ye could be great, ye ken, it's aw here in yer heid, and Slydderin will help ye on the wey tae greatness, nae doot aboot that – naw? Weel, if ye're shair – we'll pit ye in GRYFFINDOR!'

Harry heard the bunnet yelloch the lest word tae the haill Ha. He taen aff the bunnet and walked shoogily toward the Gryffindor table. He wis sae relieved tae hae been chosen and no pit in Slydderin, he haurdly noticed that he wis gettin the loodest cheer yet. Percy the Prefect shook his haun up and doon, while the Weasley twins yowled, 'We hae Potter! We hae Potter!' Harry sat opposite the ghaist in the ruff he'd seen earlier. The ghaist clapped his airm, giein Harry a sudden, unco feelin like he'd jist dooked it intae a bucket o ice-cauld watter.

He had a guid view o the High Table fae here. At the end nearest him sat Hagrid, wha caucht his ee and pit his muckle thooms up. Harry grinned back. And there, in the centre o the High Table, in a muckle gowd chair, sat Albus Dumbiedykes. Harry kent him at wance fae the caird he'd got oot o the

Chocolate Puddock on the train. Dumbiedykes' siller hair wis the ainly thing in the haill Ha that wis sheenin as brichtly as the ghaists. Harry spottit Professor Quirrell and aw, the feart young man fae the Crackit Caudron. He wis lookin awfie streenge in a muckle purpie turban.

And noo there were ainly three fowk left tae be sortit. 'Turpin, Lisa,' became a Corbieclook and then it wis Ron's turn. He wis boak-green by noo. Harry crossed his fingirs unner the table and a second efter the bunnet shoutit, 'GRYFFINDOR!'

Harry clapped loodly wi the lave as Ron cowped intae the chair nixt tae him.

'Weel done, Ron, braw,' said Percy Weasley pompously across Harry as 'Zabini, Blaise' wis made a Slydderin. Professor McGonagall rowed up her scroll and taen the Bletherin Bunnet awa.

Harry looked doon at his toom gowd plate. He suddently realised he wis stervin. Thae pumpkin bridies seemed ages ago.

Albus Dumbiedykes had got tae his feet. He wis beamin at the students, his airms opened wide, as if naethin could hae pleased him mair than tae see them aw there.

'Weelcome!' he said. 'Weelcome tae a new year at Hogwarts! Afore we begin oor banquet, I wid like tae say a few words. And here they are: Numpty! Blinter! Oobit! Gowk!

'Mony thanks!'

He sat back doon. Awbody clapped and cheered. Harry didnae ken whither tae lauch or greet.

'Is he – a bit gyte?' he spiered Percy uncertainly.

'Gyte?' said Percy airily. 'He's a genius! Best warlock in the haill warld! But aye, he is a wee bit gyte. Tatties, Harry?'

Harry's mooth fell open. The dishes in front o him were suddently heapit wi scran. He had never seen sae mony things he liked tae eat on the wan table: roastit beef, roastit chicken, pork chops and lamb chops, sassidges, bacon and steak, biled tatties, roastit tatties, chips, Yorkshire puddin, peas, cairrots, gravy, ketchup, and, for some streenge reason, mint humbugs.

The Dursleys had never exactly sterved Harry, but he'd never been alloued tae eat as muckle as he liked. Dudley had ayewis taen onythin that Harry really wantit, even if it made him seik. Harry happit up his plate wi a bit o awthin apairt fae the humbugs and sterted tae eat. It wis aw delicious.

'That looks guid,' said the ghaist in the ruff dowily, watchin Harry chap up his steak.

'You cannae – ?'

'I hinna eaten for nearhaun five hunder year,' said the ghaist. 'I dinnae need tae, o coorse, but I dae miss it. I dinnae think I've introduced masel. Sir Henry de Mimsy-Porpington at yer service. Resident ghaist o Gryffindor Touer.'

'I ken wha ye are!' said Ron suddently. 'Ma brithers telt me aboot ye – you're Hauf Heidless Henry!'

'I wid *prefer* ye tae caw me Sir Henry de Mimsy –' the ghaist began stiffly, but sandy-haired Seamus Finnigan interruptit.

'Hauf Heidless? Hoo can ye be hauf heidless?'

Sir Henry looked awfie pit oot, as if their wee blether wisnae gaun at aw the wey he wantit.

'Like *this*,' he said crabbitly. He got a haud o his left lug and poued. His haill heid swung aff his craigie and fell ontae his shooder as if it wis on a hinge. Somebody had obviously tried tae cut his heid aff, but no done it richt. Lookin pleased at the frichtit looks on their faces, Hauf Heidless Henry wheeched his heid back ontae his craigie, hoasted, and said, 'Sae – new Gryffindors! I hope ye're gaun tae help us win the Hoose Championship this year. Gryffindors hae never gane sae lang wioot winnin. Slydderins hae won the tassie sax year in a raw! The Bluidy Baron's becomin a richt pain in the neck, if ye ken whit I mean – he's the Slydderin ghaist.'

Harry looked ower at the Slydderin table and saw an ugsome ghaist sittin there, wi blank glowerin een, a baney face, and a goun stained wi siller bluid. He wis richt nixt tae Malfoy wha, Harry wis pleased tae see, didnae look ower pleased wi the seatin arrangements.

'Hoo did he get covert in bluid?' spiered Seamus, gey interestit.

'I try tae keep ma neb oot o his business,' said Hauf Heidless Henry delicately.

When awbody had eaten as muckle as they could, the remains o the scran dwyned awa fae the plates, leain them spairklin clean as afore. A moment efter the puddins appeart. Dauds o ice cream in ivry flavour ye could think o, aipple pies, treacle tairts, chocolate éclairs and jammy doughnuts, trifle, strawberries, jeely, rice puddin . . .

As Harry helped himsel tae a treacle tairt, the talk turnt tae their faimlies.

'I'm hauf-and-hauf,' said Seamus. 'Ma da's a Muggle. Maw didnae tell him she wis a carline till efter they were mairried. He got a fricht when he foond oot.'

The ithers lauched.

'Whit aboot you, Neville?' said Ron.

'Weel, ma grannie brocht me up and she's a carline,' said Neville, 'but the faimly thocht I wis aw-Muggle for ages. Ma great-uncle Algie keepit tryin tae catch me aff ma guaird and force some magic oot o me – he pushed me aff the end o Blackpool pier wance and I jist aboot drooned – but naethin happened until I wis aboot eicht. Great-uncle Algie cam roond for denner, and he wis hingin me oot o an upstairs windae by the ankles when ma great-auntie Enid brocht him a meringue and he accidentally let go o ma feet. But I booncED – aw the wey doon the gairden and intae the road. They were aw awfie pleased. Grannie wis greetin, she wis that happy. And ye should hae seen their coupons when I got in here – they thocht I micht no be magic eneuch tae cam, ye see. Great-uncle Algie wis that pleased he bocht me ma puddock.'

On Harry's ither side, Percy Weasley and Hermione were talkin aboot lessons ('I *dae* hope they stert straicht awa, there's hunners tae learn, I'm particularly interestit in Transfiguration, ye ken, turnin somethin intae somethin else, o coorse, it's supposed tae be awfie difficult –'; 'Ye'll be stertin on wee things, jist matches intae needles and aw that –').

Harry, wha wis stertin tae feel warm and sleepy-heidit, looked up at the High Table again. Hagrid wis drinkin, his neb deep in his tassie. Professor McGonagall wis talkin tae Professor Dumbiedykes. Professor Quirrell, in his glaikit turban, wis talkin tae a dominie wi creeshie bleck hair, a heukit neb, and peeliewally skin.

It happened gey suddently. The heuk-nebbit dominie looked past Quirrell's turban straicht intae Harry's een – and a shairp, hot pain shot across the scaur on Harry's foreheid.

'Uyah!' Harry clapped a haun tae his heid.

'Whit is it?' spiered Percy.

'N–naethin.'

The pain had gane as quick as it had cam. Haurder tae shak aff wis the feelin Harry had got fae the dominie's look – a feelin that he didnae like Harry at aw.

'Wha's yon dominie talkin tae Professor Quirrell?' he spiered Percy.

'Oh, ye ken Quirrell awready, dae ye? Nae wunner he's lookin sae nervous, that's Professor Snipe. He teaches Potions, but he doesnae want tae – awbody kens he's efter Quirrell's job. Kens an awfie lot aboot the Daurk Airts, Snipe.'

Harry watched Snipe for a whilie, but Snipe didnae look at him again.

At lest, the puddins disappeart as weel, and Professor Dumbiedykes got tae his feet again. Awbody in the Ha wheeshtit.

'Ahem – jist a few mair words noo that we are aw fed and wattered. I hae a few stert-o-term notices tae gie ye.

'First-years should note that the forest on the groonds is oot o boonds tae aw pupils. And a hantle o oor aulder students wid dae weel tae mind this and aw.'

Dumbiedykes' skinklin een flashed in the direction o the Weasley twins.

'I hae been spiered as weel by Mr Feechs, the janitor, tae remind ye aw that nae magic should be used atween clesses in the corridors.

'Bizzumbaw trials will be held in the second week o term. Onybody interestit in playin for their hoose teams should contact Madam Hooch.

'And finally, I must tell ye that this year, the third-flair corridor on the richt-haun side is strictly oot o boonds tae onybody that's no wantin tae dee an awfie painfu daith.'

Harry lauched, but he wis aboot the ainly yin that did.

'He's no serious?' he whuspered tae Percy.

'Micht be,' said Percy, froonin at Dumbiedykes. 'It's a bit unco that though, because he usually gies us a reason hoo we're no alloued tae gang somewhaur – the forest's fu o dangerous beasties, awbody kens that. He could hae mibbe telt us Prefects, at least.'

'And noo, afore we gang tae oor beds, let us sing the schuil sang!' cried Dumbiedykes. Harry noticed that the ither dominies' smiles suddently looked like they'd been pentit on.

Dumbiedykes gied his wand a wee flick, as if he wis tryin tae get a flee aff the end o it, and a lang gowden ribbon flew oot, that rose high abune the tables and twistit itsel, snake-like, intae words.

'Awbody pick their favorite tune,' said Dumbiedykes, 'and aff we go!'

And the schuil yellyhooed:

'Hogwarts, Hogwarts, Hoggy Warty Hogwarts,
Teach us somethin please,
Whither we are auld and bald
Or young wi scabbit knees,
Our heids could dae wi fillin
Wi some interestin stuff,
For noo they're bare and fu o air,
Deid flees and lots o guff,
Sae teach us things warth kennin,
Bring back whit we've forgot,
Jist dae yer best, we'll dae the rest,
And learn until oor brains aw rot.'

Awbody feenished the sang at different times. At lest, ainly the Weasley twins were left chantin alang tae a gey slaw funeral mairch. Dumbiedykes conductit their lest few lines wi his wand and when they had feenished, he wis the ane clappin the loodest.

'Ach, music,' he said, dichtin his een. 'A magic ayont onythin we dae here! And noo, bedtime. Awa ye go!'

The Gryffindor first-years follaed Percy through the bletherin croods, oot o the Great Ha, and up the mairble staircase. Harry's legs were like leid again, but ainly because he wis sae wabbit and stappit wi food. He wis ower sleepy even tae be surprised that the fowk in the portraits alang the corridors whuspered and pynted as they passed, or that twiced Percy led them through doorweys hidden ahint slidin panels and hingin tapestries. They sclimmed mair staircases, gantin and draggin their feet, and Harry wis jist wunnerin hoo muckle further they had tae gang when they cam tae a sudden stap.

A bunnle o walkin sticks wis hingin in mid-air aheid o them and as Percy taen a step toward them they sterted hurlin themsels at him.

'Peenge,' Percy whuspered tae the first-years. 'A poltergeist.' He raised his voice, 'Peenge – shaw yersel.'

A lood, unnaitural soond, like the air skitterin oot o a balloon, answered.

'Dae ye want me tae get the Bluidy Baron tae ye?'

There wis a *pop*, and a wee mannie wi ill-trickit daurk een and a muckle mooth appeart, hingin cross-leggit in the air, gruppin the walkin sticks.

'Ooooooh!' he said, wi an evil keckle. 'Peerie wee First-years! Whit fun!'

He swoofed suddently at them. They aw dooked.

'Git awa, Peenge, or the Baron'll hear aboot this, I'm warnin ye!' bowfed Percy.

Peenge stuck oot his tongue and vainished, drappin the walkin sticks on Neville's heid. They heard him wheechin awa, rattlin coats o airmour as he passed.

'Ye want tae watch oot for Peenge,' said Percy, as they set aff again. 'The Bluidy Baron's the ainly yin that that can control him, he winnae even listen tae us Prefects. Here we are.'

Richt at the end o the corridor hung a portrait o a verra fat wummin in a pink silk gounie.

'Password?' she said.

'Caput Draconis,' said Percy, and the portrait swung forrit tae kythe a roond hole in the waw. They aw scrammled through it – Neville needit a leg up – and foond themsels in the Gryffindor common room, a braw, roond room fu o saft airmchairs.

Percy airtit the lassies through ane door tae their dormitory and the laddies through anither. At the tap o a spiral staircase – they were obviously in ane o the touers – they foond their beds at lest: five fower-posters hung wi deep reid, velvet curtains. Their kists had awready been brocht up. Ower wabbit tae blether, they pit on their jammies and fell intae bed.

'Guid scran, eh?' Ron said tae Harry through the curtains. 'Get *aff*, Scabbers! He's chawin ma sheets.'

Harry wis gaun tae spier Ron if he'd had ony o the treacle tairt, but he fell asleep awmaist at wance.

Mibbe Harry had eaten a bit ower muckle, because he had a gey streenge dream. He wis wearin Professor Quirrell's turban, which keepit talkin tae him, tellin him he had tae transfer tae Slydderin at wance, because it wis his destiny. Harry telt the turban he didnae want tae be in Slydderin; it got heavier and heavier on his heid; he tried tae tak it aff but it tichtened and it wis sair – and there wis Malfoy, lauchin at him as he strauchled wi it – then Malfoy turnt intae the heuk-nebbit dominie, Snipe, whase lauch became shill and cauld – there wis a bleeze o green licht and Harry waukened, switin and shakkin.

He rowed ower and fell asleep again, and when he waukened nixt day, he didnae remember the dream at aw.

CHAIPTER EICHT

THE POTIONS MAISTER

'There, look it.'

'Whaur?'

'Nixt tae that lang drink o watter wi the ridd hair.'

'Him wi the glesses?'

'Did ye see his face?'

'Did ye see his scaur?'

Whuspers follaed Harry fae the meenit he pit his neb ootside his dormitory the nixt day. Fowk in the lines waitin tae get intae cless stood on tiptae tae get a keek at him, or turnt back roon tae pass him in the corridors again aw gawpin. Harry wished they widnae, because he wis haein eneuch trouble tryin tae find the richt wey tae his ain clesses.

There were a hunner and forty-twa staircases at Hogwarts: braid, sweepin anes; nairra, bauchled anes; a wheen that led somewhaur different on a Friday; a wheen wi a vainishin step haufwey up that ye had tae mind and lowp. Then there were doors that widnae open unless ye spiered poleetly, or kittled them in jist the richt place, and doors that werenae really doors at aw, but solid waws jist pretendin. And it wis a sair fecht tryin tae mind whaur onythin wis, because it seemed tae flit aroond aw the time. The fowk in the portraits keepit gaun tae veesit yin anither, and Harry wis shair the coats o airmour could walk.

The ghaists didnae help, either. It wis ayewis a howlin fricht when ane o them suddently skimmered through a door ye were tryin tae open. Hauf Heidless Henry wis aye happy tae pit new Gryffindors on the richt road, but Peenge the Poltergeist wis guid for at least twa lockit doors and a pliskie staircase if ye met him when ye were late for cless. He wid drap bins on yer heid, pou rugs oot fae unner yer feet, scud ye wi bits o chalk, or creep up ahint ye, invisible, tak a haud o yer neb, and skirl, 'GOT YER SNOOT!'

Even warse than Peenge, if that wis possible, wis the jannie, Angus Feechs. Harry and Ron managed tae get on his wrang side on their verra first mornin. Feechs foond them tryin tae force their wey through a door that unluckily turnt oot tae be the entrance tae the oot-o-boonds corridor on the third flair. He widnae believe they'd got wandered, wis shair they were tryin tae brek intae it on purpose, and wis threatenin tae lock them in the dungeons when they were rescued by Professor Quirrell, wha wis passin.

Feechs had a bawdrins cawed Mrs Norris, a scruntit, stoor-coloured craitur wi bulgin, lamp-like een jist like Feechs'. She patrolled the corridors alane. Brek a rule in front o her, pit jist wan tae oot o line, and she'd skite awa and clype on ye tae Feechs, wha'd appear, wheezlin, twa seconds later. Feechs kent the secret passageweys o the schuil better than onybody (apairt fae mibbe the Weasley twins) and could lowp oot at ye jist as sudden as ony o the ghaists. The students aw hatit him, and mony herboured a hiddlin ambition tae gie Mrs Norris a guid haurd kick.

And then, wance ye managed tae find them, there were the clesses themsels. There wis a lot mair tae magic, as Harry quickly foond oot, than wavin yer wand and sayin a wheen glaikit words.

They had tae study the nicht skies through their telescopes ivry Wednesday at midnicht and learn the names o different staurs and the movements o the planets. Three times a week they gaed oot tae the greenhooses ahint the castle tae study Herbology, wi a dumpy wee carline cawed Professor Sproot, whaur they learned hoo tae tak care o aw the unco plants and fungi, and foond oot whit they were used for.

By faur the maist borin cless wis History o Magic, which wis the ainly yin teachit by a ghaist. Professor Bings had been awfie auld indeed when he had fawn asleep in front o the staff room fire and got up nixt mornin tae teach, leain his body ahint him. Bings havered on and on while they scrievit doon names and dates, and got Emeric the Evil fankled up wi Uric the Oddbaw and mony ither auncient warlock names.

Professor Flitwick, the Chairms dominie, wis a tottie wee warlock wha had tae staund on a touer o buiks tae see ower his desk. At the stert o their first cless he taen the register, and when he raxed Harry's name he gied an excitit squeak, fell aff the buiks and disappeart fae sicht.

Professor McGonagall wis different again. Harry had been richt tae think she wisnae a dominie tae cross. Strict and smert, the moment they sat doon in her first cless she got them aw telt.

'Transfiguration is some o the maist complex and dangerous magic ye will learn at Hogwarts,' she said. 'Onybody messin aroond in ma cless will be pit oot and no get back. Ye hae been warned.'

Then she chynged her desk intae a grumphie and back again. They were aw gey impressed and couldnae wait tae get sterted, but soon realised they werenae gonnae be chyngin the furnitur intae beasties for a lang time yet. Efter takkin a wheen complicatit notes, they were aw gien a match and sterted tryin tae turn it intae a needle. By the end o the lesson, ainly Hermione Granger had made ony difference tae her match; Professor McGonagall shawed the cless hoo it had gane aw siller and jaggie and gied Hermione a rare smile.

The cless awbody had really been lookin forrit tae wis Defence Against the Daurk Airts, but Quirrell's lessons turnt oot tae be a bit o a cairry-on. His clessroom honked o garlic, which awbody said wis tae fleg awa a vampire he'd met in Romania and wis feart wid be comin back tae get him yin o these days. His turban, he telt them, had been a giftie fae an African prince tae thank him for gettin rid o a scunnersome zombie, but they werenae shair aboot this either. For a stert, when Seamus Finnigan spiered eagerly tae hear hoo Quirrell had focht aff the zombie, Quirrell gaed aw pink and sterted talkin aboot the weather; and apairt fae that, they had noticed a funny reek hingin aboot the turban, and the Weasley twins were sayin that it wis stappit fu o garlic as weel, sae that Quirrell wis aye protectit, nae maitter whaur he wis.

Harry wis awfie relieved tae find oot that he wisnae miles ahint awbody else. Lots o fowk had cam fae Muggle faimlies and, like him, hadnae had ony idea that they were carlines and warlocks. There wis that muckle tae learn that even fowk like Ron didnae really hae a heid stert.

Friday wis an awfie important day for Harry and Ron. They finally managed tae find their wey doon tae the Great Ha for breakfast wioot gettin lost wance.

'Whit hiv we got the day?' Harry spiered Ron as he poored saut on his parritch.

'Double Potions wi the Slydderins,' said Ron. 'Snipe's Heid o Slydderin Hoose. They say he ayewis favours them – we'll be able tae see if it's true.'

'Wid be braw if McGonagall favoured us,' said Harry. Professor McGonagall wis Heid o Gryffindor Hoose, but it hadnae stapped her fae giein them a muckle pile o hamewark the day afore.

Jist then, the post arrived. Harry had got used tae this by noo, but it had gien him a bit o a fricht on the first mornin, when aboot a hunner hoolets had suddently swoofed intae the Great Ha durin breakfast, circlin the tables until they saw their owners, and drappin letters and paircels ontae their laps.

Hedwig hadnae brocht Harry onythin sae faur. She whiles flew in tae nibble his lug and hae a bit o toast afore gaun aff tae sleep in the Hooletry wi the ither schuil hoolets. This mornin, hooanever, she flichtered doon atween the mairmalade and the saut and drapped a note ontae Harry's plate. Harry rived it open at wance.

DEAR HARRY, (It said, in a gey guddlie scrawl)
EH KEN YE GET FRIDAY EFTERNOONS AFF, SAE WID YE LIKE TAE CAM AND HAE A CUPPIE TEA WI ME AROOND THREE? EH WANT TAE HEAR AA ABOOT YER FIRST WEEK. SEND US AN ANSWER BACK WI HEDWIG.
HAGRID

Harry got a len o Ron's quill, scrievit *Aye, please, see ye efter* on the back o the note, and sent Hedwig aff again.

It wis lucky that Harry had tea wi Hagrid tae look forrit tae, because the Potions lesson turnt oot tae be the warst thing that had happened tae him sae faur.

At the stert-o-term banquet, Harry had got the idea that Professor Snipe didnae like him. By the end o the first Potions lesson, he kent he'd been wrang. It wisnae that Snipe didnae like Harry – he hatit him.

Potions lessons were doon in ane o the dungeons. It wis caulder here than up in the main castle, and wid hae been creepy eneuch wioot the pickelt animals floatin in gless jaurs aw aroond the waws.

Snipe, like Flitwick, sterted the cless by takkin the register, and like Flitwick, he stapped at Harry's name.

'Aye, aye,' he said saftly, 'Harry Potter. Oor new – *celebrity*.'

Draco Malfoy and his freends Crabbit and Gurr snichered ahint their hauns. Snipe feenished cawin the names and looked up at the cless. His een were bleck like Hagrid's, but they had nane o Hagrid's warmth. They were cauld and toom and made ye think o daurk tunnels.

'Ye are here tae learn the subtle science and exact airt o makkin potions,' he began. He spoke in haurdly mair than a whusper, but they caucht ivry word – like Professor McGonagall, Snipe had the gift o keepin a cless wheeshtit wioot effort. 'As there is haurdly ony glaikit wand-wavin here, mony o ye micht be temptit tae believe this isnae magic. I dinnae expect ye will really unnerstaund the beauty o the saftly simmerin caudron wi its hotterin fumes, the delicate pouer o liquids that creep through human veins, beglamourin the mind, fangin the senses ... I can teach ye hoo tae bottle fame, brew glory, even stapper daith – if ye arenae as dunderheidit as the weans I usually hae tae teach.'

Mair silence follaed this wee speech. Harry and Ron exchynged looks wi raised eebroos. Hermione Granger wis on the edge o her seat and looked desperate tae stert provin that she wis onythin but a dunderheid.

'Potter!' said Snipe suddently. 'Whit wid I get if I addit poodered root o asphodel tae an infusion o wormwidd?'

Poodered root o whit tae an infusion o whit? Harry keeked at Ron, wha looked as stumped as he wis; Hermione's haun had shot intae the air.

'I dinnae ken, sir,' said Harry.

Snipe's lips curled intae a sneer.

'Tut, tut – fame clearly isnae awthin.'

He ignored Hermione's haun.

'Let's try anither ane. Potter, whaur wid ye look if I telt ye tae find me a bezoar?'

Hermione streetched her airm as high intae the air as it wid go wioot dislocatin it fae her oxter, but Harry didnae hae the peeriest idea whit a bezoar wis. He tried no tae look at Malfoy, Crabbit, and Gurr, wha were pouerless wi lauchter.

'I dinnae ken, sir.'

'Thocht ye didnae need tae open a buik afore comin, eh, Potter?'

Harry forced himsel tae keep lookin straicht intae thae cauld een. He had looked through his buiks at the Dursleys', but wis Snipe expectin him tae mind awthin in *Yin Thoosand Magical Herbs and Fungi?*

Snipe wis aye ignorin Hermione's ootstreetched haun.

'Whit is the difference, Potter, atween monkshood and wolfsbane?'

At this, Hermione stood up, her haun raxin toward the dungeon ceilin.

'I dinnae ken,' said Harry quietly. 'I doot Hermione does, though. Why are ye no giein her a chaunce?'

A wheen fowk lauched; Harry caucht Seamus' ee, and Seamus winked. Snipe, hooanever, wisnae pleased.

'Sit doon,' he snashed at Hermione. 'For yer information, Potter, asphodel and wormwidd mak a sleepin potion sae pouerfu it is kent as the Draucht o Livin Daith. A bezoar is a stane taen fae the wame o a goat and it will save ye fae maist pysens. As for monkshood and wolfsbane, they are the same plant, which gangs by the name o aconite and aw. Weel? Why are ye no aw copyin this doon?'

There wis a sudden raikin for quills and pairchment. Ower the noise, Snipe said, 'And a pynte will be taen fae Gryffindor Hoose for yer cheek, Potter.'

Things didnae improve for the Gryffindors as the Potions lesson cairried on. Snipe pit them aw intae pairs and set them tae mixin up a simple potion tae cure biles. He sweepit aroond in his lang bleck cloak, watchin them weigh dried nettles and grush snake fangs, flytin near awbody apairt fae Malfoy, wham he seemed tae like. He wis jist tellin awbody tae look at the perfect wey Malfoy had stewed his horned slugs when cloods o acid green reek and a lood hissin filled the dungeon. Neville had somewey managed tae melt Seamus' caudron intae a twistit blob, and their potion wis skailin across the stane flair, burnin holes in fowk's shuin. In twa seconds, the haill cless wis staundin on their stools while Neville, wha wis left drookit by the potion when the caudron cowped, moaned in pain as bealin reid biles birst oot aw ower his airms and legs.

'Dunderheid!' snirled Snipe, clearin the skailed potion awa wi ae wave o his wand. 'I suppose ye addit the porcupine quills afore takkin the caudron aff the fire?'

Neville yammered like a bairnie as biles sterted tae pop up aw ower his neb.

'Tak him up tae the hospital wing,' Snipe spat at Seamus. Then he roondit on Harry and Ron, wha had been warkin nixt tae Neville.

'You – Potter – why did ye no tell him tae no add the quills? Thocht he'd mak ye look guid if he got it wrang, did ye? That's anither pynte ye've lost for Gryffindor.'

This wis sae unfair that Harry opened his mooth tae argue, but Ron kicked him ahint their caudron.

'Dinnae push it,' he muttered, 'I've heard Snipe can go pure radge.'

As they sclimmed the steps oot o the dungeon an oor later, Harry's mind wis racin and his spirits were doon. He'd lost twa pyntes for Gryffindor in his verra first week – *why* did Snipe hate him sae muckle?

'Cheer up,' said Ron, 'Snipe's ayewis takkin pyntes aff Fred and Geordie. Can I cam wi ye tae meet Hagrid?'

At five tae three they left the castle and made their wey across the groonds. Hagrid steyed in a smaw widden hoose on the edge o the Forbidden Forest. A crossbow and a pair o galoshes were ootside the front door.

When Harry chapped they heard a frantic scartin fae inside and a wheen boomin bowfs. Then Hagrid's voice rang oot, sayin, '*Back*, Fang – *back*.'

Hagrid's muckle, hairy face appeart in the crack as he poued the door open.

'Hing on,' he said. '*Back*, Fang.'

He let them in, fechtin tae keep a haud on the collar o an undeemous bleck boarhoond. There wis ainly wan room inside. Hams and pheasants were hingin fae the ceilin, a copper kettle wis bilin on the open fire and in the corner stood a muckle bed wi a patchwark quilt ower it.

'Mak yersels at hame,' said Hagrid, lowsin Fang, wha boonded straicht at Ron and sterted lickin his lugs. Like Hagrid, Fang wis no jist as radge as he looked.

'This is Ron,' Harry telt Hagrid, wha wis poorin bilin watter intae a muckle teapot and pittin rock cakes ontae a plate.

'Anither Weasley, eh?' said Hagrid, keekin at Ron's fernietickles. 'Eh've spent hauf meh life chasin yer twin brithers awa fae the Forest.'

They near broke their wallies on the rock cakes, but Harry and Ron pretendit tae be enjoyin them as they telt Hagrid aw aboot their first lessons. Fang restit his heid on Harry's knap and slavered aw ower his goun.

Harry and Ron were delichted tae hear Hagrid caw Feechs 'that aald git'.

'And as for that bawdrins, Mrs Norris, Eh'd like tae pit her in the same room as Fang ane o these days. Dae ye ken ivry time Eh gae up tae the schuil, she follaes me aawhar? Canna get rid o her – Feechs pits her up tae it.'

Harry telt Hagrid aboot Snipe's lesson. Hagrid, like Ron, telt Harry not tae worry aboot it, that Snipe liked haurdly ony o the students.

'But he seemed tae really *hate* me.'

'Awa!' said Hagrid. 'Whut wid he hate you for?'

Yet Harry couldnae help thinkin that Hagrid didnae quite meet his een when he said that.

'Hoo's yer brither Chairlie?' Hagrid spiered Ron. 'Eh fair liked him – braa wi animals.'

Harry wunnered if Hagrid had chynged the subject on purpose. While Ron telt Hagrid aw aboot Chairlie's wark wi draigons, Harry picked up a piece o paper that wis lyin on the table unner the tea cozy. It wis a cuttin fae the *Daily Prophet:*

GRINGOTTS BREK-IN LATEST

Investigations continue intae the brek-in at Gringotts on 31 July, widely believed tae be the wark o unkent Daurk warlocks or carlines.

Gringotts' doolies insistit the day that naethin had been taen. The vault that wis searched had in fact been toomed the same day.

'But we're no tellin ye whit wis in there, sae keep yer big nebs oot if ye ken whit's guid for ye,' said a Gringotts spokesdoolie this efternoon.

Harry mindit Ron tellin him on the train that somebody had tried tae rob Gringotts, but Ron hadnae mentioned the date.

'Hagrid!' said Harry, 'that Gringotts brek-in happened on ma birthday! It micht hae been happenin while we were there!'

There wis nae doot aboot it, Hagrid definately didnae meet Harry's een this time. He gruntit and gied him anither rock cake. Harry read the story again. *The vault that wis searched had in fact been toomed earlier that same day.* Hagrid had toomed vault seeven hunner and thirteen, if ye could caw it toomin it, takkin oot that clarty wee poke. Had that been whit the thieves were lookin for?

As Harry and Ron walked back tae the castle for denner, their pooches hingin doon wi rock cakes they'd been ower poleet tae refuse, Harry thocht that nane o the lessons he'd had sae faur had gien him as muckle tae think aboot as tea at Hagrid's. Had Hagrid upliftit that package jist in time? Whaur wis it noo? And did Hagrid ken somethin aboot Snipe that he wisnae lettin on tae Harry?

Chaipter Nine

The Midnicht Duel

Harry had never believed he wid meet a boay he hatit mair than Dudley, but that wis afore he met Draco Malfoy. Still, first-year Gryffindors ainly had Potions wi the Slydderins, sae they didnae hae tae pit up wi Malfoy aw the time. Or at least, they didnae until they spottit a notice peened up in the Gryffindor common room that made them aw jist aboot boak. Fleein lessons wid be stertin on Thursday – and Gryffindor and Slydderin wid be learnin thegither.

'Typical,' said Harry daurkly. 'Jist whit I ayewis wantit. Tae mak an eejit o masel on a bizzum in front o Malfoy.'

He had been lookin forrit tae learnin tae flee mair than onythin else.

'Ye dinnae ken that ye'll mak an eejit o yersel,' said Ron reasonably. 'Onywey, I ken Malfoy's ayewis blawin aboot hoo guid he is at Bizzumbaw, but I bet it's aw havers.'

Malfoy certainly did blether a lot aboot fleein. He compleened loodly aboot first-years never gettin on the hoose Bizzumbaw teams and telt lang, boastfu stories that ayewis seemed tae end wi him in daith-defyin escapes fae Muggles in a helicopter. He wisnae the ainly yin, though: the wey Seamus Finnigan telt it, he'd spent maist o his bairnhood wheechin aroond the countryside on his bizzum. Even Ron wid tell onybody wha'd listen aboot the time he'd awmaist hit a hang glider on Chairlie's auld bizzum. Awbody fae warlock faimlies talked aboot Bizzumbaw constantly. Ron had awready had a muckle rammy wi Dean Thomas, wha shared their dormitory, aboot fitba. Ron couldnae see whit wis sae guid aboot a gemme wi ainly the wan baw whaur naebody wis alloued tae flee. Harry had caucht Ron poukin at Dean's poster o West Ham fitba team, tryin tae mak the players move.

Neville had never been on a bizzum in his life, because his grannie had never let him near wan. Harry thocht tae himsel that Neville's auld grannie must be a wice wummin, because Neville managed tae hae an astoondin nummer o accidents even wi baith feet on the groond.

Hermione Granger wis awmaist as nervous aboot fleein as Neville wis. This wis somethin ye couldnae learn by hert oot o a buik – no that she hadnae tried. At breakfast on Thursday she bored them aw stupit wi fleein tips she'd got oot o a library buik cawed *Bizzumbaw Through the Ages*. Neville wis hingin on her ivry word, desperate for onythin that micht help him hing on tae his bizzum later, but awbody else wis verra pleased when Hermione's lecture wis interruptit by the arrival o the post.

Harry hadnae had a singil letter since Hagrid's note, somethin that Malfoy had been quick tae notice, o coorse. Malfoy's eagle-hoolet wis ayewis bringin him pokes o sweets fae hame, which he opened wi glee at the Slydderin table.

A barn hoolet brocht Neville a smaw poke fae his grannie. He opened it aw excitit and shawed them a gless baw the size o a muckle bool, which seemed tae be fu o white reek.

'It's a Mindinbaw!' he explained. 'Gran kens I forget things – this tells ye if there's somethin ye've forgotten tae dae. Look, ye haud it ticht like this and if it turns reid – och ...' He looked scunnered, because the Mindinbaw had suddently turnt scairlet, '... ye've forgotten somethin ...'

Neville wis tryin tae mind whit it wis he'd forgotten when Draco Malfoy, wha wis passin the Gryffindor table, wheeched the Mindinbaw oot o his haun.

Harry and Ron lowped tae their feet. They were hauf hopin for a reason tae fecht Malfoy, but Professor McGonagall, wha could spot trouble quicker than ony dominie in the schuil, wis there in a flash.

'Whit's gaun on?'

'Malfoy's got ma Mindinbaw, Professor.'

Gowlin, Malfoy quickly drapped the Mindinbaw back on the table.

'Jist lookin,' he said, and he shauchled awa wi Crabbit and Gurr ahint him.

At three-thirty that efternoon, Harry, Ron, and the ither Gryffindors hurried doon the front steps ontae the groonds for their first fleein lesson. It wis a braw, breezy day, and the gress rippled unner their feet as they mairched doon the brae toward a braid flat lawn on the opposite side o the groonds tae the Forbidden Forest, whase trees were sweyin daurkly in the distance.

The Slydderins were awready there, and sae were twinty bizzums lyin in trig lines on the groond. Harry had heard Fred and Geordie Weasley compleen aboot the schuil bizzums, sayin that some o them sterted shooglin if ye flew ower high, or ayewis flew a bittie tae the left.

Their dominie, Madam Hooch, arrived. She had short, gray hair, and yella een like a hawk.

'Weel, whit are ye aw waitin for?' she bowfed. 'Awbody staund by a bizzum. C'moan, hurry up.'

Harry keeked doon at his bizzum. It wis auld and some o the twigs stuck oot at unco angles.

'Stick oot yer richt haun ower yer bizzum,' cawed Madam Hooch at the front, 'and say 'Up!''

'UP!' Awbody shoutit.

Harry's bizzum lowped intae his haun at wance, but it wis aboot the ainly yin that did. Hermione Granger's had simply rowed ower on the groond, and Neville's hadnae budged at aw. Mibbe bizzums, like cuddies, could tell when ye were feart, thocht Harry; fae the tremmle in Neville's voice it wis clear that he wantit tae keep his feet on the groond.

Madam Hooch then shawed them hoo tae sclim ontae their bizzums wioot skitin aff the end, and walked up and doon the raws, correctin their grup. Harry and Ron were delichted when she telt Malfoy he'd been daein it wrang for years.

'Noo, when I blaw ma whustle, ye kick aff fae the groond, haurd,' said Madam Hooch. 'Keep yer bizzums steady, rise a few fit, and then cam straicht back doon by leanin a wee bit forrit. On ma whustle – three – twa –'

But Neville, nervous and skeich and frichtened o bein left

on the groond, pushed aff ower haurd afore the whustle had touched Madam Hooch's lips.

'Cam back here, laddie!' she shoutit, but Neville wis risin straicht up like a cork shot oot o a bottle – twal feet – twinty feet. Harry saw his feart white face look doon at the groond fawin awa, saw him gowp, skitter sideweys aff the bizzum and –

WHUD – a dunt and a nasty crack and Neville lay face doon on the gress in a heap. His bizzum wis still risin higher and higher, and sterted tae drift lazily toward the Forbidden Forest and oot o sicht.

Madam Hooch wis bendin ower Neville, her face as peelie-wally as his.

'His sheckle's broke,' Harry heard her mutter. 'C'moan, loon – it's aw richt, up ye get.'

She turnt tae the lave o the cless.

'Nane o ye is tae move while I tak this laddie tae the hospital wing! Ye lea thae bizzums whaur they are or ye'll be flung oot o Hogwarts afore ye can say "Bizzumbaw." C'moan, dear.'

A greetie-faced Neville, haudin his sheckle, hirpled aff wi Madam Hooch, wha had her airm aroond him.

Nae sooner were they oot o lugshot than Malfoy birst intae lauchter.

'Did ye see his coupon? Whit a numpty!'

The ither Slydderins jined in.

'Shut yer mooth, Malfoy,' snashed Parvati Patil.

'Ooh, stickin up for Langdowper?' said Pansy Parkinson, a haurd-faced Slydderin lassie. 'Never thocht *you'd* like fat wee greetin-teenies, Parvati.'

'Look!' said Malfoy, joukin forrit and pickin up somethin aff the gress. 'It's that stupit thing Langdowper's grannie sent him.'

The Mindinbaw glistered in the sun as he held it up.

'Gie that here, Malfoy,' said Harry quietly. Awbody stapped talkin tae watch.

Malfoy smiled sleekitly.

'I think I'll lea it somewhaur for Langdowper tae find – hoo aboot – up a tree?'

'Gie it *here*!' Harry yowled, but Malfoy had lowped ontae his bizzum and had taen aff. He hadnae been leein, he wis guid at fleein – hoverin level wi the tapmaist brainches o an aik he cawed doon, 'Ye want it? Cam and tak it aff me, Potter!'

Harry grabbit his bizzum.

'Naw!' shoutit Hermione Granger. 'Madam Hooch telt us no tae budge – ye'll get us aw intae trouble.'

But Harry didnae hear her. Bluid wis stoondin in his lugs. He sclimmed ontae the bizzum and kicked haurd against the groond and up, up he soared; air wheeshed through his hair, and his goun whuppit oot ahint him – and in a rush o radge joy he realised he'd foond somethin he could dae wioot learnin it fae a dominie – this wis nae bother, this wis *braw*. He poued his bizzum up a wee bit tae tak it even higher, and heard the skirls and gowps o lassies back on the groond and an admirin hooch fae Ron.

He turnt his bizzum shairply tae face Malfoy in mid-air. Malfoy wis taen aback.

'Gie it here,' Harry cawed, 'or I'll knock ye aff yer bizzum!'

'Oh, aye?' said Malfoy, tryin tae sneer, but lookin worrit.

Harry kent, somewey, whit tae dae. He leaned forrit and

gruppit the bizzum tichtly in baith hauns, and it wheeched toward Malfoy like a javelin. Malfoy ainly jist got oot o the wey in time; Harry turnt shairply roond and held the bizzum steady. Some o the fowk ablow were clappin.

'Nae Crabbit and Gurr up here tae save ye, Malfoy,' Harry cawed.

The same thocht seemed tae hae struck Malfoy.

'Catch it if ye can, then!' he shoutit, and he flung the gless baw high intae the air and streaked back toward the groond.

Harry saw, as though in slaw motion, the baw rise up in the air and then stert tae faw. He leaned forrit and pynted his bizzum haunle doon – nixt second he wis gaitherin speed in a steep dive, racin the baw – wund whustled in his lugs, thegither wi the skirls o fowk watchin – he streetched oot his haun – a fit fae the groond he caucht it, jist in time tae pou his bizzum straicht, and he tummled gently ontae the gress wi the Mindinbaw clutched safely in his nieve.

'HARRY POTTER!'

His hert sank faster than he'd jist dived. Professor McGonagall wis rinnin toward them. He got tae his feet, tremmlin.

'*Never* – in aw ma time at Hogwarts –'

Professor McGonagall wis awmaist speechless wi shock, and her glesses flashed furiously, '– hoo *daur* ye – micht hae broken yer neck –'

'It wisnae his fault, Professor –'

'Wheesht, Miss Patil –'

'But Malfoy –'

'That'll *dae*, Mr Weasley. Potter, follae me, noo.'

Harry caucht sicht o Malfoy, Crabbit and Gurr's gloatin

faces as he left, walkin dowfly in Professor McGonagall's wake as she strode toward the castle. He wis gaun tae be expelled, he jist kent it. He wantit tae say somethin tae defend himsel, but there seemed tae be somethin wrang wi his voice. Professor McGonagall wis sweepin alang wioot even lookin at him; he had tae rin tae keep up. Noo he'd done it. He hadnae even lested twa weeks. He'd be packin his kist in ten meenits. Whit wid the Dursleys say when he turnt up at their door stane?

Up the front steps, up the mairble staircase inside, and still Professor McGonagall didnae say a word tae him. She wrenched open doors and mairched alang corridors wi Harry trottin meeserably ahint her. Mibbe she wis takkin him tae Dumbiedykes. He thocht o Hagrid, expelled but alloued tae stey on as gemmekeeper. Mibbe he could be Hagrid's assistant. His wame gowped as he imagined it, watchin Ron and the ithers becomin warlocks while he shauchled aroond the groonds cairryin Hagrid's bag.

Professor McGonagall stapped ootside a clessroom. She opened the door and poked her heid inside.

'Excuse me, Professor Flitwick, could I borry Widd for a moment?'

Widd? thocht Harry, dumfoonert; wis Widd a stick she wis gaun tae tober him wi?

But Widd turnt oot tae be a person, a strang-boukit fifth-year laddie wha came oot o Flitwick's cless lookin no shair whit wis happenin.

'Follae me, the twa o ye,' said Professor McGonagall, and they mairched on up the corridor, Widd nebbin curiously at Harry.

'Cam ben here.'

Professor McGonagall pynted them intae a clessroom that wis toom apairt fae Peenge, wha wis busy scrievin awfie words on the bleckboard.

'Oot, Peenge!' she bowfed. Peenge flung the chalk intae a bin, which dirled loodly, and he swoofed oot cursin. Professor McGonagall slammed the door ahint him and turnt tae face the twa laddies.

'Potter, this is Oliver Widd. Widd – I've foond ye a Seeker.'

Widd's expression chynged fae puzzlement tae delicht.

'Are ye serious, Professor?'

'Absolutely,' said Professor McGonagall crisply. 'The laddie's a natural. I've never seen onythin like it. Wis that yer first time on a bizzum, Potter?'

Harry noddit silently. He didnae hae a clue whit wis gaun on, but he didnae seem tae be gettin expelled, and some o the feelin sterted comin back tae his legs.

'He caucht that thing in his haun efter a fifty-fit dive,' Professor McGonagall telt Widd. 'Didnae even scratch himsel. Chairlie Weasley couldnae hae done it.'

Widd wis noo lookin as though aw his dreams had cam true at wance.

'Ever seen a gemme o Bizzumbaw, Potter?' he spiered excititly.

'Widd's captain o the Gryffindor team,' Professor McGonagall explained.

'He's jist the richt build for a Seeker, tae,' said Widd, walkin aroond Harry noo and gawpin at him. 'Licht – speedy – we'll hae tae get him a decent bizzum, Professor – a Nimbus Twa Thoosand or a Cleansweep Seeven, I'd say.'

'I will speak tae Professor Dumbiedykes and see if we cannae get roond the first-year rule. Heiven kens, we need a better team than lest year. *Gubbed* in that lest match by Slydderin, I couldnae look Severus Snipe in the ee for weeks ...'

Professor McGonagall peered sternly ower her glesses at Harry.

'I want tae hear ye're trainin haurd, Potter, or I may chynge ma mind aboot punishin ye.'

Then she suddently smiled.

'Yer faither wid hae been prood,' she said. 'He wis a graund Bizzumbaw player himsel.'

'Ye're jokin.'

It wis denner time. Harry had jist feenished tellin Ron whit had happened when he'd left the groonds wi Professor McGonagall. Ron had a piece o steak-and-kidney pie haufwey tae his mooth, but he'd forgotten aw aboot it.

'Seeker?' he said. 'But first-years never – ye must be the youngest hoose player in aboot –'

'– a century,' said Harry, shoolin pie intae his mooth. He felt particularly hungert efter the excitement o the efternoon. 'Widd telt me.'

Ron wis sae astoondit, sae impressed, he jist sat and gawped at Harry.

'I stert trainin nixt week,' said Harry. 'Ainly dinnae tell onybody, Widd wants tae keep it a secret.'

Fred and Geordie Weasley noo cam intae the Ha, spottit Harry, and hurried ower.

'Weel done,' said Geordie in a low voice. 'Widd telt us. We're on the team and aw – Skelpers.'

'I tell ye, we're gaun tae win that Bizzumbaw Tassie for

shair this year,' said Fred. 'We havenae won since Chairlie left, but this year's team is gaun tae be brilliant. Ye must be guid, Harry, Widd wis aboot dauncin when he telt us.'

'Onywey, we've got tae gang, Lee Jordan reckons he's foond a new secret passagewey oot o the schuil.'

'Bet it's that wan ahint the statue o Simon the Sleekit that we foond in oor first week. See ye.'

Fred and Geordie had haurdly disappeart when somebody faur less freendly turnt up: Malfoy, Crabbit and Gurr at his shooder.

'Haein a lest meal, Potter? When are ye gettin the train back tae the Muggles?'

'Ye're a lot braver noo that ye're back on the groond and ye've got yer wee pals wi ye,' said Harry cauldly. There wis o coorse naethin wee at aw aboot Crabbit and Gurr, but as the High Table wis fu o dominies, neither o them could dae mair than crack their knockles and gowl.

'I'll tak ye on ony time jist me masel,' said Malfoy. 'The nicht, if ye want. Warlock's duel. Wands ainly – nae contact. Whit's the maitter? Never heard o a warlock's duel afore, I suppose?'

'O coorse he has,' said Ron, wheelin aroond. 'I'm his second, wha's yours?'

Malfoy looked at Crabbit and Gurr, sizin them up.

'Crabbit,' he said. 'Midnicht aw richt? We'll meet ye in the trophy room; that's never lockit.'

When Malfoy had gane, Ron and Harry looked at each anither.

'Whit is a warlock's duel?' said Harry. 'And whit dae ye mean, ye're ma second?'

'Weel, a second's there tae tak ower if ye dee,' said Ron

casually, gettin sterted at lest on his cauld pie. Catchin the look on Harry's face, he addit quickly, 'But fowk ainly dee in proper duels, ye ken, wi real warlocks. The maist ye and Malfoy'll be able tae dae is send spairks up each ither's nebholes. Nane o ye kens eneuch magic tae dae ony real herm. I bet he expectit ye tae refuse, onywey.'

'And whit if I wave ma wand and naethin happens?'

'Fling it awa and skelp his jaw for him,' Ron suggestit.

'Excuse me.'

They baith looked up. It wis Hermione Granger.

'Can a person no eat in peace aroond here?' said Ron.

Hermione ignored him and spoke tae Harry.

'I couldnae help owerhearin whit ye and Malfoy were sayin –'

'Aye, I'm shair ye couldnae,' Ron mummled.

'– and ye cannae gang stravaigin aroond the schuil at nicht, think o the pyntes ye'll loss Gryffindor if ye're caucht, and ye're boond tae be. It's really awfie selfish o ye.'

'And it's really nane o yer business,' said Harry.

'Cheerie-bye,' said Ron.

Aw the same, it wisnae whit ye could caw the perfect feenish tae the day, Harry thocht, as he lay awake efter in his room listenin tae Dean and Seamus snocherin themsels tae sleep (Neville wisnae back fae the hospital wing). Ron had spent aw evenin giein him wice-like advice sic as 'If he tries tae curse ye, ye'd better jouk it, because I cannae mind hoo tae block them.' There wis an awfie guid chaunce they were gaun tae get caucht by Feechs or Mrs Norris, and Harry felt he wis pushin his luck, brekkin anither schuil rule the day. On the ither haun, Malfoy's sneisty coupon keepit loomin up oot o the daurkness – this wis as guid a chaunce as ony tae beat Malfoy face-tae-face. He couldnae miss it.

'Hauf past eleeven,' Ron whuspered at lest, 'we better get gaun.'

They poued on their dressin-gouns, picked up their wands, and creepit across the touer room, doon the spiral staircase, and intae the Gryffindor common room. A few aizles were aye lowin in the fireplace, turnin aw the airmchairs intae humphy-backit bleck shaddas. They had awmaist raxed the portrait hole when a voice spoke fae the chair nearest them, 'I jist cannae for the life o me believe ye're gaun tae dae this, Harry.'

A lamp flichered on. It wis Hermione Granger, wearin a pink dressin-goun and a froon.

'Ye!' said Ron furiously. 'Awa back tae yer bed!'

'I nearly clyped on ye tae yer brither,' Hermione snashed, 'Percy – he's a Prefect, he'd soon pit a stap tae this.'

Harry couldnae believe onybody could be sae nebbie.

'C'moan,' he said tae Ron. He pushed open the portrait o the Fat Wifie and sclimmed through the hole. Hermione wisnae gaun tae gie up that easily. She follaed Ron through the portrait hole, hishin at them like a crabbit goose.

'Ye jist dinnae care, dae ye, aboot Gryffindor. Ye ainly care aboot yersels. I dinnae want Slydderin tae win the Hoose Tassie either and ye'll loss aw the pyntes I got fae Professor McGonagall for kennin aboot Switchin Cantrips.'

'Git awa fae us.'

'Aw richt, but I warned ye. Jist mind whit I said when ye're on the train hame the morra, ye're sae –'

But whit they were, they didnae find oot. Hermione had

turnt tae the portrait o the Fat Wifie tae get back inside and foond hersel gowkin at a toom pentin. The Fat Wifie wis awa on a nicht veesit and Hermione wis lockit oot o Gryffindor Touer.

'Whit am I supposed tae dae noo?' she spiered in a shill voice.

'That's no oor problem,' said Ron. 'C'moan, we're gaun tae be late.'

They hadnae even raxed the end o the corridor when Hermione caucht up wi them.

'I'll cam wi ye then,' she said.

'Naw, ye're *nut*.'

'Dae ye think I'm gonnae staund oot here and wait for Fecchs tae catch me? If he finds aw three o us I'll tell him the truth, that I wis tryin tae stap ye, and ye can back me up.'

'Ye've got some bress neck on ye –' said Ron loodly.

'Wheesht, the baith o ye!' said Harry shairply. 'I heard somethin.'

It wis a snoozlin sort o soond.

'Mrs Norris?' breathed Ron, squintin through the daurk.

It wisnae Mrs Norris. It wis Neville. He wis curled up on the flair, fast asleep, but jinked suddently awake as they creepit nearer.

'Thank guidness ye foond me! I've been oot here for oors, I couldnae mind the new password tae get in tae ma bed.'

'Keep yer voice doon, Neville. The password's 'Pig snoot' but it'll no help ye noo, the Fat Wifie's awa aff somewhaur.'

'Hoo's yer airm?' said Harry.

'Fine,' said Neville, shawin them. 'Madam Pomfrey mended it in aboot a meenit.'

'Guid – weel, look, Neville, we've got tae be somewhaur, we'll see ye efter –'

'Dinnae lea me!' said Neville, scrammlin tae his feet, 'I dinnae want tae stey here on ma ain, the Bluidy Baron's been past twiced awready.'

Ron looked at his watch and then glowered furiously at Hermione and Neville.

'If either o ye get us caucht, I'll no rest until I've learned yon Curse o the Snochters that Quirrell telt us aboot and used it on ye.'

Hermione opened her mooth, mibbe tae tell Ron exactly hoo tae use the Curse o the Snochters, but Harry hished at her tae wheesht and beckoned them aw forrit.

They flitted alang corridors strippit wi baurs o muinlicht fae the high windaes. At ivry turn Harry expectit tae run intae Feechs or Mrs Norris, but they were lucky. They sped up a staircase tae the third flair and tiptaed toward the trophy room.

Malfoy and Crabbit werenae there yet. The crystal trophy cases glistered whaur the muinlicht caucht them. Tassies, shields, plates, and statues winked siller and gowd in the daurkness. They edged alang the waws, keepin their een on the doors at either end o the room. Harry taen oot his wand in case Malfoy lowped in and sterted at wance. The meenits creepit by.

'He's late, mibbe he's chickened oot,' Ron whuspered.

Then a soond in the nixt room made them lowp. Harry had ainly jist liftit his wand when they heard somebody speak – and it wisnae Malfoy.

'Snowk aroond, ma wee darlin, they micht be scowkin aboot in a corner.'

It wis Feechs speakin tae Mrs Norris. Flegged, Harry waved madly at the ither three tae follae him as quickly as possible; they nashed silently toward the door, awa fae Feechs' voice. Neville's goun had ainly jist whuppit roond the corner when they heard Feechs cam ben the trophy room.

'They're in here somewhaur,' they heard him mumpin, 'probably hidin.'

'This wey!' Harry moothed tae the ithers and, petrified, they began tae creep doon a lang gallery fu o suits o airmour. They could hear Feechs gettin nearer. Neville suddently let oot a frichtit squeak and broke intae a run – he cowped, grabbit Ron aroond the waist, and the pair o them keltered richt intae a suit o airmour.

The clangin and crashin were eneuch tae wauken up the haill castle.

'RUN!' Harry yowled, and the fower o them sprintit doon the gallery, no lookin back tae see whither Feechs wis follaein or no – they swung aroond the doorpost and nashed doon ae corridor then anither, Harry in the lead, wioot ony idea whaur they were or whaur they were gaun – they rived through a tapestry and foond themsels in a hidden passagewey, hurtled alang it and cam oot near their Chairms clessroom, which they kent wis miles fae the trophy room.

'I doot we've lost him,' Harry peched, leanin against the cauld waw and dichtin his foreheid. Neville wis boued double, wheezlin and hoastin.

'I – telt – ye,' Hermione gowped, clutchin at the steek in her chist, 'I – telt – ye.'

'We've got tae get back tae Gryffindor Touer,' said Ron, 'quick as we can.'

'Malfoy tricked ye,' Hermione said tae Harry. 'Ye ken that? He wis never gaun tae meet ye – Feechs kent somebody wis gaun tae be in the trophy room, Malfoy must hae clyped.'

Harry thocht she wis probably richt, but he wisnae gaun tae tell her that.

'Let's gang.'

It wisnae gaun tae be that simple. They hadnae gane mair than a dizzen paces when a doorknob rattled and somethin cam shootin oot o a clessroom in front o them.

It wis Peenge. He caucht sicht o them and gied a skirl o delicht.

'Wheesht, Peenge – c'moan noo – ye'll get us kicked oot.'

Peenge keckled.

'Daunnerin aroond at midnicht, Wee Firsties? Tut, tut, tut. Smatchet, Smatchet, ye'll get catchit.'

'No if ye dinnae gie us awa, Peenge, please.'

'Tae clype or no tae clype,' said Peenge in a saunt-like voice, but his een spairkled ill-trickitly. 'It's for yer ain guid, ye ken.'

'Get oot ma road,' snashed Ron, takkin a sweeng at Peenge – this wis the wrang thing tae dae.

'STUDENTS OOT O BED!' Peenge yellyhooed, 'STUDENTS OOT O BED DOON THE CHAIRMS CORRIDOR!'

Dookin unner Peenge, they ran for their lives, richt tae the end o the corridor whaur they slammed intae a door – and it wis lockit.

'This is it!' Ron girned, as they pushed haunlessly at the door, 'We're for it noo! We're feenished!'

They could hear fitsteps, Feechs rinnin as fast as he could toward Peenge's shouts.

'Oh, move ower,' Hermione snirled. She grabbit Harry's wand, chappit the lock wi it, and whuspered, *'Alohomora!'*

The lock clicked and the door craikit open – they breenged through it, shut it quick, and pressed their lugs against it, listenin.

'Which wey did they gang, Peenge?' Feechs wis sayin. 'Quick, tell me.'

'Say "please".'

'Dinnae mess me aboot, Peenge, noo *whaur did they gang?'*

'I'll no say naethin if ye dinnae say please,' said Peenge in his annoyin sing-sang voice.

'Aw richt – *please.'*

'NAETHIN! Ha haaa! Telt ye I wid say naethin if ye didnae say please! Ha ha! Haaaaaa!' And they heard the soond o Peenge sweeshin awa and Feechs cursin in rage.

'He thinks this door is lockit,' Harry whuspered. 'I think we'll be aw richt – get aff, Neville!'

Neville, wha had been hingin ontae the sleeve o Harry's dressin-goun for the lest meenit, suddently pynted and said, '*Whit?'*

Harry turnt aroond – and saw, quite clearly, whit. For a moment, he wis shair he'd walked intae a nichtmare – this wis gettin oot o haun, efter awthin else that had happened sae faur.

They werenae in a room, as he'd thocht. They were in anither corridor. The forbidden corridor on the third flair. And noo they kent why it wis forbidden.

They were lookin straicht intae the een o a monstrous dug, a dug that filled the haill space atween ceilin and flair. It had three heids. Three pairs o rollin, mad een; three nebs, twitchin and chitterin in their direction; three slabberin mooths wi slavers hingin in sliddery ropes fae yella fangs.

It wis staundin quite still, aw sax een glowerin at them, and Harry kent that the ainly reason they werenae awready deid wis that their sudden appearance had taen it by surprise, but it wis quickly gettin ower that and there wis nae mistakkin whit thae thunnerous grools meant.

Harry felt aboot for the doorknob – atween Feechs and daith, he'd tak Feechs.

They fell backarties – Harry whuddit the door shut, and they ran, they awmaist flew, back doon the corridor. Feechs must hae skittered aff tae look for them somewhaur else, because they didnae see him onywhaur, but they haurdly cared – aw they wantit tae dae wis pit as much space as possible atween them and that monster.

They didnae stap rinnin until they raxed the portrait o the Fat Wifie on the seeventh flair.

'Whaur on earth hiv ye aw been?' she spiered, lookin at their dressin-gouns hingin aff their shooders and their reid, switey faces.

'Never mind that – pig snoot, pig snoot,' peched Harry, and the portrait swung forrit. They scrammled intae the common room and cowped, tremmlin, intae airmchairs.

It wis a while afore ony o them said onythin. As a maitter o fact, Neville looked as if he widnae ever speak again.

'Whit dae they think they're daein, keepin a thing like that lockit up in a schuil?' said Ron at lang lest. 'If ony dug needs exercise, that yin does.'

Hermione had got baith her braith and her bad temper back again.

'Ye dinnae use yer een, ony o ye, dae ye?' she snashed. 'Did ye no see whit it wis staundin on?'

'The flair?' Harry suggestit. 'I wisnae lookin at its feet, I wis ower busy wi its heids.'

'Naw, no the flair. It wis staundin on a trapdoor. It's obviously guairdin somethin.'

She stood up, glowerin at them.

'I hope ye're pleased wi yersels. We could aw hae been killt – or warse, expelled. Noo, if ye dinnae mind, I'm gaun tae ma bed.'

Ron gowked efter her, his mooth open.

'Naw, we dinnae mind,' he said. 'Ye'd think we dragged her alang or somethin.'

But Hermione had gien Harry somethin else tae think aboot as he sclimmed back intae bed. The dug wis guairdin somethin . . .

Whit had Hagrid said? Gringotts wis the safest place in the warld for somethin ye wantit tae hide – apairt fae mibbe Hogwarts.

It looked as though Harry had foond oot whaur the clatty wee poke fae vault seeventeen hunner and thirteen wis.

Chaipter Ten

Halloween

Malfoy couldnae believe his een when he saw that Harry and Ron were aye at Hogwarts the nixt day, lookin wabbit but gey cheerfu. Indeed, by the nixt mornin Harry and Ron thocht that meetin the three-heidit dug had been a braw adventure, and they were awfie keen tae hae anither ane. Atween haunds, Harry telt Ron aw aboot the wee poke that seemed tae hae been flitted fae Gringotts tae Hogwarts, and they spent a lot o time wunnerin whit could possibly need sic muckle protection.

'It's either awfie valuable or awfie dangerous,' said Ron.

'Or baith,' said Harry.

But as aw they kent for shair aboot the mysterious object wis that it wis aboot twa inches lang, they didnae hae much chaunce o jalousin whit it wis wioot mair clues.

Neither Neville nor Hermione shawed the slichtest interest in whit lay unnerneath the dug and the trapdoor. Aw Neville cared aboot wis never gaun near the dug again.

Hermione wis noo refusin tae speak tae Harry and Ron, but she wis sic a bossy ken-it-aw they saw this as a wee bonus. Aw they really wantit noo wis a wey o gettin their ain back on Malfoy, and tae their great delicht, the verra thing arrived in the post aboot a week efter.

As the hoolets floodit intae the Great Ha as usual, awbody's attention wis caucht at wance by a lang, thin paircel cairried by sax muckle screech hoolets. Harry wis jist as interestit as awbody else tae see whit wis in this unco paircel, and wis bumbazed when the hoolets swoofed doon and drapped it richt in front o him, cowpin his bacon ontae the flair. They had haurdly flichtered oot o the road when anither hoolet drapped a letter on tap o the paircel.

Harry rived open the letter first, which wis lucky, because it said:

> DINNAE OPEN THE PAIRCEL AT THE TABLE.
> It contains yer new Nimbus Twa Thoosand,
> but I dinnae want awbody kennin ye've
> got a bizzum or they'll aw want ane.
> Oliver Widd will meet ye the nicht on the
> Bizzumbaw field at seeven o'clock for yer
> first trainin session.
>
> Prof. M. McGonagall

Harry could haurdly hide his glee as he haundit the note tae Ron tae read.

'A Nimbus Twa Thoosand!' Ron girned green wi envy. 'I've never even *touched* wan.'

They left the Ha quick, wantin tae unhap the bizzum themsels afore their first cless, but haufwey across the Entrance Ha they foond the wey upstairs barred by Crabbit and Gurr. Malfoy taen the package aff o Harry and felt it.

'That's a bizzum,' he said, flingin it back tae Harry wi a mixtur o jealousy and spite on his face. 'Ye'll be for it this time, Potter, first-years arenae alloued tae hae them.'

Ron couldnae stap hissel.

'It's no ony auld bizzum,' he said, 'it's a Nimbus Twa Thoosand. Whit did ye say ye had at hame, Malfoy, a Comet Twa Saxty?' Ron grinned at Harry. 'Comets look fantoosh, but they're jist no the same cless as the Nimbus.'

'Whit wid you ken aboot it, Weasley, you couldnae even afford tae buy hauf the haunle,' Malfoy snashed back. 'I bet you and yer brithers hiv tae save up twig by twig.'

Afore Ron could answer, Professor Flitwick appeart at Malfoy's elba.

'Nae arguin, I hope, boays?' he squeaked.

'Potter's been sent a bizzum, Professor,' said Malfoy quickly.

'Aye, aye, that's richt,' said Professor Flitwick, beamin at Harry. 'Professor McGonagall telt me aw aboot the special circumstances, Potter. And whit model is it?'

'A Nimbus Twa Thoosand, sir,' said Harry, fechtin no tae lauch at the look o scunner on Malfoy's face. 'And it's aw thanks tae Malfoy here that I got it,' he addit.

Harry and Ron heidit upstairs, smoorin their lauchter at Malfoy wha wis bumbazed and bealin at the same time.

'Weel, it's true,' Harry snichered as they raxed the tap o the mairble stairs, 'If he hadnae taen Neville's Mindinbaw I widnae be on the team …'

'Sae I suppose ye think that's a reward for brekkin rules?' cam an angry voice fae jist ahint them. Hermione wis strampin up the stairs, lookin crabbitly at the paircel in Harry's haun.

'I thocht ye werenae speakin tae us,' said Harry.

'Aye, dinnae stap noo,' said Ron, 'it's daein us a warld o guid.'

Hermione mairched awa wi her neb in the air.

Harry foond it a trauchle keepin his mind on his lessons that day. It keepit daunnerin up tae the dormitory whaur his new bizzum wis lyin unner his bed, or stravaigin aff tae the Bizzumbaw field whaur he'd be learnin tae play that nicht. He boltit his denner that evenin wioot noticin whit he wis eatin, and then rushed upstairs wi Ron tae unhap the Nimbus Twa Thoosand at lest.

'Jings,' Ron seched, as the bizzum rowed ontae Harry's bedspreid.

Even Harry, wha kent naethin aboot the different bizzums, thocht it looked braw. Sleekit and sheeny, wi a mahogany haunle, it had a lang tail o trig, straicht twigs and *Nimbus Twa Thoosand* scrievit in gowd near the tap.

As seeven o'clock drew nearer, Harry left the castle and set aff in the gloamin tae the Bizzumbaw field. He'd never been inside the stadium afore. Hunners o seats were raised in staunds aroond the field sae that the spectators were high eneuch tae see whit wis gaun on. At either end o the field were three gowden poles wi hoops on the end. They mindit Harry o the wee plastic sticks Muggle bairns whiles blaw bubbles wi, except that thir sticks were fifty fit high.

Ower eager tae flee again tae wait aboot for Widd, Harry

lowped ontae his bizzum and kicked aff fae the groond. Whit a feelin – he swoofed in and oot o the goal posts and then sped up and doon the field. The Nimbus Twa Thoosand turnt whaurever he wantit at his lichtest touch.

'Haw, Potter, cam doon!'

Oliver Widd had arrived. He wis cairryin a muckle widden kist unner his airm. Harry landit nixt tae him.

'No bad,' said Widd, his een glentin. 'I see whit McGonagall wis on aboot . . . ye're a natural aw richt. I'm jist gaun tae teach ye the rules this evenin, then ye'll be jinin team practice three times a week.'

He opened the kist. Inside were fower different-sized baws.

'Richt,' said Widd. 'Noo, Bizzumbaw is awfie easy tae unnerstaund, even if it's no awfie easy tae play. There are seeven players on each side. Three o them are cawed Chasers.'

'Three Chasers,' Harry repeatit, as Widd taen oot a bricht reid baw aboot the size o a fitba.

'This baw's called the Quaffle,' said Widd. 'The Chasers fling the Quaffle tae each ither and try and get it through wan o the hoops tae score a goal. Ten pyntes ivry time the Quaffle gangs through wan o the hoops. Follae me?'

'The Chasers fling the Quaffle and pit it through the hoops tae score,' Harry recitit. 'Sae – that's sort o like basketbaw on bizzums wi sax hoops, is it no?'

'Whit's basketbaw?' said Widd curiously.

'Dinnae worry aboot it,' said Harry quickly.

'Noo, there's anither player on each side wha's cawed the Keeper – I'm Keeper for Gryffindor. I hae tae flee aroond oor hoops and stap the ither team fae scorin.'

'Three Chasers, ane Keeper,' said Harry, wha wis determined tae mind it aw. 'And they play wi the Quaffle. Guid, got that. Sae whit are they for?' He pynted at the three baws left inside the kist.

'I'll shaw ye noo,' said Widd. 'Tak this.'

He haundit Harry a wee club, a bit like a short basebaw bat.

'I'm gaun tae shaw ye whit the Blooters dae,' Widd said. 'Thir twa are the Blooters.'

He shawed Harry twa identical baws, jet bleck and slichtly smawer than the reid Quaffle. Harry noticed that they seemed tae be fechtin tae escape the straps haudin them inside the kist.

'Staund back,' Widd warned Harry. He bent doon and lowsed ane o the Blooters.

At wance, the bleck baw rose high in the air and then birled straicht at Harry's face. Harry swung at it wi the bat tae stap it fae brekkin his neb, and sent it zigzaggin awa intae the air – it wheeched aroond their heids and then shot at Widd, wha dived on tap o it and managed tae peen it tae the groond.

'See?' Widd peched, forcin the strauchlin Blooter back intae the kist and strappin it doon safely. 'The Blooters rocket aroond, tryin tae knock players aff their bizzums. That's why ye hae twa Skelpers on each team – the Weasley twins are oors – it's their job tae bield their side fae the Blooters and try and skelp them toward the ither team. Sae – think ye've got aw that?'

'Three Chasers try and score wi the Quaffle; the Keeper guairds the goal posts; the Skelpers keep the Blooters awa fae their team,' Harry reeled aff.

'Verra guid,' said Widd.

'Er – hiv the Blooters ever killt onybody?' Harry spiered, hopin he soondit aff-loof.

'Never at Hogwarts. We've had twa-three broken jaws but naethin warse than yon. Noo, the lest member o the team is the Seeker. That's you. And ye dinnae hae tae worry aboot the Quaffle or the Blooters –'

'– unless they crack ma heid open.'

'Dinna fash yersel, the Weasleys are mair than a match for the Blooters – I mean, they're like a pair o human Blooters themsels.'

Widd raxed intae the kist and taen oot the fourth and lest baw. Compared wi the Quaffle and the Blooters, it wis tottie, aboot the size o a muckle walnut. It wis bricht gowd and had wee flichterin siller wings.

'*This,*' said Widd, 'is the Gowden Sneckie, and it's the maist important baw o the lot. It's awfie haurd tae catch because it's that fast and difficult tae see. It's the Seeker's job tae catch it. Ye've got tae jouk in and oot o the Chasers, Skelpers, Blooters, and Quaffle tae get it afore the ither team's Seeker, because whichever Seeker catches the Sneckie wins his team an extra hunner and fifty pyntes, sae they nearly ayewis win. That's why Seekers are aye gettin wannered. A gemme o Bizzumbaw ainly ends when the Sneckie is caucht, sae it can gang on for ages – I think the record is three month, they had tae keep bringin on substitutes sae the players could get some sleep.

'Weel, that's hit – ony questions?'

Harry shook his heid. He unnerstood whit he had tae dae aw richt, it wis jist daein it that wis gaun tae be the problem.

'We'll no practice wi the Sneckie yet,' said Widd, cannily

sneckin it back inside the crate, 'it's ower daurk, we micht loss it. Let's try ye oot wi a wheen o these.'

He poued a poke o ordinar gowf baws oot o his pooch and a wheen meenits later, he and Harry were up in the air, Widd flingin the gowf baws as haurd as he could in ivry airt for Harry tae catch.

Harry didnae miss even wan o them, and Widd wis delichted. Efter hauf an oor, nicht had fawn and they couldnae cairry on.

'That Bizzumbaw Tassie'll hae oor name on it this year,' said Widd blythely as they mairched back up tae the castle. 'I widnae be surprised if ye turn oot better than Chairlie Weasley, and he could hae played for England if he hadnae gane aff chasin draigons.'

Mibbe it wis because he wis noo sae busy, whit wi Bizzumbaw practice three evenins a week on tap o aw his hamewark, but Harry could haurdly believe it when he realised that he'd awready been twa month at Hogwarts. The castle felt mair like hame than Privet Loan ever had. His lessons were becomin mair and mair interestin as weel noo that they had maistered the basics.

On Halloween mornin they waukened tae the braw smell o baked pumpkin smeekin the corridors. Even better, Professor Flitwick annoonced in Chairms that he thocht they were ready tae stert makkin objects flee, somethin they'd aw been deein tae try since they'd seen him mak Neville's puddock gang birlin roond the clessroom. Professor Flitwick pit the cless intae pairs tae practice. Harry's pairtner wis Seamus Finnigan (which wis a relief, because Neville had been tryin tae catch his ee). Ron, hooanever, wis tae be warkin wi Hermione Granger. It wis haurd tae tell whither Ron or Hermione wis mair bealin aboot this. She hadnae spoken tae either o them since the day Harry's bizzum had arrived.

'Noo, dinna forget that canny wrist movement we've been practicin!' squaiked Professor Flitwick, perched on tap o his pile o buiks as usual. 'Sweesh and wheech, mind noo, sweesh and wheech. And sayin the magic words richt is gey important and aw – never forget Warlock Baruffio, wha said 's' insteid o 'f' and foond himsel on the flair wi a buffalo on his chist.'

It wis awfie difficult. Harry and Seamus sweeshed and wheeched, but the fedder they were supposed tae be sendin liftward jist lay on the tap o the desk. Seamus got sae impatient that he pouked it wi his wand and set fire tae it – Harry had tae pit it oot wi his bunnet.

Ron, at the nixt table, wisnae haein muckle mair luck.

'Wingardium Leviosa!' he shoutit, wavin his lang airms aboot like a windmill.

'Ye're sayin it wrang,' Harry heard Hermione snash. 'It's Win-*gar*-dium Levi-*o*-sa, mak the 'gar' guid and lang.'

'You dae it, then, if you're sae smert,' Ron snirled.

Hermione rowed up the sleeves o her goun, flicked her wand, and said, *'Wingardium Leviosa!'*

Their fedder rose aff the desk and stapped hingin aboot fower fit abune their heids.

'Och, weel done!' cried Professor Flitwick, clappin. 'Awbody see here, Miss Granger's done it!'

Ron wis in a richt bad mood by the end o the cless.

'It's nae wunner naebody can staund her,' he said tae Harry

as they pushed their wey intae the croodit corridor, 'she's a nichtmare, honestly.'

Somebody dunted intae Harry as they hurried past him. It wis Hermione. Harry caucht a glisk o her face – and wis taen aback tae see that she wis greetin.

'I think she heard ye.'

'Sae whit?' said Ron, but he looked a bittie uncomfortable. 'She has tae hiv noticed she's got nae freends.'

Hermione didnae turn up for the nixt cless and wisnae seen the rest o the efternoon. On their wey doon tae the Great Ha for the Halloween feast, Harry and Ron owerheard Parvati Patil tellin her freend Lavender that Hermione wis greetin in the lassies' cludgies and wantit tae be left alane. Ron looked even mair awkward at this, but a moment efter, they had gane ben the Great Ha whaur the Halloween decorations pit Hermione oot o their minds.

A thoosand live bawkie birds flichtered fae the waws and ceilin while a thoosand mair swoofed ower the tables in ticht bleck cloods, makkin the caunnles in the pumpkins gutter. The feast appeart suddently on the gowden plates, as it had at the stert-o-term banquet. Harry wis jist helpin himsel tae a baked tattie when Professor Quirrell cam sprintin intae the Ha, his turban agley and his face fu o fear. Awbody gawped as he raxed Professor Dumbiedyke's chair, sliddered against the table, and gowped, 'Trow – in the dungeons – thocht ye should ken.'

He then cowped ontae the flair in a deid faint.

There wis a stooshie. It taen a guid wheen purpie firecrackers explodin fae the end o Professor Dumbiedyke's wand tae bring silence.

'Prefects,' he rummled, 'lead yer hooses back tae the dormitories immediately!'

Percy wis in his element.

'Follae me! Stick thegither, first-years! Nae need tae fear the trow if ye follae ma orders! Stey richt ahint me, noo. Oot the road, first-years comin through! Oot the wey, I'm a Prefect, ken!'

'Hoo could a trow get in?' Harry spiered as they sclimmed the stairs.

'Dinnae spier me, they're supposed tae be awfie stupit,' said Ron. 'Mibbe Peenge let it in for a Halloween pliskie.'

They passed different groups o fowk nashin in aw different directions. As they strauchled their wey through a crood o bumbazed Hechlepechs, Harry suddently gruppit Ron's airm. 'I've jist thocht – Hermione.'

'Whit aboot her?'

'She doesnae ken aboot the trow.'

Ron chawed his lip.

'Oh, aw richt,' he snashed. 'But Percy'd better no see us.'

Dookin doon, they jined the Hechlepechs gaun the ither wey, slippit doon a desertit side corridor, and hurried aff toward the lassies' cludgies. They had jist turnt the corner when they heard sprig fitsteps ahint them.

'Percy!' hished Ron, pouin Harry ahint a muckle stane griffin.

Peerin aroond it, hooanever, they saw no Percy but Snipe. He crossed the corridor and disappeart oot o view.

'Whit's he daein?' Harry whuspered. 'Hoo's he no doon in the dungeons wi the ither dominies?'

'Couldnae tell ye.'

Quietly as possible, they creepit alang the nixt corridor efter Snipe's dwynin fitsteps.

'He's heidin for the third flair,' Harry said, but Ron held up his haun.

'Can ye smell somethin?'

Harry sniffed and a boggin reek raxed his neb-holes, a mixtur o auld soacks and the kinna public cludgie naebody seems tae clean.

And then they heard it – a laich gruntin, and the shauchlin fitfaw o undeemous feet. Ron pynted – at the end o a passage tae the left, somethin muckle wis flittin toward them. They hid in the shaddas and watched as it emerged intae a pool o muinlicht.

It wis an awfie sicht. Twal fit tall, its skin wis a dour, granite gray, its muckle lumpy body like a boolder wi its wee baldie heid perched on tap like a coconut. It had cutty legs thick as tree trunks wi flat, horny feet. The reek comin aff it it wis no real. It wis haudin a muckle widden club, that dragged alang the flair because its airms were that lang.

The trow stapped nixt tae a doorwey and glowered inside. It waggled its lang lugs, makkin up its tottie mind, then sloched slawly intae the room.

'The key's aye in the lock,' Harry muttered. 'Mibbe we could lock it in.'

'Guid idea,' said Ron nervously.

They edged toward the open door, mooths dry, prayin the trow wisnae aboot tae cam oot o it. Wi wan great lowp, Harry managed tae grab the key, slam the door, and lock it.

'Aye!'

Flushed wi their victory, they sterted tae rin back up the

passage, but as they raxed the corner they heard somethin that made their herts stap – a high, frichtit scream – and it wis comin fae the chaumer they'd jist lockit up.

'Och, naw,' said Ron, as peeliewally as the Bluidy Baron.

'It's the lassies' cludgies!' Harry peched.

'Hermione!' they said thegither.

It wis the lest thing they wantit tae dae, but did they hae ony ither choice? Birlin aroond, they sprintit back tae the door and turnt the key, fumblin in their panic. Harry poued the door open and they ran ben.

Hermione Granger wis shrinkin against the waw opposite, lookin as if she wis aboot tae faint. The trow wis advancin on her, clourin the sinks aff the waws as it gaed.

'Bumbaze it!' Harry said desperately tae Ron, and, seizin a spicket, he threw it as haurd as he could against the waw.

The trow stapped a wheen feet fae Hermione. It lumbered aroond, blenkin glaikitly, tae see whit had made the noise. Its mean wee een saw Harry. It hesitated, then made for him insteid, liftin its club as it cam.

'Haw, pea-heid!' yowled Ron fae the ither side o the chaumer, and he flung a metal pipe at it. The trow didnae even seem tae notice the pipe skelpin aff its shooder, but it heard the yowl and stapped again, turnin its hackit snoot toward Ron insteid, giein Harry time tae rin roon it.

'C'moan, rin, *rin*!' Harry yelloched at Hermione, tryin tae pou her toward the door, but she couldnae move, she wis aye flat against the waw, her mooth open wi fricht.

The shoutin and the echoes seemed tae be drivin the trow dementit. It raired again and sterted toward Ron, wha wis nearest and had nae wey tae escape.

Harry then did somethin that wis baith awfie brave and awfie stupit: he taen a muckle rinnin lowp and managed tae fasten his airms aroond the trow's craigie fae ahint. The trow couldnae feel Harry hingin there, but even a trow will notice if ye stick a lang bit o widd up its neb, and Harry's wand had still been in his haun when he'd lowped – it had gane richt up ane o the trow's neb-holes.

Yowlin wi pain, the trow twistit and birled its club, wi Harry hingin on for dear life; ony second noo and the trow wis gaun tae rive him aff or rax him an awfie skelp wi the club.

Hermione had cowped tae the flair in fricht; Ron poued oot his ain wand – no kennin whit he wis gaun tae dae he heard himsel cry the first cantrip that cam intae his heid: *'Wingardium Leviosa!'*

The club wheeched suddently oot o the trow's haun, gaed high, high up intae the air, turnt slawly ower – and drapped, wi a seikenin crack, ontae its owner's heid. The trow sweyed on the spot and then cowped flat on its face, wi a dunt that made the haill room shoogle.

Harry got tae his feet. He wis shakkin and oot o braith. Ron wis staundin there wi his wand still raised, gawpin at whit he had done.

It wis Hermione wha spoke first.

'Is it – deid?'

'I dinnae think sae,' said Harry, 'I think it's jist been knocked oot.'

He bent doon and poued his wand oot o the trow's neb. It wis aw slitterie wi somethin that looked like lumpy gray glue.

'Urgh – trowie snochters.'

He dichted it on the trow's troosers.

A sudden slammin and lood fitsteps made the three o them keek up. They hadnae realised whit a stramash they had been makkin, but o coorse, somebody doon the stair must hae heard the crashes and the trow's rairs. A meenit later, Professor McGonagall had cam breengin intae the room, closely follaed by Snipe, wi Quirrell bringin up the rear. Quirrell taen wan look at the trow, let oot a faint whimper, and sat quickly doon on a cludgie, clutchin his hert.

Snipe bent ower the trow. Professor McGonagall wis lookin at Ron and Harry. Harry had never seen her look sae angert. Her lips were aw white. Hopes o winnin fifty pyntes for Gryffindor fadit quickly fae Harry's mind.

'Whit on earth were ye thinkin?' said Professor McGonagall, wi cauld fury in her voice. Harry looked at Ron, wha wis aye staundin wi his wand in the air. 'Ye're lucky ye werenae killt. Why are ye no in yer dormitory?'

Snipe gied Harry a shairp piercin look. Harry keeked at the flair. He wished Ron wid pit his wand doon.

Then a wee voice cam oot o the shaddas.

'Please, Professor McGonagall – they were lookin for me.'

'Miss Granger!'

Hermione had managed tae get tae her feet at lest.

'I gaed lookin for the trow because I – I thocht I could deal wi it on ma ain – ye ken, because I've read aw aboot them.'

Ron drapped his wand. Hermione Granger, tellin a lee … tae a dominie?

'If they hadnae foond me, I'd be deid noo. Harry stuck his wand up its neb and Ron knocked it oot wi its ain club. They didnae hae time tae gang and get onybody. It wis aboot tae feenish me aff when they arrived.'

Harry and Ron tried tae look as though this wisnae the first time they were hearin this story.

'Weel – in that case …' said Professor McGonagall, glowerin at the three o them, 'Miss Granger, you stupit lassie, hoo could ye think o takkin on a moontain trow aw on yer ain?'

Hermione hung her heid. Harry had nae words. Hermione wis the lest person tae dae onythin against the rules, and here she wis, pretendin she had, tae get them oot o trouble. It wis as if Snipe had sterted haundin oot sweeties.

'Miss Granger, five pyntes will be taen fae Gryffindor for this,' said Professor McGonagall. 'I'm awfie disappynted in you. If ye're no hurt at aw, ye'd better get aff tae Gryffindor Touer. Students are feenishin the feast in their hooses.'

Hermione left.

Professor McGonagall turnt tae Harry and Ron.

'Weel, I still say ye were lucky, but no mony first-years could hae taen on a fu-grown moontain trow. Ye baith win Gryffindor five payntes. Professor Dumbiedykes will hear aboot this. Awa ye go.'

They hurried oot o the chaumer and didnae speak at aw until they had sclimmed twa flairs up. It wis a guid tae be awa fae the honk o that trow, apairt fae onythin else.

'We should hae got mair nor ten pyntes,' Ron grummled.

'Five, ye mean, efter she's taen aff Hermione's.'

'Guid o her tae get us oot o trouble like yon,' Ron admitted. 'Mind ye, we did save her.'

'She micht no hae needit savin if we hadnae lockit the thing in wi her,' Harry mindit him.

They raxed the pentin o the Fat Wifie.

'Pig snoot,' they said and gaed ben.

The common room wis hotchin and lood. Awbody wis eatin the scran that had been sent up. Hermione, hooanever, stood alane at the door, waitin on them. There wis an unco pause. Then, nane o them lookin at each anither, they aw said, 'Thanks', and nashed aff tae get an ashet for their scran.

But fae that moment on, Hermione Granger wis their freend. There are some things ye cannae share wioot endin up likin each anither, and knockin oot a twal-fit moontain trow is ane o them.

Chaipter Eleeven

Bizzumbaw

At the stert o November, the weather turnt cranreuch. The moontains aroond the schuil became icy gray and the loch like cauld steel. Ivry mornin the groond wis white wi rime. Hagrid could be seen fae the upstairs windaes defrostin bizzums on the Bizzumbaw pitch, happit up in a lang mowdieskin owercoat, rabbit-fur pawkies, and undeemous beaverskin bitts.

The Bizzumbaw season had begun. On Setterday, Harry wid be playin in his first match efter weeks o trainin: Gryffindor versus Slydderin. If Gryffindor won, they wid move up intae second place in the Hoose Championship.

Haurdly onybody had seen Harry play because Widd had decidit that, as their hiddlins wappin, Harry should be keepit, weel, in hiddlins. But the news that he wis playin Seeker had syped oot onywey, and Harry didnae ken which wis warse – fowk tellin him he'd be braw or fowk tellin him they'd be rinnin aroond ablow him haudin a mattress.

It wis awfie lucky that Harry noo had Hermione as a freend. He didnae ken hoo he wid hae got through aw his hamewark wioot her, wi aw the lest-meenit Bizzumbaw practice Widd wis makkin them dae. She had gied him a len o *Bizzumbaw Doon the Ages* as weel which turnt oot tae be an awfie interestin read.

Harry learned that there were seeven hunner weys o committin a Bizzumbaw foul and that aw o them had happened durin a Warld Cup match in 1473; that Seekers were usually the smawest and gleggest players, and that maist serious Bizzumbaw accidents seemed tae happen tae them; that although fowk rarely dee'd playin Bizzumbaw, referees had been kent tae vainish and efter a wheen months turn up in the Sahara Desert.

Hermione had become a bit mair relaxed aboot brekkin rules since Harry and Ron had saved her fae the moontain trow, and she wis the brawer for it. The day afore Harry's first Bizzumbaw match the three o them were oot in the freezin coortyaird durin brek, and she had conjured them up a bricht blue fire that could be cairried aroond in a jam jaur. They were staundin wi their backs tae it, gettin warm, when Snipe crossed the yaird. Harry noticed at wance that Snipe wis hirplin. Harry, Ron, and Hermione moved closer thegither tae block the fire fae view; they were shair it widnae be alloued. Unfortunately, somethin aboot their guilty faces caucht Snipe's ee. He hirpled ower. He hadnae seen the fire, but he seemed tae be lookin for a reason tae check them onywey.

'Whit's that ye've got there, Potter?'

It wis *Bizzumbaw Doon the Ages*. Harry shawed it tae him.

'Library buiks are no tae be taen ootside the schuil,' said Snipe. 'Gie me it. Five pyntes fae Gryffindor.'

'He's jist made that rule up,' Harry grummled soorly as Snipe hirpled aff. 'Wunner whit's wrang wi his leg?'

'Dinnae ken, but I hope it's really sair,' said Ron bitterly.

The Gryffindor common room wis awfie noisy that evenin. Harry, Ron, and Hermione sat thegither nixt tae a windae. Hermione wis checkin Harry and Ron's Chairms hamewark for them. She wid never let them copy ('Hoo are ye gonnae learn?'), but by spierin her tae read it through, they got the richt answers onywey.

Harry couldnae sit still. He wantit *Bizzumbaw Doon the Ages* back, tae tak his mind aff his nerves aboot the morra. Why should he be feart o Snipe? Gettin up, he telt Ron and Hermione he wis gaun tae spier Snipe if he could hae it.

'Raither you nor me,' they said thegither, but Harry had an idea that Snipe widnae refuse if there were ither dominies listenin.

He made his wey doon tae the staffroom and chapped the door. There wis nae answer. He chapped again. Naethin.

Mibbe Snipe had left the buik in there? It wis warth a shote. He pushed the door ajee and keeked inside – and an ugsome scene met his een.

Snipe and Feechs were inside, alane. Snipe wis haudin his goun abune his knaps. Ane o his legs wis bliddy and mankit. Feechs wis haundin Snipe bandages.

'Blastit thing,' Snipe wis sayin. 'Hoo are ye meant tae keep yer een on aw three heids at wance?'

Harry tried tae shut the door quietly, but –

'POTTER!'

Snipe's face wis fankled in fury as he drapped his goun quickly tae hide his leg. Harry gowped.

'I jist wunnered if I could hae ma buik back.'

'GET OOT! *OOT!*'

Harry left, afore Snipe could tak ony mair pyntes fae Gryffindor. He sprintit back upstairs.

'Did ye get it?' Ron spiered as Harry jined them. 'Whit's the maitter?'

In a laich whusper, Harry telt them whit he'd seen.

'Ye ken whit this means?' he feenished, fair oot o pech. 'He tried tae get by that three-heidit dug at Halloween! That's whaur he wis gaun when we saw him – he's efter whitever it's guairdin! And I'd bet ma bizzum he let that trow in, tae mak a diversion!'

Hermione's een were wide.

'Naw – he widnae,' she said. 'I ken he's no aw that nice, but he widnae try and chore somethin Dumbiedykes wis keepin safe.'

'Honestly, Hermione, ye think aw dominies are saunts or somethin,' snashed Ron. 'I'm wi Harry. I widnae pit onythin past Snipe. But whit's he efter? Whit's that dug guairdin?'

Harry gaed tae his bed wi his heid bizzin wi the same question. Neville wis snocherin awa, but Harry couldnae sleep. He tried tae toom awthin fae his mind – he needed tae sleep, he had tae, he had his first Bizzumbaw match in a wheen oors – but the expression on Snipe's face when Harry had seen his leg wisnae easy tae forget.

The nixt mornin wis bricht and cauld. The Great Ha wis fu o the delicious reek o fried sassidges and the birkie blethers o awbody lookin forrit tae a guid Bizzumbaw match.

'Ye've got tae eat some breakfast.'

'I dinnae want onythin.'

'Jist a bit o toast,' wheedled Hermione.

'I'm no hungert.'

Harry felt awfie. In an oor's time he'd be walkin oot ontae the pitch.

'Harry, ye need yer strength,' said Seamus Finnigan. 'Seekers are ayewis the wans that get tobered by the ither team.'

'Thanks, Seamus,' said Harry, watchin Seamus droonin his sassidges in ketchup.

By eleeven o'clock the haill schuil seemed tae be oot in the staunds aroond the Bizzumbaw pitch. Mony students had binoculars. The seats micht be heezed awa up in the air, but it still wisnae easy tae see whit wis gaun on.

Ron and Hermione jined Neville, Seamus, and Dean the West Ham fan up in the tap raw. As a surprise for Harry, they had pentit a muckle banner on ane o the sheets Scabbers had mogered. It said *Potter for President*, and Dean, wha wis guid at drawin, had done a muckle Gryffindor lion unnerneath. Then Hermione had performed a tricky wee chairm sae that the pent flashed different colours.

Meanwhile, in the chyngin rooms, Harry and the lave o the team were chyngin intae their scairlet Bizzumbaw gouns (Slydderin wid be playin in green).

Widd cleared his thrapple for silence.

'Richt, men,' he said.

'And weemen,' said Chaser Angelina Johnson.

'And weemen,' Widd agreed. 'This is it.'

'The big yin,' said Fred Weasley.

'The ane we've aw been waitin on,' said Geordie.

'We ken Oliver's speech by hert,' Fred telt Harry, 'we were on the team lest year.'

'Wheesht, you twa,' said Widd. 'This is the brawest team Gryffindor's had in years. We're gonnae win. I ken it.'

He glowered at them aw as if tae say, 'Or else.'

'Richt. It's time. Guid luck, aw o yis.'

Harry follaed Fred and Geordie oot o the chyngin room and, hopin his knaps werenae gonnae gie wey, walked ontae the pitch tae lood cheers.

Madam Hooch wis refereein. She stood in the middle o the pitch waitin on the twa teams, her bizzum in her haun.

'Noo, I want a guid fair gemme, aw o ye,' she said, wance they were aw gaithered aroond her. Harry noticed that she seemed tae be speakin particularly tae the Slydderin Captain, Marcus Flint, a fifth year. Harry thocht Flint looked as if he had some trow bluid in him. Oot o the corner o his ee he saw the flichterin banner high abune, flashin *Potter for President* ower the crood. His heart skippit. He felt mair brave.

'Moont yer bizzums, please.'

Harry sclimmed ontae his Nimbus Twa Thoosand.

Madam Hooch gied a lood blast on her siller whustle.

Fifteen bizzums rose up, high, high intae the air. They were aff.

'And the Quaffle is taen immediately by Angelina Johnson o Gryffindor – whit a braw Chaser that girl is, and bonnie, tae –'

'JORDAN!'

'Sorry, Professor.'

The Weasley twins' freend, Lee Jordan, wis daein the commentary for the match, closely watched by Professor McGonagall.

'And she's really beltin alang up there, a neat pass tae Alicia Spinnet, a guid find o Oliver Widd's, lest year ainly a reserve – back tae Johnson and – naw, the Slydderins hae taen the Quaffle, Slydderin Captain Marcus Flint gets the Quaffle and aff he goes – Flint fleein like an earn up there – he's gaun tae sc – naw, stapped by a braw move by Gryffindor Keeper Widd and the Gryffindors tak the Quaffle – that's Chaser Katie Bell o Gryffindor there, braw dive aroond Flint, aff up the field and – UYAH – that's a sair yin, hut in the back o the heid by a Blooter – Quaffle taen by the Slydderins – that's Adrian Pucey speedin aff toward the goal posts, but he's blockit by a second Blooter – sent his wey by Fred or Geordie Weasley, cannae tell which – smert play by the Gryffindor Skelper, onywey, and Johnson back in possession o the Quaffle, a clear field aheid and aff she goes – she's really fleein – jouks a speedin Blooter – the goal posts are aheid – c'moan, noo, Angelina – Keeper Bletchley dives – misses – GRYFFINDOR SCORE!'

Gryffindor cheers filled the cauld air, wi yowls and moans fae the Slydderins.

'Budge up there, move alang.'

'Hagrid!'

Ron and Hermione squeezed thegither tae gie Hagrid eneuch space tae sit nixt tae them.

'Eh wis watchin fae ma bothy,' said Hagrid, pattin a muckle pair o binoculars aroond his neck, 'But it isnae the same as bein in the crood. Nae sign o the Sneckie yet, eh?'

'Nut,' said Ron. 'Harry hasnae had muckle tae dae yet.'

'Keepin oot o bather, though, that's somethin,' said Hagrid, liftin his binoculars and peerin liftward at the speck that wis Harry.

Wey up abune them, Harry wis glidin ower the gemme, squintin aboot for some sign o the Sneckie. This wis pairt o his and Widd's gemme plan.

'Keep oot o the wey until ye catch sicht o the Sneckie,' Widd had said. 'We dinnae want ye attacked afore ye hae tae be.'

When Angelina had scored, Harry had done twa-three loop-the-loops tae let oot his feelins. Noo he wis back tae keekin aroond for the Sneckie. Wance he caucht sicht o a flash o gowd, but it wis jist a reflection fae ane o the Weasleys' wristwatches, and wance a Blooter decidit tae cam peltin his wey, mair like a cannon baw than onythin, but Harry jouked it and Fred Weasley cam chasin efter it.

'Aw richt there, Harry?' he had time tae yowl, as he skelped the Blooter furiously toward Marcus Flint.

'Slydderin in possession,' Lee Jordan wis sayin, 'Chaser Pucey dooks unner twa Blooters, twa Weasleys, and Chaser Bell, and speeds toward the – wait a meenit – wis that the Sneckie?'

A rummle ran through the crood as Adrian Pucey drapped the Quaffle, ower busy lookin ower his shooder at the flash o gowd that had passed his left lug.

Harry saw it. In a great whidder o excitement he dived doonward efter the streak o gowd. Slydderin Seeker Terence Higgs had seen it and aw. Alangside each ither they hurled toward the Sneckie – aw the Chasers seemed tae hae forgot whit they were supposed tae be daein as they hingit in mid-air tae watch.

Harry wis faster than Higgs – he could see the wee roond baw, wings flichterin, dairtin up aheid – he pit on an extra spurt o speed –

DOOF! A bealin rair echoed fae the Gryffindors ablow – Marcus Flint had blockit Harry on purpose, and Harry's bizzum spun aff coorse, Harry haudin on for dear life.

'Foul!' skraiched the Gryffindors.

Madam Hooch spoke crabbitly tae Flint and then gied Gryffindor a free shot at the goal posts. But in aw the confusion, o coorse, the Gowden Sneckie had disappeart fae sicht again.

Doon in the staunds, Dean Thomas wis yowlin, 'Send him aff, ref! Ridd caird!'

'Whit are ye talkin aboot, Dean?' said Ron.

'Ridd caird!' said Dean furiously. 'At the fitba ye get shawn the ridd caird and ye're oot the gemme!'

'But this isnae fitba, Dean,' Ron mindit him.

Hagrid, hooanever, wis on Dean's side.

'They should chynge the rules. Flint could hae knocked Harry oot o the air.'

Lee Jordan wis findin it difficult no tae tak sides.

'Sae – efter that obvious and mingin bit o cheatin –'

'Jordan!' grooled Professor McGonagall.

'I mean, efter that pure honkin foul –'

'*Jordan, I'm warnin ye* –'

'Aw richt, aw richt. Flint nearly kills the Gryffindor Seeker, which could happen tae onybody, I'm shair, sae a penalty tae Gryffindor, taen by Spinnet, wha pits it awa, nae bother, and we cairry on wi play, Gryffindor aye in possession.'

It wis as Harry jouked anither Blooter, which gaed spinnin dangerously past his heid, that it happened. His bizzum gied a sudden, frichtenin lurch. For a second, he thocht he wis gonnae faw. He gruppit the bizzum ticht wi baith his hauns and knees. He'd never felt onythin like it.

It happened again. It wis as though the bizzum wis tryin tae yunk him aff. But Nimbus Twa Thoosands didnae suddently decide tae yunk their riders aff. Harry tried tae turn back toward the Gryffindor goal posts – he had hauf a mind tae spier Widd tae caw time oot – and then he realised that his bizzum wis completely oot o his control. He couldnae turn it. He couldnae dae onythin wi it. It wis kelterin through the air, and ivry noo and then makkin violent sweeshin movements that near flung him aff.

Lee wis aye commentatin.

'Slydderin in possession – Flint wi the Quaffle – passes Spinnet – passes Bell – hit haurd in the face by a Blooter, hope it broke his neb – jist haein ye on, Professor – Slydderin score – oh naw ...'

The Slydderins were cheerin. Naebody seemed tae hae noticed that Harry's bizzum wis behavin streengely. It wis cairryin him slawly, awa fae the gemme, joukin and twitchin as it gaed.

'Eh dinna ken whit Harry thinks he's daein,' Hagrid mummled. He keeked through his binoculars. 'If Eh didna ken ony better, Eh'd say he's lost control o his bizzum ... but he canna hae ...'

Suddently, fowk were pyntin up at Harry aw ower the staunds. His bizzum had sterted tae rowe ower and ower, wi him ainly jist managin tae haud on. Then the haill crood gowped. Harry's bizzum had gien a wild jink and Harry swung aff it. He wis noo hingin fae it, haudin on wi ainly yin haun.

'Did somethin happen tae it when Flint blockit him?' Seamus whuspered.

'Canna be,' Hagrid said, his voice shakkin. 'Canna naethin interfere wi a bizzum apairt fae pouerfu Daurk magic – nae bairn could dae that tae a Nimbus Twa Thoosand.'

At thir words, Hermione seized Hagrid's binoculars, but insteid o lookin up at Harry, she sterted lookin frantically at the crood.

'Whit are ye daein?' moaned Ron wi a gray face.

'I kent it,' Hermione gowped, 'Snipe – look.'

Ron gruppit the binoculars. Snipe wis in the middle o the staunds forenent them. He had his een thirled on Harry and wis haverin non-stap unner his braith.

'He's daein somethin – he's jinxin the bizzum,' said Hermione.

'Whit should we dae?'

'Lea it tae me.'

Afore Ron could say anither word, Hermione had disappeart. Ron turnt the binoculars back on Harry. His bizzum wis shooglin that haurd, it wis awmaist impossible for him tae hing on ony langer. The haill crood wis on its feet, watchin, frichtit, as the Weasleys flew up tae try and pou Harry safely ontae wan o their ain bizzums, but it wis nae use – ivry time they got near him, the bizzum wid lowp higher still. They drapped doon and circled aneath him, obviously hopin tae catch him if he fell. Marcus Flint seized the Quaffle and scored five times wioot onybody noticin.

'C'moan, Hermione,' Ron mummled desperately.

Hermione had focht her wey across tae the staund whaur Snipe stood, and wis noo racin alang the row ahint him; she didnae even stap tae say sorry as she cowped Professor Quirrell heidfirst intae the raw in front. Raxin Snipe, she hunkered doon, poued oot her wand, and whuspered a wheen, wallie words. Bricht blue flames shot fae her wand ontae the hem o Snipe's goun.

It taen mibbe thirty seconds for Snipe tae wark oot that he wis on fire. A sudden yowp telt her she had done her job. Scoopin the fire aff him intae a wee jaur in her pooch, she scrammled back alang the raw – Snipe wid never ken whit had happened.

It wis eneuch. Up in the air, Harry wis suddently able tae scrammle back on tae his bizzum.

'Neville, ye can look noo!' Ron said. Neville had been greetin intae Hagrid's jaiket for the lest five meenits.

Harry wis speedin toward the groond when the crood saw him clap his haun tae his mooth as though he wis aboot tae be seik – he hit the pitch on aw fowers – hoasted – and somethin gowd fell intae his haun.

'I've got the Sneckie!' he shoutit, wavin it abune his heid, and the gemme endit in a total rammy.

'He didnae *catch* it, he nearly *swallaed* it,' Flint wis still girnin twinty meenits later, but it made nae difference – Harry hadnae broken ony rules and Lee Jordan wis still happily shoutin the results – Gryffindor had won by a hunner and seeventy pyntes tae saxty. Harry heard nane o this, though. He wis bein made a cup o strang tea back in Hagrid's bothy, wi Ron and Hermione.

'It wis Snipe,' Ron wis explainin, 'Hermione and I saw him. He wis cursin yer bizzum, mutterin, he widnae tak his een aff ye.'

'Havers,' said Hagrid, wha hadnae heard a word o whit had been gaun on nixt tae him in the staunds. 'Why wid Snipe dae somethin like that?'

Harry, Ron, and Hermione looked at ane anither, wunnerin whit tae tell him. Harry decidit on the truth.

'I foond oot somethin aboot him,' he telt Hagrid. 'He tried tae get past that three-heidit dug on Halloween. It bit him. We think he wis tryin tae chore whitever it's guairdin.'

Hagrid drapped the teapot.

'Hoo dae you ken aboot Fluffy?' he said.

'Fluffy?'

'Aye – he's mine – bocht him aff a Greek gadge I met in the howff lest year – I gied Dumbiedykes a len o him tae guaird the –'

'Aye?' said Harry eagerly.

'Noo, dinna spier me onymair,' said Hagrid gruffly. 'That's tap secret, that is.'

'But Snipe's tryin tae chore it.'

'Havers,' said Hagrid again. 'Snipe's a Hogwarts dominie, he'd dae naethin o the sort.'

'Sae why did he jist try and kill Harry?' cried Hermione. The efternoon's events certainly seemed tae hae chynged her mind aboot Snipe.

'I ken a jinx when I see yin, Hagrid, I've read aw aboot them! Ye've got tae keep ee contact, and Snipe wisnae blenkin at aw, I saw him!'

'Eh'm tellin ye, ye're wrang!' said Hagrid crabbitly. 'Eh dinna ken why Harry's bizzum cairried on like that, but Snipe widna try and kill a student! Noo, listen tae me, aa three o ye – ye're footerin wi things that dinna concern ye. It's no wice. You forget that dug, and you forget whit it's guairdin, that's atween Professor Dumbiedykes and Nicolas Flamel –'

'Aha!' said Harry, 'sae there's somebody cawed Nicolas Flamel that's pairt o aw this, am I richt?'

Hagrid looked scunnered wi himsel.

Chaipter Twal

The Keekin Gless o Erised

Yule wis comin. Ane mornin in mid-December, Hogwarts waukened tae find itsel happit in snaw. The loch froze solid and the Weasley twins got their paiks for beglamourin some snawbaws sae that they follaed Quirrell aroond, stottin aff the back o his turban. The few hoolets that managed tae fecht their wey through the stormy lift tae deliver post had tae be nursed back tae health by Hagrid afore they could flee aff again.

Naebody could wait for the holidays tae stert. While the Gryffindor common room and the Great Ha had rairin fires, the drafty corridors had become aw icy and a snell wund rattled the windaes in the clessrooms. Warst o aw were Professor Snipe's clesses doon in the dungeons, whaur their braith rose in a mist afore them and they keepit as close as possible tae their hot caudrons.

'I feel sae awfie sorry,' said Draco Malfoy, durin a Potions cless, 'for aw thae fowk wha hae tae stey at here at Hogwarts ower Yule because naebody wants them at hame.'

He wis lookin ower at Harry as he spoke. Crabbit and Gurr keckled. Harry, wha wis meisurin oot poodered spine o lionfish, jist ignored them. Malfoy had been even mair coorse than usual since the Bizzumbaw gemme. Scunnered that the Slydderins had lost, he had tried tae get awbody lauchin at hoo a muckle-moothed tree puddock wid be replacin Harry as Seeker nixt. Then he'd realised that naebody foond this funny, because they were aw sae impressed at the wey Harry had managed tae stey on his buckin bizzum. Sae Malfoy, jealous and angert, had gane back tae flytin Harry aboot no haein a proper faimly.

It wis true that Harry wisnae gaun back tae Privet Loan for Yule. Professor McGonagall had cam aroond the week afore, makkin a leet o students wha wid be steyin for the holidays, and Harry had signed up at wance. He didnae feel sorry for himsel at aw; this wid probably be the best Yule he'd ever had. Ron and his brithers were steyin as weel, because Mr and Mrs Weasley were gaun tae Romania tae veesit Chairlie.

When they left the dungeons at the end o Potions, they foond a muckle fir tree stappin the corridor aheid. Twa undeemous feet stickin oot at the bottom and a lood pechin soond telt them that Hagrid wis ahint it.

'Haw, Hagrid, needin a haun?' Ron spiered, stickin his heid through the brainches.

'Na, Eh'm aa richt, thanks, Ron.'

'Wid ye mind gettin oot o ma road?' cam Malfoy's cauld drawl fae ahint them. 'Are ye tryin tae mak some extra siller, Weasley? Hopin tae be gemmekeeper yersel when ye lea Hogwarts nae doot – that bothy o Hagrid's must seem like a palace compared tae whit yer faimly's used tae.'

Ron huckled Malfoy jist as Snipe cam up the stairs.

'WEASLEY!'

Ron lowsed his grup on the front o Malfoy's goun.

'He wis provoked, Professor Snipe,' said Hagrid, stickin his muckle hairy face oot fae ahint the tree. 'Malfoy wis insultin his faimly.'

'Mibbe he wis but fechtin is against Hogwarts rules, Hagrid,' said Snipe sleekitly. 'Five pyntes fae Gryffindor, Weasley, and be gratefu it isnae mair. Noo awa ye go, aw o ye.'

Malfoy, Crabbit, and Gurr pushed rochly past the tree, skailin needles aw weys and smirkin.

'I'll get him,' said Ron, shakkin his nieve at Malfoy's back, 'wan o these days, I'll get him –'

'I hate them baith,' said Harry, 'Malfoy and Snipe.'

'C'moan, cheer up, it's nearly Yule,' said Hagrid. 'Tell ye whut, cam wi me and see the Great Ha. It looks braa.'

Sae the three o them follaed Hagrid and his tree aff tae the Great Ha, whaur Professor McGonagall and Professor Flitwick were busy wi the Yule decorations.

'Ah, Hagrid, the lest tree – pit it in the faur neuk, wid ye?'

The Ha looked spectacular. Whigmaleeries o holly and mistletae hung aw aroond the waws, and nae less than twal touerin Yule trees stood aroond the room, some skinklin wi ice-shoggles, some glisterin wi hunners o caunnles.

'Hoo mony days ye got left until yer holidays?' Hagrid spiered.

'Jist yin,' said Hermione. 'And that minds me – Harry, Ron, we've got hauf an oor afore denner, we should be in the library.'

'Oh aye, ye're richt,' said Ron, tearin his een awa fae Professor Flitwick, wha had gowden bubbles comin oot his wand and wis slitterin them ower the brainches o the new tree.

'The library?' said Hagrid, follaein them oot o the Ha. 'Jist afore the holidays? Bit keen, eh?'

'Och, we're no warkin,' Harry telt him brichtly. 'Ever since ye mentioned Nicolas Flamel we've been tryin tae find oot wha he is.'

'Ye whut?' Hagrid wis shocked. 'Listen here – Eh've telt ye – drap it. It's nane o yer business whut that dug's guairdin.'

'We jist want tae ken wha Nicolas Flamel is, that's aw,' said Hermione.

'Unless ye'd like tae tell us and save us the trauchle?' Harry addit. 'We must hae been through hunners o buiks awready and we cannae find him onywhaur – jist gie us a hint – I ken I've read his name somewhaur.'

'Eh'm sayin naethin,' said Hagrid thrawnly.

'Jist hae tae find oot for oorsels, then,' said Ron, and they left Hagrid lookin scunnered and hurried aff tae the library.

They had indeed been searchin buiks for Flamel's name ever since Hagrid had let it slip oot, because hoo else were they gaun tae find oot whit Snipe wis tryin tae chore? The trauchle wis, it wis awfie haurd tae ken whaur tae stert, no kennin whit Flamel micht hae done tae get himsel intae a buik. He wisnae in *Great Warlocks o the Twintieth Century*, or *Notable Magical Names o Oor Time*; he wis missin, tae, fae *Important Modren Magical Discoveries*, and *A Study o Recent Developments in Warlockry*. And then, o coorse, there wis the sheer size o the library; tens o thoosands o buiks; thoosands o shelves; hunners o nairra raws.

Hermione taen oot a leet o subjects and titles she had decidit tae search while Ron stramped aff doon a raw o buiks and sterted pouin them aff the shelves at random. Harry daunnered ower tae the Restrictit Section. He had been wunnerin for a while if Flamel wisnae somewhaur in there. Unfortunately, ye needit a specially signed note fae ane o the dominies tae look in ony o the restrictit buiks, and he kent he'd never get ane. Thir were the buiks containin pouerfu Daurk Magic never teachit at Hogwarts, and ainly read by aulder students studyin advanced Defense Against the Daurk Airts.

'Whit are ye lookin for, boay?'

'Naethin,' said Harry.

Madam Pince the librarian brandished a stoorie duster at him.

'Then ye'd better get oot. Gaun – oot!'

Wishin he'd been a bit smerter at thinkin up some story, Harry left the library. He, Ron, and Hermione had awready agreed they'd better no spier Madam Pince whaur they could find Flamel. They were shair she'd be able tae tell them, but they couldnae risk Snipe hearin whit they were up tae.

Harry waitit ootside in the corridor tae see if the ither twa had foond onythin, but he wisnae awfie hopefu. They had been lookin for twa weeks, efter aw, but as they ainly had odd moments atween lessons it wisnae surprisin they'd foond naethin. Whit they really needit wis a guid lang search wioot Madam Pince breathin doon their necks.

Five meenits later, Ron and Hermione jined him, shakkin their heids. They gaed aff for their denner.

'Ye will keep lookin while I'm awa, will ye no?' said Hermione. 'And send me a hoolet if ye find onythin.'

'And ye could spier yer parents if they ken wha Flamel is,' said Ron. 'It'd be safe tae spier them.'

'Aye, awfie safe. They're baith dentists,' said Hermione.

Wance the holidays had sterted, Ron and Harry were haein

ower braw a time tae think muckle aboot Flamel. They had the dormitory tae themsels and the common room wis faur emptier than usual, sae they were able tae get the guid airm-chairs by the fire. They sat for oors scrannin onythin they could jag ontae the end o a toastin fork – breid, muffins, marshmallaes – and plottin weys o gettin Malfoy expelled, which were fun tae talk aboot even if they widnae wark.

Ron sterted learnin Harry warlock chess, tae. This wis exactly like Muggle chess except that the figures were alive, which made it a lot like orderin sodgers aboot in a battle. Ron's set wis awfie auld and battered. Like awthin else he owned, it wis a haun-me-doon fae somebody else in his faimly – in this case, his grandfaither. Hooanever, there wis naethin wrang wi the auld chessmen. Ron kent them sae weel he never had trouble gettin them tae dae whit he wantit.

Harry played wi chessmen Seamus Finnigan had gien him a len o, and they didnae trust him at aw. He wisnae an awfie guid player yet and they keepit shoutin different bits o advice at him, which wis confusin. 'Dinnae send me there, dae ye no see his knicht? Send him, it doesnae maitter if we loss him.'

On the nicht afore Yule, Harry gaed tae bed lookin forrit tae the nixt day for the scran and the fun, but no expectin ony presents at aw. When he waukened early in the mornin, hooanever, the first thing he saw wis a wee pile o pokes at the fit o his bed.

'Guid Yule,' said Ron sleepily as Harry scrammled oot o bed and poued on his dressin-goun.

'You and aw,' said Harry. 'Will ye look at this? I've got some presents!'

'Whit were ye expectin, neeps?' said Ron, turnin tae his ain pile, which wis a lot mair muckle than Harry's.

Harry picked up the tap paircel. It wis wrappit in thick broon paper and scrievit across it wis *Tae Harry, fae Hagrid.* Inside wis a roch-cut widden flute. Hagrid had obviously whittled it himsel. Harry blew it – it soundit a bit like a hoolet.

A second, awfie wee parcel contained a note.

We received yer message and enclose yer Yule present. Fae Uncle Vernon and Auntie Petunia. Taped tae the note wis a fifty-pence piece.

'That's gey freendly,' said Harry.

Ron couldnae tak his een aff the fifty pence.

'*Streenge!*' he said, 'Whit a shape! This is siller?'

'You can hae it,' said Harry, lauchin at hoo pleased Ron wis. 'Hagrid and ma auntie and uncle – sae wha sent these?'

'I think I ken wha that wan's fae,' said Ron, turnin a bit pink and pyntin tae an awfie lumpy parcel. 'Ma maw. I telt her ye didnae expect ony presents and – och, naw,' he groaned, 'she's made ye a Weasley ganzie.'

Harry had rived open the paircel tae find a thick, haun-knittit ganzie in emeraud green and a muckle box o hame-made fudge.

'Ivry year she maks us a ganzie,' said Ron, unwrappin his ain, 'and mines is ayewis maroon.'

'That's awfie guid o her,' said Harry, tryin oot the fudge, which wis gey tasty.

His nixt present wis sweeties and aw – a muckle box o Chocolate Puddocks fae Hermione.

This left ainly wan parcel. Harry picked it up and felt it in his haun. It wis awfie licht. He unwrappit it.

Somethin fluid and sillery gray gaed slidderin tae the

flair whaur it lay in leamin faulds. Ron gowped.

'I've heard o those,' he said in a wheeshed voice, drappin the box o Ivry Flavour Beans he'd got fae Hermione. 'If that's whit I think it is – they're awfie rare, and awfie valuable.'

'Whit is it?'

Harry picked the sheenin, sillery cloot aff the flair. It wis unco tae the touch, like watter woven intae material.

'It's an Invisibility Cloak,' said Ron, a look o awe on his face. 'I'm shair it is – pit it on.'

Harry flung the cloak aroond his shooders and Ron gied a yowl.

'It is! Look doon!'

Harry looked doon at his feet, but they werenae there. He nashed tae the keekin gless. Richt eneuch, his reflection keeked back at him, jist his heid hingin in mid-air, his body completely invisible. He poued the cloak ower his heid and his reflection vainished completely.

'There's a note!' said Ron suddently. 'A note fell oot o it!'

Harry poued aff the cloak and seized the letter. Written in nairra, loopy writin he had never seen afore were the follaein words:

Yer faither left this in ma possession afore he dee'd.
It is time it wis returned tae ye.
Use it weel.
A Guid Yule tae ye.

There wis nae signature. Harry stared at the note. Ron wis admirin the cloak.

'I'd gie onythin for wan o these,' he said. 'Onythin. Whit's the maitter?'

'Naethin,' said Harry. He didnae feel richt. Wha had sent the cloak? Had it really wance belanged his faither?

Afore he could say or think onythin else, the dormitory door wis flung open and Fred and Geordie Weasley boondit in. Harry stuffed the cloak quickly oot o sicht. He didnae feel like sharin it wi onybody else jist yet.

'Guid Yule!'

'Haw, look – Harry's got a Weasley ganzie and aw!'

Fred and Geordie were wearin blue ganzies, ane wi a muckle yella F on it, the ither wi a muckle yella G.

'Harry's is better than oors, though,' said Fred, haudin up Harry's ganzie. 'She obviously maks mair o an effort if ye're no faimly.'

'Why are you no wearin yours, Ron?' Geordie demandit. 'C'moan, pit it on, they're braw and warm.'

'I cannae thole maroon,' Ron moaned hauf-hertedly as he poued it ower his heid.

'Ye hivnae got a letter on yours,' Geordie observed. 'I suppose she thinks ye dinnae forget your name. But we're no stupit – we ken we're cawed Gred and Fordie.'

'Whit's aw this noise?'

Percy Weasley stuck his heid through the door, lookin disapprovin. He had clearly got haufwey through unwrappin his presents as he cairried a lumpy ganzie ower his airm and aw, which Fred taen aff him.

'P for prefect! Pit it on, Percy, c'moan, we're aw wearin oors, even Harry got wan.'

'I – dinnae – want –' said Percy thickly, as the twins

forced the ganzie ower his heid, knockin his glesses asklent.

'And ye're no sittin wi the Prefects the day, either,' said Geordie. 'Yule is a time for faimly.'

They oxtered Percy fae the room, his airms peened tae his side by his ganzie.

Harry had never in aw his life had sic a Yule tide denner. A hunner fat, roastit bubblyjocks; moontains o roastit and biled tatties; platters o chipolatas; tureens o buttered peas, siller boats o thick, rich gravy and cranberry sauce – and bings o warlock crackers ivry few feet alang the table. These fantoosh pairty favours were naethin like the puir Muggle anes the Dursleys usually bocht, wi their wee plastic toys and their footerie paper hats inside. Harry poued a warlock cracker wi Fred and it didnae jist bang, it gaed aff wi a blast like a cannon and smoored them aw in a clood o blue reek, while fae the inside a rear admiral's hat and several live, white mice fell oot. Up at the High Table, Dumbiedykes had swapped his pynted warlock's hat for a flooerie bunnet, and wis kecklin blythely at a joke Professor Flitwick had jist read tae him.

Bleezin Yule puddins follaed the bubblyjock. Percy nearly broke his twa front teeth on a siller Heuk embeddit in his slice. Harry watched Hagrid gettin mair and mair reid in the face as he cawed for mair wine, finally kissin Professor McGonagall on the cheek, wha, tae Harry's amazement, geegled and blushed, her tap hat skew-wheef.

When Harry finally left the table, he wis laden doon wi hunners o things oot o the crackers, includin a pack o non-explodable, luminous balloons, a Growe-Yer-Ain-Warts kit, and his ain new warlock chess set. The white mice had disappeart and Harry had a nasty feelin they were gaun tae end up as Mrs Norris' Yule denner.

Harry and the Weasleys spent a happy efternoon haein a radge snawbaw fecht on the groonds. Then, cauld, weet, and gowpin for breath, they returned tae the fire in the Gryffindor common room, whaur Harry broke in his new chess set by lossin spectacularly tae Ron. He suspectit he widnae hae lost sae badly if Percy hadnae tried tae help him sae muckle.

Efter a meal o bubblyjock pieces, crumpets, trifle, and Yule cake, awbody felt ower stappit and sleepy tae dae muckle afore bed apairt fae sit and watch Percy chase Fred and Geordie aw ower Gryffindor Touer because they'd chored his Prefect's badge.

It had been Harry's best Yule day ever. Yet somethin had been channerin at the back o his mind aw day. No until he sclimmed intae bed did he hae time tae think aboot it: the Invisibility Cloak and whaever had sent it.

Ron, steched wi bubblyjock and cake and wi naethin mysterious tae bather him, fell asleep awmaist as soon as he'd drawn the curtains o his fower-poster. Harry leaned ower the side o his ain bed and poued the cloak oot fae unner it.

His faither's ... this had been his faither's. He let the material flow ower his hauns, mair sleekit than silk, licht as air. Use it weel, the note had said.

He had tae try it, noo. He slippit oot o bed and happit the cloak aroond himsel. Lookin doon at his legs, he saw ainly muinlicht and shaddas. It wis an unco funny feelin.

Use it weel.

Suddently, Harry felt wide-awake. The haill o Hogwarts

wis open tae him in this cloak. Excitement floodit through him as he stood there in the daurk and silence. He could gang onywhaur in this, onywhaur, and Feechs wid never ken.

Ron geegled in his sleep. Should Harry wauken him? Somethin held him back – his faither's cloak – he felt that this time – the first time – he wantit tae use it alane.

He creepit oot o the dormitory, doon the stairs, across the common room, and sclimmed through the portrait hole.

'Wha's there?' squaiked the Fat Lady. Harry said naethin. He walked quickly doon the corridor.

Whaur should he gang? He stapped, his hert stoondin, and thocht. And then it cam tae him. The Restrictit Section in the library. He'd be able tae read as lang as he liked, as lang as it wid tak tae find oot wha Flamel wis. He set aff, drawin the Invisibility Cloak ticht aroond him as he walked.

The library wis pitmirk and gey eerie. Harry lit a lamp tae see his wey alang the raws o buiks. The lamp looked as if it wis floatin alang in mid-air, and even though Harry could feel his airm supportin it, the sicht gied him the cauld creeps.

The Restrictit Section wis richt at the back o the library. Steppin cannily ower the rope that separatit thir buiks fae the rest o the library, he held up his lamp tae read the titles.

They didnae tell him muckle. Their peelin, fadit gowd letters spelled oot words in leids Harry couldnae unnerstaund. Some had nae title at aw. Ane buik had a daurk stain on it that looked awfie like bluid. The hairs on the back o Harry's neck kittled. Mibbe he wis imaginin it, mibbe no, but he thocht a peerie whusperin wis comin fae the buiks, as though they kent somebody wis there wha shouldnae be.

He had tae stert somewhaur. Settin the lamp doon cannily

on the flair, he looked alang the bottom shelf for an interestin-lookin buik. A muckle bleck and siller volume caucht his ee. He poued it oot wi difficulty, because it wis gey heavy, and, balancin it on his knap, let it faw open.

A piercin, frichtenin skraich rived the silence – the buik wis skirlin! Harry snapped it shut, but the skraich gaed on and on, ane lang, unbroken, lug-dirlin note. He stummled backarties and knocked ower his lamp, which gaed oot at wance. Panickin, he heard fitsteps comin doon the corridor ootside – stuffin the skraichin buik back on the shelf, he boltit. He passed Feechs in the doorwey; Feechs' peeliewally, wild een looked straicht through him, and Harry slippit unner Feechs' ootstreetched airm and nashed aff up the corridor, the buik's skirls still dinnlin in his lugs.

He cam tae a sudden stap in front o a tall suit o airmour. He had been sae busy gettin awa tae the library, he hadnae peyed attention tae whaur he wis gaun. Mibbe because it wis daurk, he didnae recognise whaur he wis at aw. There wis a suit o airmour near the kitchens, he kent, but he must be five flairs abune there.

'Ye telt me tae cam directly tae ye, Professor, if onybody wis wanderin aroond at nicht, and somebody's been in the library – Restrictit Section.'

Harry felt the bluid sype oot o his face. Whaurever he wis, Feechs must ken a shortcut, because his saft, creeshie voice wis gettin nearer, and tae his horror, it wis Snipe wha replied, 'The Restrictit Section? Weel, they cannae be faur, we'll catch them.'

Harry stood thirled tae the spot as Feechs and Snipe cam aroond the corner aheid. They couldnae see him, o coorse, but it wis a nairra corridor and if they cam ony nearer they'd knock richt intae him – the cloak didnae stap him fae bein solid.

He backed awa as quiet as he could. A door stood ajee tae his left. It wis his ainly hope. He squeezed through it, haudin his breath, tryin no tae move it, and tae his relief he managed tae get ben the room wioot their noticin onythin. They walked straicht past, and Harry leaned against the waw, takkin deep braiths, listenin tae their fitsteps deein awa. That had been close, gey close. It wis a few seconds afore he noticed onythin aboot the room he had hidden in.

It looked like a disused clessroom. The daurk shapes o desks and chairs were piled against the waws, and there wis an upturnt wastepaper basket – but leanin against the waw facin him wis somethin that didnae look as if it belanged there, somethin that looked as if somebody had jist pit it there tae keep it oot o the wey.

It wis a magnificent keekin gless, as high as the ceilin, wi an ornate gowd frame, staundin on twa clooks for feet. There wis an inscription kerved aroond the tap: *Erised stre hrey tube caf re yean wahsi.*

His panic fadin noo that there wis nae soond o Feechs and Snipe, Harry moved nearer tae the keekin gless, wantin tae look at himsel but see nae reflection again. He stepped in front o it.

He had tae clap his hauns tae his mooth tae stap himsel fae screamin. He birled aroond. His hert wis poondin faur mair furiously than when the buik had skraiched – for he had seen no ainly himsel in the keekin gless, but a haill crood o fowk staundin richt ahint him.

But the room wis toom. Breathin gey fast, he turnt slawly back tae the keekin gless.

There he wis, reflectit in it, white and feart-lookin, and there, reflectit ahint him, were at least ten ithers. Harry keeked ower his shooder – but still, naebody wis there. Or were they aw invisible and aw? Wis he in fact in a room fu o invisible fowk and this keekin gless' trick wis that it reflectit them, invisible or no?

He looked in the keekin gless again. A wummin staundin richt ahint his reflection wis smilin at him and wavin. He raxed oot a haun and felt the air ahint him. If she wis really there, he'd touch her, their reflections were that close thegither, but he felt ainly air – she and the ithers existit ainly in the keekin gless.

She wis an awfie bonnie wummin. She had daurk reid hair and her een – her een are jist like mine, Harry thocht, edgin a bittie closer tae the gless. Bricht green – exactly the same shape, but then he noticed that she wis greetin; smilin, but greetin at the same time. The tall, thin, bleck-haired man staundin nixt tae her pit his airm aroond her. He wore glesses, and his hair wis gey tousie. It stuck up at the back, jist as Harry's did.

Harry wis sae close tae the keekin gless noo that his neb wis near touchin that o his reflection.

'Mither?' he whuspered. 'Faither?'

They jist looked at him, smilin. And slawly, Harry looked intae the faces o the ither fowk in the keekin gless, and saw ither pairs o green een like his, ither nebs like his, even a wee auld mannie wha looked as though he had Harry's knobbly knaps – Harry wis lookin at his faimly, for the first time in his life.

The Potters smiled and waved at Harry and he gawped hungrily back at them, his hauns pressed flat against the gless as though he wis hopin tae faw richt through it and rax them. He had a pouerfu kinna ache inside him, hauf joy, hauf dreidfu dool.

Hoo lang he stood there, he didnae ken. The reflections didnae fade and he looked and looked until a distant soond brocht him back tae his senses. He couldnae stey here, he had tae find his wey back tae his bed. He tore his een awa fae his mither's face, whuspered, 'I'll cam back,' and hurried fae the room.

'Ye could hae waukened me,' said Ron, crabbitly.

'Ye can cam the nicht, I'm gaun back, I want tae shaw ye the keekin gless.'

'I'd like tae see yer maw and da,' Ron said eagerly.

'And I want tae see aw yer faimly, aw the Weasleys, ye'll be able tae shaw me yer ither brithers and awbody.'

'Ye can see them ony auld time,' said Ron. 'Jist come roond ma hoose in the simmer. Onywey, mibbe it ainly shaws deid fowk. Shame aboot no findin Flamel, though. Hae some bacon or somethin, why are ye no eatin onythin?'

Harry couldnae eat. He had seen his parents and wid be seein them again the nicht. He had near forgot aboot Flamel. It didnae seem sae important ony mair. Wha cared whit the three-heidit dug wis guairdin? Whit did it maitter if Snipe chored it?

'Are ye aw richt?' said Ron. 'Ye dinnae look yersel.'

Whit Harry feared maist wis that he micht no be able tae find the keekin gless room again. Wi Ron happit in the Cloak noo and aw, they had tae walk faur mair slowly the nixt nicht. They tried retracin Harry's route fae the library, stottin aroond the daurk passageweys for near an oor.

'It's pure baltic,' said Ron. 'Let's gie it a miss and get back.'

'Naw!' Harry hished. 'I ken it's here somewhaur.'

They passed the ghaist o a tall carline skimmerin in the opposite direction, but saw naebody else. Jist as Ron sterted girnin that his feet were deid wi cauld, Harry spottit the suit o airmour.

'It's here – richt here – aye!'

They pushed the door open. Harry drapped the Cloak fae aroond his shooders and ran tae the keekin gless.

There they were. His mither and faither beamed at the sicht o him.

'See?' Harry whuspered.

'I cannae see onythin.'

'Look! Look at them aw ... there's hunners o them ...'

'I can ainly see you.'

'Look in it richt, gaun, staund whaur I am.'

Harry stepped aside, but wi Ron in front o the keekin gless, he couldnae see his faimly ony mair, jist Ron in his paisley jammies. Ron, though, wis glowerin transfixed at his image.

'Look at me!' he said.

'Can ye see aw yer faimly staundin aroond ye?'

'Naw – I'm alane – but I'm different – I look aulder – and I'm Heid Boay!'

'Whit?'

'I am – I'm wearin the badge like Bill used tae – and I'm haudin the Hoose Tassie and the Bizzumbaw Tassie – I'm Bizzumbaw captain as weel!'

Ron rived his een awa fae this mervellous sicht tae look excititly at Harry.

'Dae ye think this keekin gless shaws the future?'

'Hoo can it? Aw ma faimly are deid – gie's anither look –'

'Ye had it tae yersel aw lest nicht, gie me a bit mair time.'

'Ye're ainly haudin the Bizzumbaw Tassie, whit's interestin aboot that? I want tae see ma parents.'

'Dinnae push me –'

A sudden soond ootside in the corridor pit a stap tae their discussion. They hadnae realised hoo lood they had been talkin.

'Quick!'

Ron flung the Cloak back ower them as the luminous een o Mrs Norris cam roond the door. Ron and Harry stood stane still, baith thinkin the same thing – did the Cloak wark on bawdrins? Efter whit seemed an age, she turnt and left.

'This isnae safe – she micht hae gane for Feechs, I bet ye she heard us. C'moan.'

And Ron poued Harry oot o the room.

The snaw still hadnae meltit the nixt mornin.

'Want tae play chess, Harry?' said Ron.

'Naw.'

'Why dae we no go doon and veesit Hagrid?'

'Naw … you gang yersel …'

'I ken whit ye're thinkin aboot, Harry, that keekin gless. Dinnae gang back the nicht.'

'Hoo no?'

'I dinnae ken, I jist hae a bad feelin aboot it – and onywey, ye've had ower mony close shaves awready. Feechs, Snipe, and Mrs Norris are stravaigin aroond. Sae whit if they cannae see ye? Whit if they walk intae ye? Whit if ye cowp somethin ower?'

'Ye soond like Hermione.'

'I'm serious, Harry, dinnae gang.'

But Harry ainly had yin thocht in his heid, which wis tae get back in front o the keekin gless, and Ron wisnae gonnae stap him.

That third nicht he foond his wey mair quickly than afore. He wis walkin sae fast he kent he wis makkin mair noise than wis wice, but he didnae meet onybody.

And there were his mither and faither smilin at him again, and ane o his grandfaithers noddin blythely. Harry sank doon tae sit on the flair in front o the keekin gless. There wis naethin tae stap him tae steyin here aw nicht wi his faimly. Naethin at aw.

Apairt fae –

'Sae – back again, Harry?'

Harry felt as though his ingangs had turnt tae ice. He looked ahint him. Sittin on ane o the desks by the waw wis nane ither than Albus Dumbiedykes. Harry must hae walked straicht past him, sae desperate tae get tae the keekin gless he hadnae noticed him.

'I – I didnae see ye, sir.'

'It's unco hoo near-sichtit bein invisible can mak ye,' said Dumbiedykes, and Harry wis relieved tae see that he wis smilin.

'Sae,' said Dumbiedykes, slippin aff the desk tae sit on the flair wi Harry, 'you, like hunners afore ye, hae discovert the delichts o the Keekin Gless o Erised.'

'I didnae ken it wis cawed that, sir.'

'But I expect ye've realised by noo whit it can dae?'

'It – weel – it shaws me ma faimly –'

'And it shawed yer freend Ron himsel as Heid Boay.'

'Hoo did ye ken –?'

'I dinnae need a cloak tae become invisible,' said Dumbiedykes saftly. 'Noo, can ye think whit the Keekin Gless o Erised shaws us aw?'

Harry shook his heid.

'Let me tell ye. The happiest man on earth wid be able tae use the Keekin Gless o Erised like a normal keekin gless, that is, he wid look intae it and see himsel exactly as he is. Does that help ye?'

Harry thocht. Then he said slawly, 'It shaws us whit we want… whitever we want…'

'Aye and naw,' said Dumbiedykes quietly. 'It shaws us naethin mair or less than the deepest, maist desperate desire o oor herts. You, wha never kent yer faimly, see them staundin aroond ye. Ronald Weasley, wha has ayewis been in his brithers' shadda, sees himsel staundin alane, the best o aw o them. Hooanever, this keekin gless will gie us neither knowledge or truth. Men hae wastit awa afore it, beglamoured by whit they hae seen, or been driven oot o their mind, no kennin if whit it shaws is real or even possible.

'The Keekin Gless will be flitted tae a new hame the morra, Harry, and I spier ye no tae gang lookin for it again. If ye ever *dae* rin across it, ye will noo be ready for it. It doesnae dae tae dwall on dreams and forget tae live, mind that. Noo, why dae ye no pit that braw Cloak back on and get aff tae yer bed?'

Harry stood up.

'Sir – Professor Dumbiedykes? Can I spier ye somethin?'

'Obviously, ye awready hae,' Dumbiedykes smiled. 'Ye may spier me ane mair thing, hooanever.'

'Whit dae you see when ye look in the keekin gless?'

'Me? I see masel haudin a pair o thick, woollen soacks.'

Harry gowked.

'A body can never hae eneuch soacks,' said Dumbiedykes. 'Anither Yule has cam and gane and I didnae get a singil pair. Fowk are aye giein me buiks.'

It wis ainly when he wis back in bed that it struck Harry that Dumbiedykes micht no hae been quite truthfu aboot wantin soacks. But then, he thocht, as he huntit Scabbers aff his pillae, it had been a gey nebbic question.

CHAIPTER THIRTEEN

NICOLAS FLAMEL

Dumbiedykes had talked Harry oot o gaun lookin for the Keekin Gless o Erised again, and for the lave o the Yule holidays the Invisibility Cloak steyed faulded awa at the bottom o his kist. Harry wished he could forget whit he'd seen in the Keekin Gless as easy, but he couldnae. He sterted haein nichtmares. Ower and ower again he dreamed aboot his parents disappearin in a flash o green licht, while a shill voice keckled wi lauchter.

'Ye see, Dumbiedykes wis richt, that keekin gless could drive ye aff yer heid,' said Ron, when Harry telt him aboot his dreams.

Hermione, wha cam back the day afore term sterted, had a different wey o seein it. She wis torn atween horror at the idea o Harry bein oot o bed, stravaigin the schuil three nichts in a raw ('If Feechs had caucht ye!'), and disappyntment that he hadnae at least foond oot wha Nicolas Flamel wis.

They had near gien up hope o ever findin Flamel in a library buik, even though Harry wis aye shair he'd read the name somewhaur afore. Wance term had sterted, they were back tae skitin through buiks for ten meenits durin their breks. Harry had even less time than the ither twa, because Bizzumbaw practice had sterted again.

Widd wis warkin the team haurder than ever. Even the poorin rain that had replaced the snaw couldnae dampen his speerits. The Weasleys girned that Widd wis becomin a fanatic, but Harry wis on Widd's side. If they won their nixt match, against Hechlepech, they wid owertak Slydderin in the Hoose Championship for the first time in seeven years. Apairt fae wantin tae win, Harry foond that he didnae hae sae mony nichtmares when he wis tired oot efter trainin.

Then, durin wan gey weet and glaury practice session, Widd gied the team a bit o bad news. He'd jist got awfie crabbit wi the Weasleys, wha keepit dive-bombin each ither and pretendin tae faw aff their bizzums.

'Will yous twa stap muckin aboot?' he yowled. 'That's exactly the sort o thing that'll loss us the match! Snipe's refereein this time, and he'll be lookin for ony excuse tae tak pyntes aff Gryffindor!'

Hearin this, Geordie Weasley really did faw aff his bizzum.

'*Snipe's* refereein?' he splootered through a gubfu o glaur.

'When's he ever refereed a Bizzumbaw match? He's no gonnae be fair if we micht owertak Slydderin.'

The lave o the team landit nixt tae Geordie tae compleen and aw.

'It's no ma fault,' said Widd. 'We've jist got tae mak shair we play a clean gemme, sae Snipe hasnae got an excuse tae pick on us.'

Weel yon's aw fine and braw, thocht Harry, but he had anither reason for no wantin Snipe near him while he wis playin Bizzumbaw …

The lave o the team hung back tae talk tae ane anither as usual at the end o practice, but Harry heidit straicht back tae the Gryffindor common room, whaur he foond Ron and Hermione playin chess. Chess wis the ainly thing Hermione ever lost at, somethin Harry and Ron thocht wis awfie guid for her.

'Dinnae talk tae me for a moment,' said Ron when Harry sat doon nixt tae him, 'I need tae concen –' He caucht sicht o Harry's face. 'Whit's the maitter wi ye? Ye look awfie.'

Speakin quietly sae that naebody else wid hear, Harry telt the ither twa aboot Snipe's sudden, ill-trickit desire tae be a Bizzumbaw referee.

'Dinnae play,' said Hermione at wance.

'Say ye're seik,' said Ron.

'Pretend tae brek yer leg,' Hermione suggestit.

'Really brek yer leg,' said Ron.

'I cannae,' said Harry. 'There isnae a reserve Seeker. If I back oot, Gryffindor cannae play at aw.'

At that moment Neville tummled intae the common room. Hoo he had managed tae climb through the portrait hole wis onybody's guess, because his legs had been stuck thegither wi whit they recognised at wance as the Shank-Snecker Curse. He must hae had tae hop like a mappie aw the wey up tae Gryffindor Touer.

Awbody fell ower lauchin apairt fae Hermione, wha lowped

up and performed the coonter-curse. Neville's legs sprang apairt and he got tae his feet, tremmlin.

'Whit happened?' Hermione spiered him, leadin him ower tae sit wi Harry and Ron.

'Malfoy,' said Neville shoogily. 'I met him ootside the library. He said he'd been lookin for somebody tae practice that on.'

'Gang tae Professor McGonagall!' Hermione urged Neville. 'Report him!'

Neville shook his heid.

'I dinnae want ony mair trouble,' he mummled.

'Ye've got tae staund up tae him, Neville!' said Ron. 'He's used tae walkin aw ower fowk, but that's no reason tae lee doon in front o him and mak it easier.'

'There's nae need tae tell me I'm no brave eneuch tae be in Gryffindor, Malfoy's awready done that,' Neville choked oot.

Harry felt in the pooches o his goun and poued oot a Chocolate Puddock, the verra lest ane fae the box Hermione had gien him for Yule. He gied it tae Neville, wha looked as though he wis aboot tae greet.

'Ye're warth twal o Malfoy,' Harry said. 'The Bletherin Bunnet chose you for Gryffindor, did it no? And whaur's Malfoy? In stupit Slydderin.'

Neville's lips broke intae a wersh smile as he unwrappit the puddock.

'Thanks, Harry … I think I'll gang tae ma bed … Dae ye want the caird, ye collect them, dae ye no?'

As Neville walked awa, Harry looked at the Kenspeckle Warlock caird.

'Dumbiedykes again,' he said, 'He wis the first ane I ever –'

He gowped. He gawped at the back o the caird. Then he keeked up at Ron and Hermione.

'I've foond him!' he whuspered. 'I've foond Flamel! I *telt* ye I'd read the name somewhaur afore, I read it on the train comin here – listen tae this: "Dumbiedykes is particularly weel-kent for his defeat o the Daurk warlock Grindelwald in 1945, for the discovery o the twal uses o draigon's bluid, *and his wark on alchemy wi his pairtner, Nicolas Flamel"!'*

Hermione lowped tae her feet. She hadnae looked sae excitit since they'd got their merks back for their verra first piece o hamewark.

'Stey there!' she said, and she sprintit up the stairs tae the lassies' dormitories. Harry and Ron haurdly had time tae exchynge mystifeed looks afore she wis nashin back, an undeemous auld buik in her airms.

'I never thocht tae look in here!' she whuspered aw excitit. 'I got this oot o the library weeks ago for a bit o licht readin.'

'Licht?' said Ron, but Hermione telt him tae wheesht until she'd looked somethin up, and sterted wheechin frantically through the pages, mummlin tae hersel.

At lest she foond whit she wis lookin for.

'I kent it! I *kent* it!'

'Are we alloued tae speak yet?' said Ron crabbitly. Hermione jist ignored him.

'Nicolas Flamel,' she whuspered dramatically, 'is the *ainly kent makar o the Philosopher's Stane!'*

This didnae hae quite the effect she'd expectit.

'The whit?' said Harry and Ron.

'Och, *for cryin oot lood*, dae yous twa no read? Look – read that, there.'

She pushed the buik toward them, and Harry and Ron read:

> The auncient study o alchemy is concerned wi makkin the Philosopher's Stane, a legendary substance wi astoondin pouers. The Stane will transform ony metal intae pure gowd. It produces the Elixir o Life as weel, which will mak the drinker immortal.
>
> There hae been mony reports o the Philosopher's Stane ower the centuries, but the ainly Stane currently in existence belangs tae Mr Nicolas Flamel, the noted alchemist and opera lover. Mr Flamel, wha celebratit his sax hunner and saxty-fifth birthday lest year, enjoys a quiet life in Devon wi his wife, Perenelle (sax hunner and fifty-eicht).

'See?' said Hermione, when Harry and Ron had feenished. 'The dug must be guairdin Flamel's Philosopher's Stane! I bet he spiered Dumbiedykes tae keep it safe for him, because they're freends and he kent somebody wis efter it, that's why he wantit the Stane moved oot o Gringotts!'

'A stane that maks gowd and staps ye fae ever deein!' said Harry. 'Nae wunner Snipe's efter it! Onybody wid want it.'

'And nae wunner we couldnae find Flamel in that *Study o Recent Developments in Warlockry*,' said Ron. 'He's no exactly recent if he's sax hunner and saxty-five, is he?'

The nixt mornin in Defense Against the Daurk Airts, while copyin doon different weys o treatin werewoof bites, Harry and Ron were still discussin whit they'd dae wi a Philosopher's Stane if they had ane. It wisnae until Ron said he'd buy his ain Bizzumbaw team that Harry mindit aboot Snipe and the comin match.

'I'm gaun tae play,' he telt Ron and Hermione. 'If I dinnae, aw the Slydderins will think I'm jist ower feart tae face Snipe. I'll shaw them ... it'll really dicht the smiles aff their faces if we win.'

'Jist as lang as we're no dichtin you aff the pitch,' said Hermione.

As the match drew nearer, hooanever, Harry became mair and mair nervous, whitever he telt Ron and Hermione. The lave o the team wisnae ower calm, either. The idea o owertakkin Slydderin in the Hoose Championship wis wunnerfu, naebody had done it for seeven year, but wid they be alloued tae, wi sic a biased referee?

Harry didnae ken whither he wis imaginin it or no, but he seemed tae keep rinnin intae Snipe whaurever he went. At times, he even wunnered whither Snipe wis follaein him, tryin tae catch him on his ain. Potions lessons were turnin intae a sort o weekly tortur, Snipe wis sae awfie tae Harry. Could Snipe possibly ken they'd foond oot aboot the Philosopher's Stane? Harry didnae see hoo he could – yet he whiles had the unco feelin that Snipe could read minds.

Harry kent, when they wished him guid luck ootside the chyngin rooms the nixt efternoon, that Ron and Hermione were wunnerin whither they'd ever see him alive again. This wisnae whit ye wid caw comfortin. Harry haurdly heard a word o Widd's team talk as he poued on his Bizzumbaw goun and picked up his Nimbus Twa Thoosand.

Ron and Hermione, meanwhile, had foond a place in the staunds nixt tae Neville, wha couldnae unnerstaund why they looked sae dour and fashed, or why they had baith brocht their wands tae the match. Harry had nae idea that Ron and Hermione had been secretly practicin the Shank-Snecker Curse. They'd got the idea fae Malfoy usin it on Neville, and were ready tae use it on Snipe if he shawed ony sign o wantin tae herm Harry.

'Noo, dinnae forget, it's *Locomotor Mortis*,' Hermione mummled as Ron slippit his wand up his jouks.

'I *ken*,' Ron snashed. 'Dinnae nag me.'

Back in the chyngin room, Widd had taen Harry aside.

'Dinnae want tae pressure ye, Potter, but if we ever needit an early capture o the Sneckie it's noo. Feenish the gemme afore Snipe can favour Hechlepech ower muckle.'

'The haill schuil's oot there!' said Fred Weasley, peerin oot o the door. 'Even – jings – Dumbiedykes's cam tae watch!'

Harry's hert lowped.

'Dumbiedykes?' he said, nashin tae the door tae mak shair. Fred wis richt. There wis nae mistakkin that siller beard.

Harry could hae lauched oot loud wi relief. He wis safe. There wis simply nae wey that Snipe wid daur tae try tae herm him if Dumbiedykes wis watchin.

Mibbe that wis why Snipe wis lookin sae bealin as the teams mairched ontae the pitch, somethin that Ron noticed and aw.

'I've never seen Snipe look sae soor-faced,' he telt Hermione. 'Look – they're aff. Uyah!'

Somebody had poked Ron in the back o the heid. It wis Malfoy.

'Oh, sorry, Weasley, didnae see ye there.'

Malfoy grinned braidly at Crabbit and Gurr.

'Wunner hoo lang Potter's gonnae stey on his bizzum this time? Onybody want a bet? Whit aboot you, Weasley?'

Ron didnae answer; Snipe had jist gien Hechlepech a penalty because Geordie Weasley had hit a Blooter at him. Hermione, wha had aw her fingirs crossed in her lap, wis squintin fixedly at Harry, wha wis circlin the gemme like a hawk, lookin for the Sneckie.

'Ye ken hoo I think they choose fowk for the Gryffindor team?' said Malfoy loodly efter a few meenits, as Snipe gied Hechlepech anither penalty for nae reason at aw. 'It's fowk they feel sorry for. See, there's Potter, wha's got nae parents, then there's the Weasleys, that hae nae siller – you should be on the team, Langdowper, you havenae got ony brains.'

Neville went bricht reid but turnt in his seat tae face Malfoy.

'I'm warth twal o you, Malfoy,' he stammered.

Malfoy, Crabbit, and Gurr yowled wi lauchter, but Ron, still not daurin tae tak his een aff the gemme, said, 'You tell him, Neville.'

'Langdowper, if brains were gowd ye'd be puirer than Weasley, and that's sayin somethin.'

Ron's nerves were awready streetched tae the brekkin pynte wi anxiety aboot Harry.

'I'm warnin ye, Malfoy – wan mair word –'

'Ron!' said Hermione suddently, 'Harry – !'

'Whit? Whaur?'

Harry had suddently gane intae an ee-watterin dive, which drew gasps and cheers fae the crood. Hermione stood up, her crossed fingirs in her mooth, as Harry streaked toward the groond like a bullet.

'Ye're in luck, Weasley, Potter's spottit some bawbees on the groond!' said Malfoy.

Ron lost the heid. Afore Malfoy kent whit wis happenin, Ron wis on tap o him, warslin him tae the groond. Neville swithered, then sprauchled ower the back o his seat tae help.

'C'moan, Harry!' Hermione skraiched, lowpin ontae her seat tae watch as Harry sped straicht at Snipe – she didnae even notice Malfoy and Ron rowin aroond unner her seat, or the sclaffs and yowls comin fae the whirl o nieves that wis Neville, Crabbit, and Gurr.

Up in the air, Snipe turnt on his bizzum jist in time tae see somethin scairlet shoot past him, missin him by inches – the nixt second, Harry had poued oot o the dive, his airm raised in triumph, the Sneckie clasped in his haun.

The staunds eruptit; it had tae be a record, naebody could ever mind the Sneckie bein caucht sae quick.

'Ron! Ron! Whaur are ye? The gemme's ower! Harry's won! We've won! Gryffindor is in the lead!' skirled Hermione, dauncin up and doon on her seat and cooryin Parvati Patil in the raw in front.

Harry lowped aff his bizzum, a fit fae the groond. He couldnae believe it. He'd done it – the gemme wis ower; it had haurdly lested five meenits. As Gryffindors cam skailin ontae the field, he saw Snipe land nearby, white-faced and ticht-lipped – then Harry felt a haun on his shooder and looked up intae Dumbiedykes' smilin face.

'Weel done,' said Dumbiedykes quietly, sae that ainly Harry

could hear. 'Guid tae see ye havenae been broodin aboot that keekin gless ... keepin yersel busy ... braw ...'

Snipe gochled bitterly ontae the groond.

Harry left the chyngin room alane some time efter, tae tak his Nimbus Twa Thoosand back tae the bizzum shed. He couldnae ever mind feelin happier. He'd really done somethin tae be prood o noo – naebody could say he wis jist a famous name ony mair. The evenin air had never smelled sae braw. He walked ower the weet gress, relivin the lest oor in his heid, which wis a happy guddle o images: Gryffindors rinnin tae lift him ontae their shooders; Ron and Hermione aff in the distance, lowpin up and doon, Ron cheerin through a bluidit neb.

Harry had raxed the shed. He leaned against the widden door and looked up at Hogwarts, wi its windaes lowin reid in the settin sun. Gryffindor in the lead. He'd done it, he'd shawn Snipe ...

And speakin o Snipe ...

A hoodit figure cam glegly doon the front steps o the castle. Clearly no wantin tae be seen, it nashed as swippertly as possible toward the Forbidden Forest. Harry's victory dwyned fae his mind as he watched. He recognised the figure's scowkin walk. Snipe, sneakin intae the Forest while awbody else wis haein their denner – whit wis gaun on?

Harry lowped back on his Nimbus Twa Thoosand and taen aff. Skimmerin silently ower the castle he saw Snipe rinnin intae the Forest. He follaed.

The trees were sae thick he couldnae see whaur Snipe had gane. He flew in circles, laicher and laicher, brushin the tap brainches o trees until he heard voices. He glided toward them and landit soondlessly in the glack o touerin beech tree.

He sclimmed cannily alang ane o the brainches, haudin ticht tae his bizzum, tryin tae keek through the leaves.

Ablow, in a shadit clearin, stood Snipe, but he wisnae alane. Quirrell wis there and aw. Harry couldnae mak oot the look on his face, but he wis habblin warse than ever. Harry strained his lugs tae catch whit they were sayin.

'… d-dinnae ken why ye wantit t-t-tae meet here o aw p-places, Severus …'

'Och, I thocht we'd keep this private,' said Snipe, his voice icy cauld. 'Students arenae supposed tae ken aboot the Philosopher's Stane, efter aw.'

Harry leaned forrit. Quirrell wis mummlin somethin. Snipe interruptit him.

'Hiv ye foond oot hoo tae get past that beast o Hagrid's yet?'

'B-b-but Severus, I –'

'Ye dinnae want me as your enemy, Quirrell,' said Snipe, takkin a step toward him.

'I-I dinnae ken whit ye –'

'Ye ken fine weel whit I mean.'

A hoolet hooted loodly, and Harry near fell oot o the tree. He steadied himsel in time tae hear Snipe say, '– yer wee bit o hocus-pocus. I'm waitin.'

'B-but I d-d-dinnae –'

'Fine weel then,' Snipe cut in. 'We'll hae anither wee blether soon, when ye've had time tae think things ower and decidit whaur yer loyalties lee.'

He flung his cloak ower his heid and strode oot o the clearin.

It wis near daurk noo, but Harry could see Quirrell, staundin still as though he wis made o stane.

'Harry, whaur hiv ye been?' Hermione wheeped.

'We won! Ye won! We won!' shoutit Ron, duntin Harry on the back. 'And I gied Malfoy a keeker, and Neville tried tae tak on Crabbit and Gurr on his ain! He's still oot cauld but Madam Pomfrey says he'll be aw richt – talk aboot shawin Slydderin! Awbody's waitin on ye in the common room, we're haein a party, Fred and Geordie chored some cakes and stuff fae the kitchens.'

'Never mind that noo,' said Harry braithlessly. 'Let's find an empty room, jist wait tae ye hear this …'

He made shair Peenge wisnae inside afore steekin the door ahint them, then he telt them whit he'd seen and heard.

'Sae we were richt, it is the Philosopher's Stane, and Snipe's tryin tae force Quirrell tae help him get it. He spiered if he kent hoo tae get past Fluffy – and he said somethin aboot Quirrell's 'hocus-pocus' – I doot there are ither things guairdin the stane apairt fae Fluffy, a hantle o inchantments, probably, and Quirrell wid hae done some anti-Daurk Airts cantrip that Snipe needs tae brek through –'

'Sae ye mean the Stane's ainly safe as lang as Quirrell staunds up tae Snipe?' said Hermione in alairm.

'The gemme's a bogey, then,' said Ron. 'It'll be awa by nixt Tuesday.'

Chaipter Fowerteen

Norbert the Norwegian Rigback

Quirrell, hooanever, must hae been braver than they'd thocht. In the weeks that follaed he did seem tae be gettin mair shilpit and peeliewally, but it didnae look as though he'd crackit yet.

Ivry time they passed the third-flair corridor, Harry, Ron, and Hermione wid press their lugs tae the door tae check that Fluffy wis still groolin inside. Snipe wis stottin aboot in his usual crabbit temper, which shairly meant that the Stane wis aye safe. Whenever Harry passed Quirrell these days he gied him an encouragin sort o smile, and Ron had sterted tellin fowk aff for lauchin at Quirrell's stutter.

Hermione, hooanever, had mair on her mind than the Philosopher's Stane. She had sterted drawin up study schedules and colour-codin aw her notes. Harry and Ron widnae hae mindit, but she keepit naggin them tae dae the same.

'Hermione, the exams are ages awa.'

'Ten weeks,' Hermione snashed. 'That's no ages, that's like a second tae Nicolas Flamel.'

'But we're no sax hunner year auld,' Ron mindit her. 'Onywey, whit are you studyin for, ye awready ken it aw.'

'Whit am I studyin for? Are ye gyte? Ye ken we hae tae pass these exams tae get intae the second year? They're awfie important, I should hae sterted studyin a month ago, I dinnae ken whit's got intae me …'

Unfortunately, the dominies seemed tae be thinkin alang the same lines as Hermione. They happit sae muckle hamewark on them that the Pace holidays werenae near as muckle fun as the Yule anes. It wis haurd tae relax wi Hermione nixt tae ye recitin the twal uses o draigon's bluid or practicin wand movements. Girnin and gantin, Harry and Ron spent maist o their free time in the library wi her, tryin tae get through aw their extra wark.

'I'll never mind aw this,' Ron birst oot ane efternoon, flingin doon his quill and lookin dreamily oot o the library windae. It wis the first richt fine day they'd had in months. The lift wis a clear, mammy-flooers blue, and there wis a feelin in the air o simmer comin.

Harry, wha wis lookin up 'Dittony' in *Ane Thousand Magical Herbs and Fungi*, didnae keek up until he heard Ron say, 'Hagrid! Whit are ye daein in the library?'

Hagrid shauchled intae view, hidin somethin ahint his back. He looked awfie oot o place in his mowdieskin owercoat.

'Eh'm jist lookin, ken,' he said, in a shifty voice that got their interest at wance. 'And whut are you lot up tae?' He looked suddently suspicious. 'Ye're no stull lookin fur Nicolas Flamel, are ye?'

'Och, we foond oot wha he is ages ago,' said Ron gallus-like. 'And we ken whit that dug's guairdin, it's a Philosopher's St –'

'*Wheesht!*' Hagrid looked aroond quickly tae see if onybody wis listenin. 'Dinna gae rairin and greetin aboot it, whut's the maitter wi ye?'

'There's a wheen things we wantit tae spier ye,' said Harry, 'aboot whit's guairdin the Stane apairt fae Fluffy –'

'*WHEESHT!*' said Hagrid again. 'Listen – come and see me efter, Eh'm no promisin Eh'll tell ye onythin, mind, but dinna gae haverin on aboot it in here, students arenae supposed tae ken. They'll think Eh telt ye –'

'See ye efter, then,' said Harry.

Hagrid shammled awa.

'Whit wis he hidin ahint his back?' said Hermione thochtfu-like.

'Dae ye think it had onythin tae dae wi the Stane?'

'I'm gaun tae see whit section he wis in,' said Ron, wha wis scunnered wi warkin. He cam back a meenit efter wi a pile o buiks in his airms and whuddit them doon on the table.

'Draigons!' he whuspered. 'Hagrid wis lookin up stuff aboot draigons! Look at aw this: *Draigon Species o Great Britain and Ireland*; *Fae Egg tae Inferno, A Draigon Keeper's Guide.*'

'Hagrid's ayewis wantit a draigon, he telt me aboot it the first time I ever met him,' said Harry.

'But it's against oor laws,' said Ron. 'Draigon breedin wis ootlawed by the Warlocks' Convention o 1709, awbody kens that. It's haurd tae stap Muggles fae noticin us if we're keepin draigons in the back gairden – onywey, ye cannae tame draigons, it's dangerous. Ye should see the burns Chairlie's got aff wild wans in Romania.'

'But there arenae ony wild draigons in Britain,' said Harry.

'O coorse there are,' said Ron. 'Common Welsh Green and Hebridean Blecks. The Meenistry o Magic has a job keepin the haill thing wheeshtit, I can tell ye. Oor kind hae tae keep pittin cantrips on Muggles wha'vc spotted them, tae mak them forget.'

'Sae whit on earth's Hagrid up tae?' said Hermione.

When they chapped the door o the gemmekeeper's bothy an oor later, they were surprised tae see that aw the curtains were closed. Hagrid cawed 'Wha is it?' afore he let them ben, and then shut the door quick ahint them.

It wis switherin hot inside. Even though it wis a warm day, there wis a bleezin fire in the grate. Hagrid made them tea and offered them futrat pieces, which they aw refused.

'Sae – ye wantit tae spier me aboot somethin?'

'Aye,' said Harry. There wis nae pynte footerin aboot. 'We were wunnerin if ye could tell us whit's guairdin the Philosopher's Stane apairt fae Fluffy.'

Hagrid frooned at him.

'O coorse Eh canna,' he said. 'Nummer ane, Eh dinna ken mehsel. Nummer twa, ye ken ower muckle aaready, sae Eh widna tell ye even if Eh could. That Stane's here fur a guid reason. It wis aamaist stolen oot o Gringotts – nae doot ye've warked that oot and aa? Eh've nae idea hoo ye even ken aboot Fluffy.'

'Och, c'moan, Hagrid, ye mibbe dinnae want tae tell us, but ye dae ken, ye ken awthin that's gaun on roond here,' said Hermione in a warm, flatterin voice. Hagrid's beard twitched and they could tell he wis smilin. 'We ainly wunnered wha had *done* the guairdin.' Hermione cairried on. 'We wunnered wha Dumbiedykes had trustit eneuch tae help him, apairt fae you.'

Hagrid's chist swalled at thir lest words. Harry and Ron beamed at Hermione.

'Weel, Eh suppose it'll no hurt tae tell ye that ... let's see ... Eh gied him a len o Fluffy ... then some o the dominies did inchantments ... Professor Sproot – Professor Flitwick – Professor McGonagall –' he coontit them aff on his fingirs, 'Professor Quirrell – and Dumbiedykes himsel did somethin, o coorse. Hing on, Eh've forgotten somebody. Oh eh, Professor Snipe.'

'Snipe?'

'Eh – ye're no still on aboot that, are ye? Look, Snipe helped tae bield the Stane, he's no aboot tae pauchle it.'

Harry kent Ron and Hermione were thinkin the same as he wis. If Snipe had been in on bieldin the Stane, it must hae been easy tae find oot hoo the ither dominies had guairded it. He probably kent awthin – apairt fae, it seemed, Quirrell's cantrip and hoo tae get past Fluffy.

'Ye're the ainly ane wha kens hoo tae get past Fluffy, are ye no, Hagrid?' said Harry anxiously. 'And ye widnae tell onybody, wid ye? No even ane o the dominies?'

'No a sowel kens apairt fae me and Dumbiedykes,' said Hagrid proodly.

'Weel, that's somethin,' Harry whuspered tae the ithers. 'Hagrid, can we hae a windae open? I'm bilin.'

'Canna, Harry, sorry,' said Hagrid. Harry noticed him glisk at the fire. Harry keeked at it and aw.

'Hagrid – whit's that?'

But he awready kent whit it wis. Richt in the hert o the fire, ablow the kettle, wis a muckle, bleck egg.

'Ah,' said Hagrid, fidgin nervously wi his beard, 'That's – er …'

'Whaur did ye get it, Hagrid?' said Ron, hunkerin ower the fire tae get a closer look at the egg. 'It must hae cost ye a fortune.'

'Won it,' said Hagrid. 'Lest nicht. Eh wis doon in the clachan haein a few drinks and got intae a gemme o cairds wi a streenger. Think he wis gled tae get rid o it, tae be honest.'

'But whit are ye gaun tae dae wi it when it's hatched?' said Hermione.

'Weel, Eh've bin daein some readin,' said Hagrid, pouin a muckle buik fae ablow his pillae. 'Got this oot o the library – *Draigon Breedin for Pleisure and Profit* – it's a bit oot o date, ken, but it's aa in here. Eh've tae keep the egg in the fire, because their mithers breathe on them, see, and when it hatches, feed it on a bucket o brandy mixed wi chicken bluid ivry hauf an oor. And see here – hoo tae recognise different eggs – whut Eh've got there is a Norwegian Rigback. Thae anes is rare.'

He looked awfie pleased wi himsel, but Hermione didnae.

'Hagrid, ye bide in a *widden hoose*,' she said.

But Hagrid wisnae listenin. He wis hummin blythely as he stoked the fire.

Sae noo they had somethin else tae worry aboot: whit micht happen tae Hagrid if onybody foond oot he wis hidin an illegal draigon in his bothy.

'Wunner whit it's like tae hae a peacefu life,' Ron seched, as evenin efter evenin they strauchled through aw the extra hamewark they were gettin. Hermione had noo sterted makkin study schedules for Harry and Ron, tae. It wis drivin them oot o their heids.

Then, ane breakfast time, Hedwig brocht Harry anither note fae Hagrid. He'd scrievit ainly twa words: *It's hatchin.*

Ron wantit tae jouk Herbology and gang straicht doon tae the bothy. Hermione didnae want tae hear aboot it.

'Hermione, hoo mony times in oor lives are we gonnae see a draigon hatchin?'

'We've got lessons, we'll get intae trouble, and that's naethin tae whit Hagrid's gaun tae get when somebody finds oot whit he's daein –'

'Wheesht!' Harry whuspered.

Malfoy wis ainly a few fit awa and he had stapped deid tae listen. Hoo muckle had he heard? Harry didnae like the look on Malfoy's face at aw.

Ron and Hermione argled aw the wey tae Herbology and in the end, Hermione agreed tae rin doon tae Hagrid's wi the ither twa durin the mornin brek. When the bell soondit fae the castle at the end o the cless, the three o them drapped their trools at wance and nashed through the groonds tae the edge o the Forest. Hagrid weelcomed them, lookin flushed and excitit.

'It's nearly oot.' He ushered them ben the bothy.

The egg wis lyin on the table. There were deep cracks in it. Somethin wis flittin aboot inside; an unco clickin noise wis comin fae it.

They aw drew their chairs up tae the table and watched, haudin their braith.

Aw at wance there wis a scartin noise and the egg rived open.

The bairnie draigon plowped ontae the table. It wisnae bonnie; Harry thocht it looked like a crumpled, bleck umberellae. Its spiny wings were muckle compared tae its skinnymalinkie jet body, it had a lang snoot wi wide neb-holes, the stubs o horns and bulgin, orange een.

It sneezed. A wheen spairks cam fleein oot its snoot.

'Is he no affy bonnie?' Hagrid mummled. He raxed oot a haun tae clap the draigon's heid. It snashed at his fingirs, shawin pynted fangs.

'Bless him, look, he kens his mither aaready!' said Hagrid.

'Hagrid,' said Hermione, 'hoo fast dae Norwegian Rigbacks grow, exactly?'

Hagrid wis aboot tae answer when the colour suddently syped fae his face – he lowped tae his feet and run tae the windae.

'Whit's the maitter?'

'Somebody wis keekin through the slap in the curtains – it's a bairn – he's rinnin back up tae the schuil.'

Harry boltit tae the door and looked oot. Even at a distance there wis nae miskennin him. Malfoy had seen the draigon.

Somethin aboot the smile creepin aboot on Malfoy's face durin the nixt week made Harry, Ron, and Hermione awfie nervous. They spent maist o their free time in Hagrid's daurkened bothy, tryin tae reason wi him.

'Jist let him get awa,' Harry urged. 'Lowse him intae the wild.'

'Eh canna dae that,' said Hagrid. 'He's ower smaa. He'd deh.'

They looked at the draigon. It had growed three times in

length in jist a week. Reek keepit poorin oot o its neb-holes. Hagrid hadnae been daein his gemmekeepin duties because the draigon wis keepin him sae busy. There were toom brandy bottles and chicken fedders aw ower the flair.

'Eh've decidit tae caa him Norbert,' said Hagrid, lookin at the draigon wi misty een. 'He really kens me noo, watch. Norbert! Norbert! Whar's yer mither?'

'He's awa wi the fairies,' Ron whuspered in Harry's lug.

'Hagrid,' said Harry loodly, 'anither twa weeks and Norbert's gaun tae be as lang as your hoose. Malfoy could clype tae Dumbiedykes at ony moment.'

Hagrid chawed his lip.

'Eh ken Eh canna keep him furever, but Eh canna jist fling him oot, canna.'

Harry suddently turnt tae Ron.

'Chairlie,' he said.

'Harry, you're no awa wi the fairies as weel, are ye?' said Ron. 'I'm Ron, mind?'

'Naw – Chairlie – yer brither, Chairlie. In Romania. Studyin draigons. We could send Norbert tae him. Chairlie can tak care o him and then pit him back in the wild!'

'Braw idea!' said Ron. 'Whit aboot it, Hagrid?'

And in the end, Hagrid agreed that they could send a hoolet tae Chairlie tae spier him.

The follaein week dragged by. Wednesday nicht foond Hermione and Harry sittin alane in the common room, lang efter awbody else wis awa tae their bed. The nock on the waw had jist chimed midnicht when the portrait hole birst open. Ron appeart oot o naewhaur as he poued aff Harry's

Invisibility Cloak. He had been doon at Hagrid's bothy, helpin him feed Norbert, wha wis noo eatin deid rats by the barryload.

'It bit me!' he said, shawin them his haun, which wis wrappit in a bluidy handkerchief. 'I'm no gaun tae be able tae haud a quill for a week. I tell ye, that draigon's the maist ugsome animal I've ever met, but the wey Hagrid gangs on aboot it, ye'd think it wis a fluffy wee bunny rabbit. When it bit me he telt me aff for fleggin it. And when I left, he wis chantin a lullaby tae it.'

There wis a chap at the daurk windae.

'It's Hedwig!' said Harry, hurryin tae let her in. 'She'll hae Chairlie's answer!'

The three o them pit their heids thegither tae read the note.

Dear Ron,

Hoo ye daein? Thanks for the letter - I'd be gled tae tak the Norwegian Rigback, but it winnae be easy gettin him here. I think the best thing will be tae send him ower wi some freends o mine wha are comin tae veesit me nixt week. Trouble is, they cannae be seen cairryin an illegal draigon.

Could ye get the Rigback up the tallest touer at midnicht on Setterday? They can meet ye there and tak him awa while it's still daurk.

Send me an answer as soon as ye can.

Love,

Chairlie

They looked at ane anither.

'We've got the Invisibility Cloak,' said Harry. 'It shouldnae be ower difficult – I think the cloak's muckle eneuch tae cover twa o us and Norbert.'

It wis a merk o hoo bad the lest week had been that the ither twa agreed wi him. Onythin tae get rid o Norbert – and Malfoy.

But it wisnae that easy. By the nixt mornin, Ron's bitten haun had swollen tae twice its usual size. He didnae ken whither it wis safe tae gang tae Madam Pomfrey – wid she ken it wis a draigon bite? By the efternoon, though, he had nae choice. The cut had turnt a mingin shade o green. It looked as if Norbert's fangs were pysenous.

Harry and Hermione rushed up tae the hospital wing at the end o the day tae find Ron in an awfie state in bed.

'It's no jist ma haun,' he whuspered, 'although that feels like it's aboot tae faw aff. Malfoy telt Madam Pomfrey he wantit a len o wan o ma buiks sae he could come and hae a guid lauch at me. He keepit threatenin tae tell her whit really bit me – I've telt her it wis a dug, but I dinnae think she believes me – I shouldnae hae hit him at the Bizzumbaw match, that's why he's daein this.'

Harry and Hermione tried tae calm Ron doon.

'It'll aw be ower at midnicht on Setterday,' said Hermione, but this didnae calm Ron doon at aw. On the contrar, he sat bolt upricht and broke intae a sweat.

'Midnicht on Setterday!' he said in a hoarse voice. 'Oh naw – oh naw – I've jist mindit – Chairlie's letter wis in that buik Malfoy taen, he's gonnae ken we're gettin rid o Norbert.'

Harry and Hermione didnae get a chaunce tae answer.

Madam Pomfrey cam ower at that moment and made them get oot, sayin Ron needit tae sleep.

'It's ower late tae chynge the plan noo,' Harry telt Hermione. 'We havenae the time tae send Chairlie anither hoolet, and this could be oor ainly chaunce tae get rid o Norbert. We'll hae tae risk it. And we've got the Invisibility Cloak, Malfoy doesnae ken aboot that.'

They foond Fang the boarhoond sittin ootside wi a bandaged tail when they gaed tae tell Hagrid, wha opened a windae tae talk tae them.

'Eh'll no let ye in,' he peched. 'Norbert's at a fykie stage – naethin Eh canna haunle.'

When they telt him aboot Chairlie's letter, his een filled wi tears, although that micht hae been because Norbert wis chawin his leg.

'Aargh! It's aa richt, he's jist got me by the baffie – jist playin, like – he's ainly a bairnie, ken.'

The bairnie battered its tail aff the waw, makkin the windaes rattle. Harry and Hermione walked back tae the castle feelin Setterday couldnae cam quick eneuch.

They wid hae felt sorry for Hagrid when the time cam for him tae say fareweel tae Norbert if they hadnae been sae worrit aboot whit they had tae dae. It wis a gey daurk, cloody nicht, and they were a bittie late comin tae Hagrid's bothy because they'd had tae wait on Peenge gettin oot their wey at the Entrance Ha, whaur he'd been skelpin a tennis baw aff the waw.

Hagrid had Norbert packed and ready in a muckle crate.

'He's got plenty rattons and some brandy for the journey,' said Hagrid in a muffled voice. 'And Eh've packed his teddy bear in case he feels lanely.'

Fae inside the crate cam rivin noises that soondit tae Harry as though the teddy had jist had his heid ripped aff. 'Bye-bye, Norbert!' Hagrid sabbed, as Harry and Hermione happit the crate wi the Invisibility Cloak and stepped unnerneath it themsels. 'Yer aald mither, Hagrid, will never forget ye!'

Hoo they managed tae warsle the crate back up tae the castle, they never kent. Midnicht chapped nearer as they hauled Norbert up the mairble staircase in the Entrance Ha and alang the daurk corridors. Up anither staircase, then anither – even ane o Harry's shortcuts didnae mak the wark muckle easier.

'Jist aboot there!' Harry peched as they raxed the corridor ablow the tallest touer.

Then a sudden movement aheid o them made them awmaist drap the crate. Forgettin that they were awready invisible, they shrank intae the shaddas, starin at the daurk ootlines o twa fowk wrasslin wi each ither ten feet awa. A lamp lowed.

Professor McGonagall, in a tairtan dressin-goun and a hair net, had Malfoy by the lug.

'Detention!' she raired. 'And twinty pyntes fae Slydderin! Stravaigin aroond in the middle o the nicht, hoo daur ye –'

'Ye dinnae unnerstaund, Professor. Harry Potter's comin – he's got a draigon!'

'Whit total havers! Hoo daur ye tell sic lees! C'moan – I'll see Professor Snipe aboot you, Malfoy!'

The stey spiral staircase up tae the tap o the touer seemed the easiest thing in the warld efter that. No until they'd stepped oot intae the cauld nicht air did they fling aff the cloak, gled tae be able tae breathe richt again. Hermione daunced a sort o a jig.

'Malfoy's gettin detention! I'm gonnae sing!'

'Dinnae,' Harry advised her.

Kecklin aboot Malfoy, they waitit, Norbert wallopin aboot in his crate. Efter aboot ten meenits, fower bizzums cam swoofin doon oot o the daurkness.

Chairlie's freends were a gallus lot. They shawed Harry and Hermione the harness they'd rigged up, sae they could suspend Norbert atween them. They aw helped buckle Norbert safely intae it and then Harry and Hermione shook hauns wi the ithers and thanked them awfie muckle.

At lest, Norbert wis gaun ... gaun ... wis awa.

They slippit back doon the spiral staircase, their herts as licht as their hauns, noo that Norbert wis aff them. Nae mair draigon – Malfoy gettin detention – whit could spile their happiness?

The answer tae that wis waitin at the fit o the stairs. As they steppit intae the corridor, Feechs' face loured suddently oot o the daurkness.

'Weel, weel, weel,' he whuspered, 'we're for it noo.'

They'd left the Invisibility Cloak at the tap o the touer.

Chaipter Fifteen

The Forbidden Forest

Things couldnae hae been warse.

Feechs taen them doon tae Professor McGonagall's study on the first flair, whaur they sat and waitit wioot sayin a word tae each ither. Hermione wis tremmlin. Excuses, alibis, and wild cover-up stories huntit each ither aroond in Harry's brain, each ane mair glaikit than the lest. He couldnae see hoo they were gaun tae get oot o trouble this time. They were cornered. Hoo could they hae been sae glaikit tae forget the Cloak? There wis nae reason on earth that Professor McGonagall wid accept for bein oot o bed and creepin aroond the schuil in the deid o nicht, let alane bein up the tallest Astronomy Touer, which wis oot-o-boonds apairt for clesses. Add Norbert and the Invisibility Cloak, and they micht as weel be packin their kists awready.

Had Harry thocht that things couldnae hae been warse? He wis wrang. When Professor McGonagall appeart, she wis leadin Neville.

'Harry!' Neville blirtit oot, the moment he saw the ither twa. 'I wis tryin tae find ye tae warn ye, I heard Malfoy sayin he wis gonnae catch ye, he said ye had a draig –'

Harry shook his heid violently tae wheesht Neville, but Professor McGonagall had seen. She looked mair likely tae breathe fire than Norbert as she touered ower the three o them.

'I wid never hae believed it aboot ony o ye. Mr Feechs says ye were up in the Astronomy Touer. It's ane o'clock in the mornin. Explain yersels.'

It wis the first time Hermione had ever failed tae answer a dominie's question. She wis starin at her baffies, as still as a stookie.

'I think I've got a guid idea o whit's been gaun on,' said Professor McGonagall. 'It doesnae tak a genius tae wark it oot. Ye got Draco Malfoy tae swallae some havers aboot a draigon, tryin tae get him oot o his bed and intae trouble. I've awready caucht him. I suppose ye think it's funny that Langdowper here heard the story and believed it as weel?'

Harry caucht Neville's ee and tried tae tell him wioot words that this wisnae true, because Neville wis lookin stoondit and let doon. Puir, haunless Neville – Harry kent whit it must hae cost him tae try and find them in the daurk, tae warn them.

'I am scunnered,' said Professor McGonagall. 'Fower students oot o their beds in the wan nicht! I've never heard the like afore! You, Miss Granger, I thocht ye had mair sense. As for you, Mr Potter, I thocht Gryffindor meant mair tae ye than this. Aw three o ye will be gien detentions – aye, you and aw, Mr Langdowper, naethin gies ye the richt tae stot aroond the schuil at nicht, especially the noo when it's sae dangerous – and fifty pyntes will be taen fae Gryffindor.'

'*Fifty*?' Harry gowped – they wid loss the lead, the lead he'd won in the lest Bizzumbaw match.

'Fifty pyntes each,' said Professor McGonagall, breathin heavily through her lang, pynted neb.

'Professor – please –'

'Ye cannae –'

'Dinnae tell me whit I can and cannae dae, Potter. Noo get back tae yer beds, aw o ye. I've never been mair bleck affrontit by Gryffindor students.'

A hunner and fifty pyntes tint. That pit Gryffindor in lest place. In wan nicht, they'd mogered ony chaunce Gryffindor had had for the Hoose Tassie. Harry felt as though his ingangs had drapped oot o his wame. Hoo could they ever mak up for this?

Harry didnae sleep aw nicht. He could hear Neville greetin intae his pillae for whit seemed like oors. Harry couldnae think o onythin tae say that wid mak him feel better. He kent Neville, like himsel, wis dreidin the morn. Whit wid happen when the lave o Gryffindor found oot whit they'd done?

At first, Gryffindors passin the giant oor-glesses that recordit the hoose pyntes the nixt day thocht they were readin it wrang. Hoo could they suddently hae a hunner and fifty pyntes fewer than yisterday? And then the story sterted tae spreid: Harry Potter, the famous Harry Potter, their hero o twa Bizzumbaw matches, had lost them aw thae pyntes, him and a couple o ither dippit first-years.

Fae bein ane o the maist popular and kenspeckle fowk at the schuil, Harry wis suddently the maist hatit. Even Corbieclooks and Hechlepechs turnt on him, because awbody had been deein tae see Slydderin loss the Hoose Tassie. Ivrywhaur Harry gaed, fowk pynted and didnae bother tae lower their voices as they flyted him.

Slydderins, on the ither haun, clapped as he walked past them, whustlin and cheerin, 'Thanks Potter, we owe ye wan!'

Ainly Ron stood by him.

'They'll aw forget this efter a couple o weeks. Fred and Geordie hae lost a barryload o pyntes in aw the time they've been here, and fowk still like them.'

'They never lost a hunner and fifty pyntes in a wanner, though, did they?' said Harry meeserably.

'Weel – naw,' Ron admitted.

It wis a bit late tae redd up the damage, but Harry swore tae himsel no tae stick his neb intae things that werenae his business fae noo on. He'd had it wi creepin aboot and spyin. He felt that ashamed o himsel that he gaed tae Widd and offered tae resign fae the Bizzumbaw team.

'Resign?' Widd thunnered. 'Whit guid wid that dae? Hoo are we gaun tae get ony pyntes back if we cannae win at Bizzumbaw?'

But even Bizzumbaw wis nae fun ony mair. The lave o the team widnae speak tae Harry durin practice, and if they had tae speak aboot him, they cawed him 'the Seeker'.

Hermione and Neville were sufferin and aw. They didnae hae as bad a time as Harry, because they werenae as weel-kent, but naebody wid speak tae them either. Hermione had stapped drawin attention tae hersel in cless, keepin her heid doon and warkin in silence.

Harry wis awmaist gled that the exams werenae faur awa. Aw the studyin he had tae dae keepit his mind aff his meesery.

He, Ron, and Hermione keepit tae themsels, warkin late intae the nicht, tryin tae mind the ingredients in complicated potions, learn chairms and cantrips aff by hert, memorise the dates o magical discoveries and doolie rebellions …

Then, aboot a week afore the exams were due tae stert, Harry's new resolution no tae interfere in onythin that didnae concern him wis pit tae an unexpectit test. Walkin back fae the library on his ain wan efternoon, he heard somebody wheengin fae a clessroom up aheid. As he drew closer, he heard Quirrell's tremmlin voice.

'Naw – naw – no again, please –'

It soondit as though somebody wis threatenin him. Harry moved closer.

'Aw richt – aw richt –' he heard Quirrell sab.

Nixt second, Quirrell cam hurryin oot o the clessroom straichtenin his turban. He wis peeliewally and looked as though he wis aboot tae greet. He strode oot o sicht; Harry didnae think Quirrell had even noticed him. He waitit until Quirrell's fitsteps had disappeart, then peered intae the clessroom. There wis naebody in it, but a door stood ajee at the ither end. Harry wis haufwey toward it afore he mindit whit he'd promised himsel aboot no meddlin.

Aw the same, he wid hae bet twal Philosopher's Stanes that Snipe had jist left the room, and fae whit Harry had jist heard, Snipe wid be walkin wi a boonce in his step – Quirrell seemed tae hae gien in at lest.

Harry gaed back tae the library, whaur Hermione wis testin Ron on Astronomy. Harry telt them whit he'd heard.

'Snipe's done it, then!' said Ron. 'If Quirrell's telt him hoo tae brek his Anti-Daurk Force cantrip –'

'There's aye Fluffy, though,' said Hermione.

'Mibbe Snipe's foond oot hoo tae get past him wioot spierin Hagrid,' said Ron, lookin up at the thoosands o buiks surroondin them. 'I bet there's a buik somewhaur in here tellin yc hoo tae get past a giant three-heidit dug. Sae whit are we gonnae dae, Harry?'

The licht o adventure wis kinnlin again in Ron's een, but Hermione answered afore Harry could.

'Tak it tae Dumbiedykes. That's whit we should hae done ages ago. If we try onythin oorsels we'll be hoyed oot o Hogwarts for shair.'

'But we've got nae proof!' said Harry. 'Quirrell's ower feart tae back us up. Snipe's ainly got tae say he doesnae ken hoo the trow got in at Halloween and that he wis naewhaur near the third flair – wha dae ye think they'll believe, him or us? It's no exactly a secret we hate him, Dumbiedykes'll think we made it up tae mak him gie him his jotters. Feechs widnae help us if his life dependit on it, he's ower freendly wi Snipe, and the mair students get flung oot, the better, he'll think. And dinnae forget, we're no supposed tae ken aboot the Stane or Fluffy. That'll tak a lot o explainin.'

Hermione looked convinced, but Ron didnae.

'If we jist dae a bit o pokin aroond –'

'Naw,' said Harry shairply, 'we've done eneuch pokin aroond.'

He poued a map o Jupiter toward him and sterted tae learn the names o its muins.

The follaein mornin, notes were delivered tae Harry, Hermione, and Neville at the breakfast table. They were aw the same:

Yer detention will tak place at eleeven o'clock the nicht.
Meet Mr Feechs in the Entrance Ha.

Prof. M. McGonagall

Harry had forgotten they still had detentions tae dae in aw the stooshie ower the pyntes they'd lost. He hauf expectit Hermione tae compleen that this wis a haill nicht o studyin doon the drain, but she didnae say a word. Like Harry, she thocht they deserved whit they'd got.

At eleeven o'clock that nicht, they said guid-bye tae Ron in the common room and went doon tae the Entrance Ha wi Neville. Feechs wis awready there – and sae wis Malfoy. Harry had near forgot that Malfoy wis on a detention and aw.

'Follae me,' said Feechs, lichtin a lamp and leadin them ootside. 'I bet ye'll think twice aboot brekkin a schuil rule again, will ye no, eh?' he said, leerin at them. 'Oh aye … haurd wark and the paiks are the best dominies if ye spier me … It's jist a pity they let the auld punishments dee oot … hing ye by yer sheckles fae the ceilin for a guid few days, I've still got the cheynes in ma office, keep them weel iled in case they're ever needit … Richt, aff we gang, and dinnae think o runnin aff, noo, it'll be warse for ye if ye dae.'

They mairched aff across the daurk groonds. Neville keepit sniffin. Harry wunnered whit their punishment wis gaun tae be. It must be somethin really awfie, or Feechs widnae be soondin sae delichted wi himsel.

The muin wis bricht, but cloods scuddin across it keepit throwin them intae daurkness. Aheid, Harry could see the lichtit windaes o Hagrid's bothy. Then they heard a voice shoutin in the daurk.

'Is that you, Feechs? Hurry up, Eh want tae get sterted.'

Harry's hert liftit; if they were gaun tae be warkin wi Hagrid it widnae be sae bad. His relief must hae kythed in his face, because Feechs said, 'I suppose ye think ye'll be enjoyin yersel wi that numpty? Weel, think again, boay – it's intae the Forest ye're gaun and I hae ma doots ye'll aw come oot in the wan piece.'

At this, Neville let oot a wee moan, and Malfoy stapped deid in his tracks.

'The Forest?' he repeatit, and he didnae soond jist as gallus as usual. 'We cannae go in there at nicht – there's aw sorts o things in there – werewoofs, I heard.'

Neville gruppit the sleeve o Harry's goun and made a chokin soond.

'Weel, that's your problem, is it no?' said Feechs, his voice birstin wi glee. 'Ye should hae thocht aboot thae werewoofs afore ye got intae trouble.'

Hagrid cam stridin toward them oot o the daurk, Fang at his heel. He wis cairryin his muckle crossbow, and a quiver o arras hung ower his shooder.

'Aboot time,' he said. 'Eh've been waitin fur hauf an oor aaready. Aa richt, Harry, Hermione?'

'I widnae be ower freendly wi them, Hagrid,' said Feechs cauldly, 'they're here tae get their paiks, efter aa.'

'That's hoo ye're late, is it?' said Hagrid, froonin at Feechs. 'Been lecturin them, eh? Ye've nae richt tae dae that. Ye've done yer bit, Eh'll tak ower fae here.'

'I'll be back at first licht,' said Feechs, 'for whit's left o them,' he addit rochly, and he turnt and sterted back toward the castle, his lamp bobbin awa in the daurkness.

Malfoy noo turnt tae Hagrid.

'I'm no gaun in that Forest,' he said, and Harry wis pleased tae hear the panic kittlin in his voice.

'Ye are if ye want tae stey at Hogwarts,' said Hagrid fiercely. 'Ye've done wrang and noo ye hae tae pey fur it.'

'But this is servant's wark, it's no for students tae dae. I thocht we'd be scrievin lines or somethin, if ma faither kent I wis daein this, he'd –'

'– tell ye that's hoo it is at Hogwarts,' Hagrid grooled. 'Scrievin lines! Whut guid's that tae onybody? Ye'll dae somethin usefu or ye can get oot. If ye think yer faither'd raither see ye expelled, then get back aff tae the castle and pack. Awa ye go!'

Malfoy didnae move. He looked at Hagrid bealin, but then drapped his gaze.

'Richt then,' said Hagrid, 'noo, listen affy carefu-like, because it's dangerous whut we're gaun tae dae the nicht, and Eh dinna want naebody takkin ony risks. Follae me ower here a meenit.'

He led them tae the verra edge o the Forest. Haudin his lamp up high, he pynted doon a nairra, windin earth track that disappeart intae the thick bleck trees. A licht breeze liftit their hair as they looked intae the Forest.

'Look there,' said Hagrid, 'see that stuff sheenin on the groond? Sillery stuff? That's unicorn bluid. There's a unicorn in there that's been sair hurtit by somethin. This isna the first time this week. Eh foond a deid ane on Wednesday. We're gaun tae try and find the puir craitur. We micht hae tae pit it oot o its meesery.'

'And whit if whitever hurtit the unicorn finds us first?' said Malfoy, no able tae haud the fear oot o his voice.

'There's naethin that bides in the Forest that'll herm ye if ye're wi me or Fang,' said Hagrid. 'And stey on the peth. Richt, noo, we're gaun tae split intae twa pairties and follae the trail in different airts. There's bluid aa ower the place, it must hae bin stacherin aroond since lest nicht at least.'

'We'll tak Fang,' said Malfoy quickly, lookin at Fang's lang teeth.

'Aa richt, but Eh'm warnin ye, he's a big feartie,' said Hagrid. 'Sae me, Harry, and Hermione'll gae ane wey and Draco, Neville, and Fang'll gae the ither. Noo, if ony o us finds the unicorn, we'll send up green spairks, richt? Get yer wands oot and practice noo – that's it – and if onybody gets intae trouble, send up reid spairks, and we'll aa come and find ye – but caa canny – let's get gaun.'

The Forest wis bleck and silent. A wee bittie intae it they raxed a sinderins in the earth peth, and Harry, Hermione, and Hagrid taen the left peth while Malfoy, Neville, and Fang taen the richt.

They walked in silence, their een on the groond. Ivry noo and then a ray o muinlicht through the branches abune lit a spot o siller-blue bluid on the fawn leaves.

Harry saw that Hagrid looked gey worrit.

'Could a werewoof no be killin the unicorns?' Harry spiered.

'No fast eneuch,' said Hagrid. 'It's no easy tae catch a unicorn, they're pouerfu magic creatures. Eh never kent ane tae get hurt afore.'

They walked past a foggie tree stump. Harry could hear rinnin watter; there must be a burn somewhaur close by.

There were aye spots o unicorn bluid here and there alang the windin peth.

'Ye aa richt, Hermione?' Hagrid whuspered. 'Dinna worry, it canna hae gane faur if it's this badly hurtit, and then we'll be able tae – GET AHINT THAT TREE!'

Hagrid seized Harry and Hermione and huckled them aff the peth ahint a touerin aik. He poued oot an arra and fittit it intae his crossbow, haudin it up, ready tae fire. The three o them listened. Somethin wis slidderin ower deid leaves nearby: it soondit like a cloak trailin alang the groond. Hagrid wis squintin up the daurk peth, but efter a wheen seconds, the soond fadit awa.

'Eh kent it,' he murmelled. 'There's somethin in here that shouldna be.'

'A werewoof?' Harry suggestit.

'That wisna a werewoof and it wisnae a unicorn, either,' said Hagrid dourly. 'Richt, follae me, but canny, noo.' They walked mair slawly, lugs streenin for the peeriest soond. Suddently, in a clearin aheid, somethin definately moved.

'Wha's there?' Hagrid cawed. 'Shaw yersel – Eh'm ermed!'

And intae the clearin cam – wis it a man, or a cuddie? Tae the waist, a man, wi reid hair and beard, but ablow that wis a cuddie's glisterin chestnut body wi a lang, reid-like tail. Harry and Hermione's jaws drapped.

'Och, it's yersel, Ronan,' said Hagrid in relief. 'Hoo ye daein?'

He walked forrit and shook the centaur's haun.

'Guid evenin tae ye, Hagrid,' said Ronan. He had a deep, sorrowfu voice. 'Were ye gonnae shoot me?'

'Canna be ower canny, Ronan,' said Hagrid, pattin his

crossbow. 'There's somethin ill-trickit lowsed in this Forest. This is Harry Potter and Hermione Granger, by the wey. Students up at yon schuil. And this is Ronan, you twa. He's a centaur.'

'We'd noticed,' said Hermione saftly.

'Guid evenin,' said Ronan. 'Students, are ye? And are ye daein ony learnin up at yon schuil?'

'Erm –'

'A bittie,' said a tim'rous Hermione.

'A bittie. Weel, that's somethin.' Ronan seched. He flung back his heid and glowered at the lift. 'Mars is bricht the nicht.'

'Aye,' said Hagrid, glentin up. 'Listen, Eh'm glad we've run intae ye, Ronan, because there's a unicorn been hurtit – ye seen onythin?'

Ronan didnae answer straicht awa. He stared unblenkinly upward, then seched again.

'Ayewis the innocent are the first victims,' he said. 'Sae it has been for ages past, sae it is noo.'

'Aye, richt,' said Hagrid, 'but hiv ye seen onythin, Ronan? Onythin byordinar?'

'Mars is bricht the nicht,' Ronan repeatit, while Hagrid watched him impatiently. 'Byordinar bricht.'

'Aye, but Eh wis meanin somethin byordinar a bit nearer hame,' said Hagrid. 'Sae ye havena noticed onythin streenge?'

Yet again, Ronan taen a wee while tae answer. At lest, he said, 'The Forest hauds mony secrets.'

Somethin flitted in the trees ahint Ronan makkin Hagrid raise his bow again, but it wis ainly a second centaur, bleck-haired, bleck-boukit and mair radge-lookin than Ronan.

'Hullo, Bane,' said Hagrid. 'Aa richt?'

'Guid evenin, Hagrid, I hope ye are weel?'

'Weel eneuch. Look, Eh've jist been spierin Ronan, hiv ye seen onythin unco in here lately? There's a unicorn been injured – wid ye ken onythin aboot it?'

Bane walked ower tae staund nixt tae Ronan. He looked liftward.

'Mars is bricht the nicht,' he said simply.

'We ken aa aboot it,' said Hagrid crabbitly. 'Weel, if either o ye dae see onythin, let me ken, wid ye? We'll be aff, then.'

Harry and Hermione follaed him oot o the clearin, gawpin ower their shooders at Ronan and Bane until the trees stapped their view.

'Never,' said Hagrid a wee bittie angert, 'try and get a straicht answer oot o a centaur. Bloomin staur-gawpers. No interestit in onythin closer than the muin.'

'Are there mony o them in here?' spiered Hermione.

'Oh, a guid wheen o them ... Keep themsels tae themsels maistly, but they're guid eneuch aboot turnin up if ever Eh want a word. They're deep, mind, centaurs ... they ken things ... they jist dinna let on, that's aa.'

'Dae ye think that wis a centaur we heard earlier?' said Harry.

'Did that soond like hooves tae you? Na, if ye spier me, that wis whut's been killin the unicorns – never heard onythin like it afore.'

They cairried on through the dense, daurk trees. Harry keepit lookin nervously ower his shooder. He had the ugsome feelin they were bein watched. He wis awfie gled they had Hagrid and his crossbow wi them. They had jist passed a bend in the peth when Hermione gruppit Hagrid's airm.

'Hagrid! Look! Reid spairks, the ithers are in trouble!'

'You twa wait here!' Hagrid shoutit. 'Stey on the peth, Eh'll cam back for ye!'

They heard him crashin awa through the unnergrowth and stood lookin at each ither, awfie feart, until they couldnae hear onythin but the rustlin o leaves aroond them.

'Ye dinnae think they've been hurtit, dae ye?' whuspered Hermione.

'I dinnae care if Malfoy has, but if somethin's got Neville… it's oor faut he's here in the first place.'

The meenits hirpled by. Their lugs seemed shairper than usual. Harry's seemed tae be pickin up ivry sech o the wund, ivry crackin twig. Whit wis gaun on? Whaur were the ithers?

At lest, a muckle crunchin noise annoonced Hagrid's return. Malfoy, Neville, and Fang were wi him. Hagrid wis bealin. Malfoy, it seemed, had creepit up ahint Neville and grabbit him tae gie him a fleg. Neville had panicked and sent up the spairks.

'We'll be lucky tae catch onythin noo, wi the stramash you twa were makkin. Richt, we're chyngin groups – Neville, you stey wi me and Hermione, Harry, you gae wi Fang and this eejit. I'm sorry,' Hagrid addit in a whusper tae Harry, 'but he'll hae a haurder time frichtenin you, and we've got tae get this done.'

Sae Harry set aff intae the hert o the Forest wi Malfoy and Fang. They walked for near hauf an oor, deeper and deeper intae the Forest, until the peth became awmaist impossible tae follae because the trees were sae thick. Harry thocht the bluid seemed tae be gettin thicker and aw. There were skiddles on the roots o a tree, as though the puir craitur had been thrashin aroond in pain close by. Harry could see a clearin aheid, through the taigled brainches o an auncient aik tree.

'Look –' he mummled, haudin oot his airm tae stap Malfoy.

Somethin bricht white wis gleamin on the groond. They inched closer.

It wis the unicorn aw richt, and it wis deid. Harry had never seen onythin sae bonnie and dowie. Its lang, spirlie legs were stuck oot at aw angles whaur it had fawn and its mane wis spreid pearly-white on the daurk leaves.

Harry had taen wan step toward it when a slidderin soond made him freeze whaur he stood. A bush on the edge o the clearin chittered … Then, oot o the shaddas, a hoodit figure cam crowlin across the groond like some stalkin beast. Harry, Malfoy, and Fang stood thirled tae the spot. The cloaked figure raxed the unicorn, boued its heid ower the woun in the animal's side, and sterted tae drink its bluid.

'AAAAAAAAAARGH!'

Malfoy let oot an awfie skirl and boltit – sae did Fang. The hoodit figure liftit its heid and looked richt at Harry – unicorn bluid wis slitterin doon its front. It got tae its feet and cam glegly toward Harry – he couldnae move for fear.

Then a pain like he'd never felt afore pierced his heid; it wis as though his scaur wis on fire. Hauf blinn, he stachered backarties. He heard hooves ahint him, gallopin, and somethin lowped clean ower Harry, chairgin at the figure.

The pain in Harry's heid wis sae bad he fell ontae his knaps. It taen a meenit or twa tae pass. When he looked up, the figure had gane. A centaur wis staundin ower him, no Ronan or Bane; this ane looked younger; he had white-blond hair and a palomino body.

'Are ye aw richt?' said the centaur, pouin Harry tae his feet.

'Aye – thank ye – whit wis that?'

The centaur didnae answer. He had unco blue een, like pale sapphires. He looked cannily at Harry, his een lingerin on the scaur that stood oot, livid, on Harry's foreheid.

'You are the Potter laddie,' he said. 'Ye'd better get back tae Hagrid. The Forest isnae safe the noo – especially for you. Can ye ride? It will be quicker this wey.

'Ma name is Firenze,' he addit, as he got doon ontae his front legs sae that Harry could sclim ontae his back.

There wis suddently a soond o mair gallopin fae the ither side o the clearin. Ronan and Bane cam birstin through the trees, their flanks heavin and switey.

'Firenze!' Bane thunnered. 'Whit are ye daein? Ye hae a human on your back! Think ye nocht shame? Are ye a common cuddie?'

'Dae ye ken wha this is?' said Firenze. 'This is the Potter laddie. The quicker he's oot o this Forest, the better.'

'Whit hae ye been efter tellin him?' grooled Bane. 'Mind, Firenze, we are sworn no tae set oorselves against the heivens. Hae we no read whit is tae cam in the movements o the planets?'

Ronan pawed the groond nervously. 'I'm shair Firenze thocht he wis actin for the best,' he said in his drumlie voice.

Bane kicked his hin legs in anger.

'For the best! Whit is that tae dae wi us? Centaurs are concerned wi whit has been foretelt! It is no oor business tae run aroond like cuddies efter stray humans in oor Forest!'

Firenze suddently reared ontae his hind legs pure bealin, sae that Harry had tae hing in tae his shooders tae stey on.

'Did ye no see that unicorn?' Firenze bleezed at Bane. 'Dae ye no unnerstaund why it wis killt? Or hae the planets no let ye in on that secret? I set masel against whit is lurkin in this Forest, Bane, aye, wi humans alangside me if I hiv tae.'

And Firenze wheeched aroond; wi Harry haudin on as best he could, they breenged aff intae the trees, leain Ronan and Bane ahint them.

Harry didnae hae a clue whit wis goin on.

'Why's Bane sae angry?' he spiered. 'Whit wis that thing ye saved me fae, onywey?'

Firenze slowed tae a walk, warned Harry tae keep his heid boued in case o laich-hingin brainches, but didnae answer Harry's question. They made their wey through the trees in silence for sae lang that Harry thocht Firenze didnae want tae talk tae him onymair. They were passin through a gey dense shaw o trees, hooanever, when Firenze suddently stapped.

'Harry Potter, dae ye ken whit unicorn bluid is used for?'

'Naw,' said Harry, stertled by the unco question. 'We've ainly used the horn and tail hair in Potions.'

'That is because it is a maist scunnersome thing, tae slee a unicorn,' said Firenze. 'Ainly ane wha has naethin tae lose, and awthin tae gain, wid commit sic a crime. The bluid o a unicorn will keep ye alive, even if ye are an inch fae daith, but at an awfie price. Ye hae slain somethin pure and hermless tae save yersel, and ye will hae but a hauf-life, a cursit life, fae the moment the bluid touches yer lips.'

Harry glowered at the back o Firenze's heid, which wis dappled siller in the muinlicht.

'But wha'd be that desperate?' he wunnered alood. 'If ye're gaun tae be cursit forever, daith's better, is it no?'

'It is,' Firenze agreed, 'unless aw ye need is tae stey alive lang eneuch tae drink somethin else – somethin that will bring ye back tae fu strength and pouer – somethin that will mean ye can never dee. Mr Potter, dae you ken whit is hidden in the schuil at this verra moment?'

'The Philosopher's Stane! O coorse – the Elixir o Life! But I dinnae unnerstaund wha –'

'Can ye think o naebody wha has waitit mony years tae win back tae pouer, wha has clung tae life, awaitin their chaunce?'

It wis as though a iron nieve had clenched suddently aroond Harry's hert. Ower the reeshlin o the trees, he seemed tae hear aince mair whit Hagrid had telt him on the nicht they had met: 'Some say he dehd. Havers, in meh opinion. Dinna ken if he had eneuch human left in him tae dee.'

'Dae ye mean,' Harry croaked, 'that wis Vol –'

'Harry! Harry, are ye aw richt?'

Hermione wis rinnin toward them doon the peth, Hagrid pechin alang ahint her.

'I'm fine,' said Harry, haurdly kennin whit he wis sayin. 'The unicorn's deid, Hagrid, it's in that clearin back there.'

'This is whaur I lea ye,' Firenze murmelled as Hagrid hurried aff tae examine the unicorn. 'Ye are safe noo.'

Harry slid aff his back.

'Guid luck, Harry Potter,' said Firenze. 'The planets hae been read wrang afore noo, even by centaurs. I hope this is ane o thae times.'

He turnt and cantered back intae the depths o the Forest, leain Harry chitterin ahint him.

Ron had fawn asleep in the daurk common room, waitin on them tae return. He shoutit somethin aboot Bizzumbaw fouls when Harry rochly shook him awake. In a maitter o seconds, though, he wis wide-eed as Harry sterted tae tell him and Hermione whit had happened in the Forest.

Harry couldnae sit doon. He paced up and doon in front o the fire. He wis aye shakkin.

'Snipe wants the Stane for Voldemort ... and Voldemort's waitin in the Forest ... and aw this time we thocht Snipe jist wantit tae get rich ...'

'Stap sayin the name!' said Ron in a frichtened whusper, as if he thocht Voldemort could hear them.

Harry wisnae listenin.

'Firenze saved me, but he shouldnae hae done it ... Bane wis bealin at him ... he wis talkin aboot interferin wi whit the planets say is gaun tae happen ... They must shaw that Voldemort's comin back ... Bane thinks Firenze should hae let Voldemort kill me ... I suppose that's scrievit in the staurs as weel.'

'Will ye stap sayin the name!' Ron hished.

'Sae aw I've got tae wait for noo is Snipe tae steal the Stane,' Harry gaed on feverishly, 'then Voldemort will be able tae cam and feenish me aff ... Weel, I suppose Bane'll be happy.'

Hermione looked gey frichtit, but she had a word o comfort.

'Harry, awbody says Dumbiedykes is the ainly yin You-Ken-Wha wis ever feart o. Wi Dumbiedykes aroond, You-Ken-Wha winnae touch ye. Onywey, wha says the centaurs are richt? It soonds like fortune-tellin tae me, and Professor McGonagall says that's an awfie imprecise brainch o magic.'

The lift had turnt licht afore they stapped talkin. They gaed tae bed foonert, their thrapples sair. But the nicht's surprises werenae ower.

When Harry poued back his sheets, he foond his Invisibility Cloak faulded neatly unnerneath them. There wis a note peened tae it:

Jist in case.

Chaipter Saxteen

Doon the Trapdoor

In years tae cam, Harry could never jist mind hoo he had managed tae get through his exams when he hauf expectit Voldemort tae cam breengin through the door at ony moment. Yet the days creepit by, and there could be nae doot that Fluffy wis aye alive and weel ahint the lockit door.

It wis birslin hot, especially in the muckle clessroom whaur they did their scrievit papers. They had been gien byordinar new quills for the exams, which had been beglamoured wi an Anti-Pauchlin cantrip.

They had practical exams and aw. Professor Flitwick cawed them ane by ane intae his cless tae see if they could mak a pine-apple tap-daunce ower a desk. Professor McGonagall watched them turn a moose intae a snuffbox – pyntes were gien for hoo bonnie the snuffbox wis, but taen awa if it had whuskers. Snipe made them aw nervous, breathin doon their necks while they tried tae mind hoo tae mak a Forgetfuness potion.

Harry did the best he could, tryin tae ignore the lowpin

pain in his foreheid, which he'd been fashed wi ever since his trip intae the Forest. Neville thocht Harry wis aw nervous because o the exams as Harry couldnae sleep, but the truth wis that Harry wis waukened ower and ower by his auld nichtmare, apairt fae noo it wis warse than ever because there wis a hoodit figure dreepin wi bluid in it.

Mibbe it wis because they hadnae seen whit Harry had seen in the Forest, or because they didnae hae scaurs burnin on their foreheids, but Ron and Hermione didnae seem as worrit aboot the Stane as Harry. The thocht o Voldemort frichtit them aw richt, but he didnae keep on veesitin them in their dreams, and they were sae thrang wi their studyin they didnae hae muckle time tae fash aboot whit Snipe or onybody else micht be up tae.

Their verra lest exam wis History o Magic. Wan oor o answerin questions aboot dottled auld warlocks wha'd inventit sel-steerin caudrons and they'd be free, lowsed for a haill wunnerfu week until their exam results cam oot. When the ghaist o Professor Bings telt them tae pit doon their quills and rowe up their pairchment, Harry couldnae help cheerin wi awbody else.

'That wis faur easier than I thocht it wid be,' said Hermione as they jined the croods chairgin oot ontae the sunny groonds. 'I didnae need tae learn aboot the 1637 Werewoof Code o Conduct or the uprisin o Elfric the Eident.'

Hermione ayewis liked tae gang through their exam papers efterwards, but Ron said this made him feel no weel, sae they daunnered doon tae the loch and lay doon unner a tree. The Weasley twins and Lee Jordan were kittlin the tentacles o a giant squid, which wis beekin in the warm shaulds.

'Nae mair studyin,' Ron seched blythely, streetchin oot on the gress. 'Ye could look mair cheerfu, Harry, we've got a week afore we find oot hoo bad we've done, there's nae need tae worry yet.'

Harry wis rubbin his foreheid.

'I wish I kent whit this means!' he birst oot angrily. 'Ma scaur keeps hurtin – it's happened afore, but never as aften as this.'

'Gang tae Madam Pomfrey,' Hermione suggestit.

'I'm no seik,' said Harry. 'I think it's a warnin ... it means danger's comin ...'

Ron couldnae get warked up, it wis ower hot.

'Harry, relax, Hermione's richt, the Stane's safe as lang as Dumbiedykes's aroond. Onywey, we've never had ony proof Snipe foond oot hoo tae get past Fluffy. He nearly had his leg rived aff wance, he's no gonnae try it again ony time soon. And Neville will play Bizzumbaw for England afore Hagrid lets Dumbiedykes doon.'

Harry noddit, but he couldnae shak aff a fykie feelin that there wis somethin he'd forgotten tae dae, somethin important. When he tried tae explain this, Hermione said, 'That's jist the exams. I waukened up lest nicht and wis haufwey through ma Transfiguration notes afore I mindit we'd done that yin.'

Harry wis gey shair the kittlie feelin didnae hae onythin tae dae wi wark, though. He watched a hoolet flichter toward the schuil across the bricht blue lift, a note clamped in its mooth. Hagrid wis the ainly ane wha ever sent him letters. Hagrid wid never begowk Dumbiedykes. Hagrid wid never tell onybody hoo tae get past Fluffy ... never ... but –

Harry suddently lowped tae his feet.

'Whaur ye gaun?' said Ron sleepily.

'I've jist thocht o somethin,' said Harry. He had turnt white. 'We've got tae gang and see Hagrid, noo.'

'Why?' peched Hermione, hurryin tae keep up.

'Dae ye no think it's a wee bittie odd,' said Harry, scrammlin up the gressy brae, 'that whit Hagrid wants mair than onythin else is a draigon, and a streenger shaws up wha jist happens tae hae an egg in his pooch? Hoo mony fowk gang aboot wi draigon eggs if it's against warlock law? Lucky they foond Hagrid, dae ye no think? Hoo did I no see it afore?'

'Whit are ye talkin aboot?' said Ron, but Harry, skelpin across the groonds toward the Forest, didnae answer.

Hagrid wis sittin in an airmchair ootside his hoose; his breeks and sleeves were rowed up, and he wis huilin peas intae a muckle bool.

'Hullo,' he said, smilin. 'Feenished aa yer exams? Wha's got time fur a drink?'

'Oh aye, please,' said Ron, but Harry cut him aff.

'Naw, we're in a hurry. Hagrid, I've got tae spier ye somethin. Ye ken that nicht ye won Norbert? Whit did the streenger ye were playin cairds wi look like?'

'Eh dinna ken,' said Hagrid richt easy-osy, 'he widna tak his cloak aff.'

He saw the three o them look stoondit and raised his eebroos.

'It's no that byordinar, ken, ye get a haill lot o unco gadgies in the Hog's Haid – that's ane o the howffs doon in the clachan. Mibbe he wis a draigon dealer or somethin. Eh never saa his face, he keepit his hood up aa the time.'

Harry sank doon nixt tae the bool o peas.

'Whit did ye talk tae him aboot, Hagrid? Did ye mention Hogwarts at aw?'

'It micht hae come up,' said Hagrid, froonin as he tried tae mind. 'Um … he spiered whut Eh did, and Eh telt him Eh wis gemmekeeper here … He spiered a bit aboot the sort o craiturs Eh look efter … sae Eh telt him … and Eh said whut Eh'd ayewis really wantit wis a draigon … and then … Eh canna mind aa that weel, because, ken, he keepit buyin me drinks … Let's see … um, then he said he had the draigon egg and we could play cairds fur it if Eh wantit … but he had tae be shair Eh could haunle it, he didna want it tae gae tae ony aald hame … Sae Eh telt him, efter Fluffy, a draigon wid be easy …'

'And did he – did he seem interestit in Fluffy?' Harry spiered, tryin tae keep his voice lown.

'Weel – um – hoo mony three-heidit dugs dae ye meet, even aroond Hogwarts? Sae Eh telt him, Fluffy's nae bather if ye ken hoo tae calm him doon, jist play him a bit o music and he'll gae strecht aff tae sleep –'

Hagrid suddently looked stammygastered.

'Eh shouldna hae telt ye that!' he blirtit oot. 'Forget Eh said it! Hey – whar are ye gaein?'

Harry, Ron, and Hermione didnae speak tae each ither at aw until they cam tae a stap in the Entrance Ha, which seemed awfie cauld and mirk efter the groonds.

'We've got tae gang tae Dumbiedykes,' said Harry. 'Hagrid telt that streenger hoo tae get past Fluffy, and it wis either Snipe or Voldemort unner that cloak – it must hae been easy, wance he'd got Hagrid fu. I jist hope Dumbiedykes believes us. Firenze micht back us up if Bane doesnae stap him. Whaur's Dumbiedykes' office?'

They looked aroond, as if hopin tae see a sign pyntin them in the richt airt. They had never been telt whaur Dumbiedykes steyed, nor did they ken onybody wha had been sent tae see him.

'We'll jist hae tae –' Harry began, but a voice suddently rang oot across the ha.

'Whit are you three daein inside?'

It wis Professor McGonagall, cairryin a muckle pile o buiks.

'We want tae see Professor Dumbiedykes,' said Hermione, a wee bit gallus-like, thocht Harry and Ron.

'See Professor Dumbiedykes?' Professor McGonagall repeatit, as though this wis a gey unco thing tae want tae dae. 'Why?'

Harry swallaed – noo whit?

'It's sort o secret,' he said, but he wished at wance he hadnae, because Professor McGonagall's neb-holes flared oot.

'Professor Dumbiedykes left ten meenits syne,' she said cauldly. 'He received an urgent hoolet fae the Meenistry o Magic and flew aff for London at wance.'

'He's awa?' said Harry fidgin. 'Noo?'

'Professor Dumbiedykes is a verra great warlock, Potter, he has mony demands on his time –'

'But this is awfie important.'

'Somethin you hae tae say is mair important than the Meenistry o Magic, Potter?'

'Look,' said Harry, flingin caution tae the wund, 'Professor – it's aboot the Philosopher's Stane –'

Whitever Professor McGonagall had expectit, it wisnae that. The buiks she wis cairryin tummled oot o her airms, but she didnae pick them up.

'Hoo dae you ken –?' she splootered.

'Professor, I think – I ken – that Sn– that somebody's gaun tae try and steal the Stane. I've got tae talk tae Professor Dumbiedykes.'

She eed him wi a mixtur o shock and suspicion.

'Professor Dumbiedykes will be back the morra,' she said at lang lest. 'I dinnae ken hoo ye foond oot aboot the Stane, but tak it fae me, naebody can possibly steal it, it's ower weel-protectit.'

'But Professor –'

'Potter, I ken whit I'm talkin aboot,' she said crabbitly. She bent doon and gaithered up the cowpit buiks. 'I suggest ye aw gang back ootside and enjoy the guid weather.'

But they didnae.

'It's the nicht,' said Harry, wance he wis shair Professor McGonagall wis oot o lugshot. 'Snipe's gaun doon the trapdoor the nicht. He's foond oot awthin he needs, and noo he's got Dumbiedykes oot o the wey. He sent that note, I bet the Meenistry o Magic will get a richt shock when Dumbiedykes turns up.'

'But whit can we –'

Hermione gowped. Harry and Ron wheeled roond.

Snipe wis staundin there.

'Guid efternoon,' he said sleekitly.

They gawped at him.

'You shouldnae be inside on a day like this,' he said, wi an unco, skellie smile.

'We were –' Harry began, wioot ony idea whit he wis gaun tae say.

'You should tak mair tent,' said Snipe. 'Hingin aroond like this, fowk will think ye're up tae somethin. And Gryffindor jist cannae afford tae lose ony mair pyntes, can it?'

Harry turnt reid. They moved tae gang ootside, but Snipe cawed them back.

'Be warned, Potter – ony mair nicht time splores and I will personally see tae it that ye are expelled. Guid day tae ye.'

He stramped aff in the direction o the staffroom.

Oot on the stane steps, Harry turnt tae the ithers.

'Richt, here's whit we've got tae dae,' he whuspered urgently. 'Ane o us has got tae keep an ee on Snipe – wait ootside the staffroom and follae him if he cams oot. Hermione, ye'd better dae that.'

'Hoo me?'

'It's obvious,' said Ron. 'Ye can mak oot ye're waitin on Professor Flitwick.' He pit on a lassie's voice, 'Oh Professor Flitwick, I'm sae worrit, I think I got question fowerteen b aw wrang …'

'Och, wheesht,' said Hermione, but she agreed tae gang and watch oot for Snipe.

'And we'd better bide ootside the third-flair corridor,' Harry telt Ron. 'C'moan.'

But that pairt o the plan didnae wark. Nae sooner had they raxed the door haudin Fluffy back fae the lave o the schuil than Professor McGonagall turnt up again and this time, she lost the heid at them.

'Nae doot ye think ye're haurder tae get past than a pack o inchantments!' she stormed. 'Eneuch o this cairry-on! If I hear ye've cam onywhaur near here again, I'll tak anither fifty pyntes fae Gryffindor! Aye, Weasley, fae ma ain hoose!'

Harry and Ron gaed back tae the common room. Harry had jist said, 'At least Hermione's richt on Snipe's tail,' when the portrait o the Fat Wifie swung open and Hermione cam in.

'I'm awfie sorry, Harry!' she bubbled. 'Snipe cam oot and spiered me whit I wis daein, sae I said I wis waitin for Flitwick, and Snipe gaed ben tae get him, and I've ainly jist got awa, I dinnae ken whaur Snipe gaed.'

'Weel, that's hit then!' Harry said.

The ither twa gawped at him. He wis peeliewally and his een were glisterin.

'I'm gangin oot o here the nicht and I'm gaun tae try and get tae the Stane first.'

'You're mad mentul!' said Ron.

'Ye cannae!' said Hermione. 'Efter whit McGonagall and Snipe hae said? Ye'll be expelled!'

'SAE WHIT?' Harry shoutit. 'Dae ye no unnerstaund? If Snipe gets haud o the Stane, Voldemort's comin back! Hiv ye heard whit it wis like when he wis tryin tae tak ower? There winnae be ony Hogwarts tae get expelled fae! He'll flatten it, or turn it intae a schuil for the Daurk Airts! Lossin pyntes doesnae maitter ony mair, can ye no see that? Dae ye think he'll lea you and yer faimlies alane if Gryffindor wins the Hoose Tassie? If I get catchit afore I can get tae the Stane, weel, I'll hae tae gang back tae the Dursleys and wait on Voldemort huntin me doon there, it's ainly deein a bittie later than I wid hiv, because I'm never gaun ower tae the Daurk Side! I'm gaun doon that trapdoor the nicht and naethin you twa can say is gonnae stap me! Voldemort killt ma parents, mind?'

He glowered at them.

'Ye're richt, Harry,' said Hermione in a wee voice.

'I'll usc thc Invisibility Cloak,' said Harry. 'It's jist lucky I got it back.'

'But will it cover aw three o us?' said Ron.

'Aw – aw three o us?'

'Och, gie's peace, ye dinnae think we're lettin ye gang in there alane?'

'Coorse we're no,' said Hermione perjinkly. 'Hoo dae ye think ye'd get tae the Stane wioot us? I'd better gang and look through ma buiks, there micht be somethin usefu ...'

'But if we're catchit, you twa will be expelled and aw.'

'No if I can help it,' said Hermione dourly. 'Flitwick telt me in secret that I got a hunner and twal percent on his exam. They're no flingin me oot efter that.'

Efter denner the three o them sat nervously apairt in the common room. Naebody bothered them; nane o the Gryffindors had onythin tae say tae Harry ony mair, efter aw. This wis the first nicht he hadnae been upset by it. Hermione wis skitin through aw her notes, hopin tae cam across ane o the inchantments they were aboot tae try tae brek. Harry and Ron didnae talk much. Baith o them were thinkin aboot whit they were aboot tae dae.

Slawly, the room emptied as fowk driftit aff tae bed.

'Better awa and get the Cloak,' Ron mummled, as Lee Jordan finally left, streetchin and gantin. Harry ran up the stair tae their daurk dormitory. He poued oot the Cloak and then his een fell on the flute Hagrid had gien him for Yule. He pit it in his pooch tae use on Fluffy – he wisnae in the mood for chantin sangs.

He ran back doon tae the common room.

'We'd better pit the Cloak on here, and mak shair it covers aw three o us – if Feechs spots wan o oor feet flittin alang on their ain –'

'Whit are yis daein?' said a voice fae the corner o the room. Neville appeart fae ahint an airmchair, hingin on ticht tae Trevor the puddock, wha looked as though he'd been makkin anither bid for freedom.

'Naethin, Neville, naethin,' said Harry, quick-like pittin the Cloak ahint his back.

Neville glowered at their guilty fizzogs.

'Yis are gaun oot again,' he said.

'Naw, naw, naw,' said Hermione. 'Naw, we're no. Why dae ye no gang aff tae yer bed noo, Neville?'

Harry looked at the grandfaither nock by the door. They couldnae afford tae skail ony mair time, Snipe micht even noo be playin Fluffy tae sleep.

'But yis cannae gang oot,' said Neville, 'ye'll be catchit again. Gryffindor will be in even mair trouble.'

'Ye dinnae unnerstaund,' said Harry, 'this is gey important.'

But Neville wis clearly reddin himsel up tae dae somethin glaikit.

'I'll no let ye dae it,' he said, howdlin ower tae staund in front o the portrait hole. 'I'll – I'll fecht ye!'

'Neville,' Ron explodit, 'get awa fae that hole and dinnae be an eejit –'

'Dinnae you caw me an eejit!' said Neville. 'I dinnae think

you should be brekkin ony mair rules! And you were the wan wha telt me tae staund up tae fowk!'

'Aye, but no tae us,' said Ron aw birsed up. 'Neville, ye dinnae ken whit ye're daein.'

He taen a step forrit and Neville drapped Trevor the puddock, wha lowped oot o sicht.

'Gaun then, try and hit me!' said Neville, liftin his nieves. 'I'm ready!'

Harry turnt tae Hermione.

'Dae *somethin*,' he said desperately.

Hermione stepped forrit.

'Neville,' she said, 'I'm awfie sorry aboot this.'

She liftit her wand.

'Petrificus Totalus!' she cried, pyntin it at Neville.

Neville's airms snappit tae his sides. His legs sprang thegither. His haill body rigid, he sweyed whaur he stood and then cowped flat on his face, stieve as a board.

Hermione ran tae turn him ower. Neville's jaws were cleekit thegither sae he couldnae speak. Ainly his een were movin, lookin at them in horror.

'Whit did ye dae tae him?' Harry whuspered.

'It's the haill Body-Bind,' said Hermione meeserably. 'Oh, Neville, I'm sae sorry.'

'We had tae, Neville, nae time tae explain,' said Harry.

'Ye'll unnerstaund later, Neville,' said Ron as they stepped ower him and poued on the Invisibility Cloak.

But leain Neville lyin still as a stookie on the flair didnae feel like a verra guid omen. In their nervous state, ivery statue's shadda looked like Feechs, ivry faur-aff braith o wund soondit like Peenge swoofin doon on them.

At the fit o the first set o stairs, they spottit Mrs Norris scowkin near the tap.

'Och, let's gie her a kick, jist this wance,' Ron whuspered in Harry's lug, but Harry shook his heid. As they sclimmed cannily aroond her, Mrs Norris turnt her lamp-like een on them, but didnae dae onythin.

They didnae meet onybody else until they raxed the staircase up tae the third flair. Peenge wis bobbin haufwey up, liftin the cairpet sae that fowk wid faw ower it.

'Wha's there?' he said suddently as they sclimmed toward him. He squinted through ill-trickit bleck een. 'Ken ye're there, even if I cannae see ye. Are ye bogle or broonie or wee student beastie?'

He rose up in the air and floated there, glowerin at them.

'Should caw Feechs, I should, if somethin's a-creepin aroond unseen.'

Harry suddently had a guid idea.

'Peenge,' he said, in a hoarse whusper, 'the Bluidy Baron has his ain reasons for bein invisible.'

Peenge awmaist fell oot o the air in shock. He caucht himsel in time and hovered aboot a fit aff the stairs.

'Sae sorry, your bluidiness, Mr Baron, sir,' he said creeshily. 'Ma mistak, ma mistak – I didnae see ye – o coorse I didnae, ye're invisible – forgie auld Peengie his wee joke, sir.'

'I hae business here, Peenge,' croaked Harry. 'Stey awa fae this place the nicht.'

'I will, sir, I maist certainly will,' said Peenge, risin up in the air again. 'Hope yer business gangs weel, Baron, I'll no bother ye.'

And he scooted aff.

'*Ya dancer*, Harry!' whuspered Ron.

A few seconds later, they were there, ootside the third-flair corridor – and the door wis awready ajee.

'Weel, there ye are,' Harry said quietly, 'Snipe's awready got past Fluffy.'

Seein the open door somewey seemed tae impress on aw three o them whit wis facin them. Unnerneath the Cloak, Harry turnt tae the ither twa.

'If ye want tae gang back, I winnae blame ye,' he said. 'Ye can tak the Cloak, I'll no need it noo.'

'Dinnae be stupit,' said Ron.

'We're comin,' said Hermione.

Harry pushed the door open.

As the door creaked, laich, rummlin grools met their lugs. Aw three o the dug's nebs snowked glegly in their direction, even though it couldnae see them.

'Whit's that at its feet?' Hermione whuspered.

'Looks like a hairp,' said Ron. 'Snipe must hae left it there.'

'It must wauk up the moment ye stap playin,' said Harry. 'Weel, here goes …'

He pit Hagrid's flute tae his lips and blawed. It wisnae really a tune, but fae the first note the beast's een began tae flichter. Harry haurdly drew braith. Slawly, the dug's groozlin stapped – it stottered on its crogs and fell tae its knaps, then it cowped ontae the groond, soond asleep.

'Keep playin,' Ron warned Harry as they slippit oot o the Cloak and creepit toward the trapdoor. They could feel the dug's hot, honkin braith as they cam near the giant heids.

'I think we'll be able tae pou the door open,' said Ron,

keekin ower the dug's back. 'Want tae gang first, Hermione?'

'Naw, I dinnae!'

'Aw richt.' Ron grittit his teeth and stepped cannily ower the dug's legs. He bent and poued the ring o the trapdoor, which swung up and open.

'Whit can ye see?' Hermione said anxiously.

'Naethin – jist bleck – there's nae wey o sclimmin doon, we'll jist hae tae drap.'

Harry, wha wis aye playin the flute, waved at Ron tae get his attention and pynted at himsel.

'Ye want tae gang first? Are ye shair?' said Ron. 'I dinnae ken hoo deep this thing is. Gie the flute tae Hermione sae she can keep him asleep.'

Harry haundit the flute ower. In the twa-three seconds o wheesht, the dug grummled and twitched, but the moment Hermione sterted tae play, it dovered back ower intae its deep sleep.

Harry sclimmed ower it and looked doon through the trapdoor. There wis nae sign o the bottom.

He lowered himsel through the hole until he wis hingin on by his fingirtips. Then he keeked up at Ron and said, 'If onythin happens tae me, dinnae follae. Gang straicht tae the Hooletry and send Hedwig tae Dumbiedykes, richt?'

'Richt,' said Ron.

'See ye in a meenit, I hope …'

And Harry lowped. Cauld, damp air wheeshed past him as he fell doon, doon, doon and –

DOOF. Wi an unco dowf dunt he landit on somethin saft. He sat up and felt aroond, his een no used tae the mirk. It felt as though he wis sittin on some sort o plant.

'It's fine!' he cawed up tae the licht the size o a postage stamp, which wis the open trapdoor, 'it's a saft landin, ye can lowp!'

Ron followed richt awa. He landit, sprauchlin nixt tae Harry.

'Whit's aw this stuff?' were his first words.

'Dinnae ken, some kinna plant thing. I suppose it's here tae brek the faw. Cam on doon, Hermione!'

The distant music stapped. There wis a lood bowf fae the dug, but Hermione had awready lowped. She landit on Harry's ither side.

'We must be miles unner the schuil,' she said.

'It wis jammy this plant thing's doon here, really,' said Ron.

'Jammy!' skraiched Hermione. 'Look at the baith o ye!'

She lowped up and strauchled toward a damp waw. She had tae strauchle because the moment she had landit, the plant had sterted tae fankle snake-like tendrils aroond her ankles. As for Harry and Ron, their legs had awready been boond ticht in lang creepers wioot them kennin it.

Hermione had managed tae lowse hersel afore the plant got a guid grip on her. Noo she watched in horror as the twa laddies focht tae pou the plant aff them, but the mair they ruggit and rived against it, the tichter and faster the plant wrappit roond them.

'Stap movin!' Hermione telt them. 'I ken whit this is – it's Deil's Snare!'

'Haw, I'm sae gled we ken whit it's cawed, that's a muckle help,' snirled Ron leanin back, tryin tae stap the plant fae curlin aroond his thrapple.

'Wheesht, I'm tryin tae mind hoo tae kill it!' said Hermione.

'Weel, hurry up, I cannae breathe!' Harry gowped, warslin wi it as it pirled aroond his chist.

'Deil's Snare, Deil's Snare … whit did Professor Sproot say? – it likes the daurk and the damp –'

'Sae licht a fire!' Harry choked.

'Aye – o coorse – but there's nae widd!' Hermione cried, wringin her hauns.

'HIV YE GANE GYTE?' Ron yellyhooed. 'ARE YE A CARLINE OR NO?'

'Oh, richt!' said Hermione, and she whuppit oot her wand, waved it, mummled somethin, and sent a jet o the same bluebell flames she had used on Snipe at the plant. In a maitter o seconds, the twa laddies felt it lowse its grup as it crined awa fae the licht and heat. Wrigglin and flailin, it unraiveled itsel fae their bodies, and they were able tae win free.

'It's a guid job ye pey attention in Herbology, Hermione,' said Harry as he jined her by the waw, dichtin sweat aff his broo.

'Aye,' said Ron, 'and it's guid job Harry doesnae lose the heid in a crisis – "there's nae widd." Gie's peace, will ye!'

'This wey,' said Harry, pyntin doon a stane passagewey, which wis the ainly wey forrit.

Aw they could hear apairt fae their fitsteps wis the gentle dreep o watter rinnin doon the waws. The passagewey sloped doonward, and Harry thocht aboot Gringotts. His hert fair dirled as he mindit the draigons said tae be guairdin vaults in the warlocks' bank. If they met a draigon, a fu-grown draigon – Norbert had been bad eneuch …

'Can ye hear somethin?' Ron whuspered. Harry listened. A saft rustlin and clinkin seemed tae be comin fae up aheid.

'Dae ye think it's a ghaist?'

'I dinnae ken … soonds like wund tae me.'

'There's licht aheid – I can see somethin movin.'

They raxed the end o the passagewey and saw afore them a brilliantly lichtit chaumer, its ceilin airchin high abune them. It wis fu o wee, jewel-bricht birds, flichterin and tummlin aw aroond the room. On the opposite side o the chaumer wis a heavy widden door.

'Dae ye think they'll malky us if we cross the room?' said Ron.

'Nae doot,' said Harry. 'They dinnae look affy coorse, but I suppose if they aw swoofed doon at us at wance … weel, there's nae ither choice … I'll rin.'

He taen a deep braith, bieldin his face wi his airms, and sprintit across the room. He expectit tae feel shairp beaks and clooks rivin at him ony second, but naethin happened. He raxed the door unhermed. He poued the haunle, but it wis lockit.

The ither twa follaed him. They ruggit and heaved at the door, but it widnae budge, no even when Hermione tried her Alohomora Chairm.

'Noo whit?' said Ron.

'Thae birds … they cannae be here jist for decoration,' said Hermione.

They watched the birds soarin owerheid, glisterin – *glisterin?*

'They're no birds!' Harry said suddently. 'They're keys! Wingit keys – tak a look. Sae that must mean …' he looked aroond the chaumer while the ither twa keeked up at the flock o keys.

' … aye – look! Bizzums! We've got tae catch the key tae the door!'

'But there are *hunners* o them!'

Ron glowered at the lock on the door.

'We're lookin for a muckle, auld-fashioned wan – probably siller, like the haunle.'

They each taen a bizzum and kicked aff intae the air, soarin intae the muckle clood o keys. They grabbit and raxed, but the beglamoured keys jouked and jinked sae quickly it wis near impossible tae catch yin.

No for naethin, though, wis Harry the youngest Seeker in a century. He had a ee for spottin things ither fowk didnae. Efter a meenit's weavin aboot through the birl o watergaw fedders, he noticed a muckle siller key that had a mogered wing, as if it had awready been caucht and pit rochly intae the keyhole.

'That ane!' he cawed tae the ithers. 'That muckle ane – there – naw, there – wi the bricht blue wings – the fedders are aw faulded on wan side.'

Ron gaed fleein in the direction that Harry wis pyntin, keltered intae the ceilin, and near fell aff his bizzum.

'We hae tae close in on it!' Harry cawed, no takkin his een aff the key wi the damaged wing. 'Ron, you come at it fae abune – Hermione, stey ablow and stap it fae gaun doon – and I'll try and git a haud o it. Richt, NOO!'

Ron dooked doon, Hermione rocketed up the wey, the key jouked them baith, and Harry streaked efter it; it sped toward the waw, Harry leaned forrit and wi a roch scartin soond, peened it against the stane wi wan haun. Ron and Hermione's cheers echoed aroond the high chaumer.

They landit quickly, and Harry ran tae the door, the key strauchlin in his haun. He rammed it intae the lock and turnt – it warked. The moment the lock unsneckit, the key took flicht again, lookin gey puggled noo that it had been caucht twice.

'Ready?' Harry spiered the ither twa, his haun on the door haunle. They noddit. He poued the door open.

The nixt chaumer wis sae daurk they couldnae see onythin at aw. But as they stepped intae it, licht suddently floodit the room tae kythe an astoondin sicht.

They were staundin on the edge o a muckle chessboard, ahint the bleck chessmen, which were aw taller than they were and kerved fae whit looked like bleck stane. Facin them, awa across the chaumer, were the white pieces. Harry, Ron and Hermione shiddered a wee bit – the touerin white chessmen had nae faces.

'Noo whit dae we dae?' Harry whuspered.

'It's obvious, is it no?' said Ron. 'We hae tae play oor wey across the room.'

Ahint the white pieces they could see anither door.

'Hoo?' said Hermione nervously.

'I think,' said Ron, 'we're gonnae hae tae be chessmen.'

He walked up tae a bleck knicht and pit his haun oot tae touch the knicht's cuddie. At wance, the stane sprang tae life. The cuddie pawed the groond and the knicht turnt his helmeted heid tae look doon at Ron.

'Dae we – er – hae tae jine ye tae get across?'

The bleck knicht noddit. Ron turnt tae the ither twae.

'This needs thinkin aboot …' he said. 'I jalouse we've got tae tak the place o three o the bleck pieces …'

Harry and Hermione steyed quiet, watchin Ron think. Finally he said, 'Noo, dinnae be offendit or onythin, but neither o ye are that guid at chess –'

'We're no offendit,' said Harry quickly. 'Jist tell us whit tae dae.'

'Weel, Harry, you tak the place o that bishop, and Hermione, you gang there insteid o that castle.'

'Whit aboot you?'

'I'm gonnae be a knicht,' said Ron.

The chessmen seemed tae hae been listenin, because at thir words a knicht, a bishop, and a castle turnt their backs on the white pieces and walked aff the board, leain three toom squares that Harry, Ron, and Hermione stepped ontae.

'White ayewis plays first in chess,' said Ron, peerin across the board. 'Aye … look …'

A white pawn had moved forrit twa squares. Ron sterted tae direct the bleck pieces. They moved silently whaurever he sent them. Harry's knaps were tremmlin. Whit if they lost?

'Harry – move diagonally fower squares tae the richt.'

Their first real shock cam when their ither knicht wis taen. The white queen skelped him tae the flair and dragged him aff the board, whaur he lay quite still, face doon.

'Had tae let that happen,' said Ron, lookin worrit. 'Leas you free tae tak that bishop, Hermione, gaun.'

Ivry time wan o their men wis lost, the white pieces shawed nae mercy. Soon there wis a bourach o huckled bleck players cowped alang the waw. Twice, Ron ainly jist noticed in time that Harry and Hermione were in danger. He himsel dairted aroond the board, takkin awmaist as mony white pieces as they had lost bleck yins.

'We're jist aboot there,' he mummled suddently. 'Let me think – let me think …'

The white queen turnt her blank face toward him.

'Aye …' said Ron saftly, 'it's the ainly wey … I've got tae be taen.'

'NAW!' Harry and Hermione shoutit.

'That's chess!' snashed Ron. 'Ye've got tae mak some sacrifices! I mak ma move and she'll tak me – that leas you free tae checkmate the king, Harry!'

'But –'

'Dae ye want tae stap Snipe or no?'

'Ron –'

'Look, if ye dinnae hurry up, he'll awready hae the Stane!'

There wis nae ither wey.

'Ready?' Ron cawed, his face peeliewally but thrawn. 'I'm gonnae dae it – noo, dinnae hing aboot wance ye've won.'

He stepped forrit, and the white queen pooncced. She skelped Ron haurd across the heid wi her stane airm, and he cowped tae the flair – Hermione skraiched but steyed on her square – the white queen dragged Ron tae wan side. He looked as if he'd been knocked oot.

Shakkin, Harry moved three spaces tae the left.

The white king taen aff his croon and flung it at Harry's feet. They had won. The chessmen pairted and boued, leain the door aheid clear. Wi yin lest desperate look back at Ron, Harry and Hermione chairged through the door and up the nixt passagewey.

'Whit if he's –?'

'He'll be aw richt,' said Harry, tryin tae convince himsel. 'Whit dae ye reckon's nixt?'

'We've had Sproot's, that wis the Deil's Snare; Flitwick must hae pit chairms on the keys; McGonagall transfigured thae chessmen tae mak them alive; that leas Quirrell's cantrip, and Snipe's . . .'

They had raxed anither door.

'Aw richt?' Harry whuspered.

'Gaun.'

Harry pushed it open.

A mingin reek filled their neb-holes, makkin baith o them pou their gouns up ower their nebs. Een watterin, they saw, cowped on the flair in front o them, a trow even mair muckle than the ane they had awready encoontered, oot cauld wi a bluidy lump on its heid.

'I'm gled we didnae hae tae fecht that ane,' Harry whuspered as they stepped cannily ower ane o its muckle legs. 'C'moan, I cannae breathe.'

He poued open the nixt door, baith o them haurdly daurin tae look at whit cam nixt – but there wis naethin frichtenin in here, jist a table wi seeven different shaped bottles staundin on it in a line.

'Snipe's,' said Harry. 'Whit dae we hae tae dae?'

They stepped ower the door stane, and immediately a fire lowped up ahint them in the doorwey. It wis nae ordinary fire either; it wis purpie. At the same instant, bleck flames shot up in the doorwey leadin onward. They were trapped.

'Look!' Hermione seized a rowe o paper lyin nixt tae the bottles. Harry keeked ower her shooder tae read it:

Danger lies afore ye, while safety lies ahint,

Twa o us will help ye, find us if ye wint,

Ane amang us seeven will let ye move aheid,

Anither will transport the drinker back insteid,

Twa amang oor nummer haud ainly nettle wine,

Three o us are killers, waitin dern in line.

Choose, unless ye wish tae stey here for evermair,

We gie ye these fower clues tae mak yer chances guid tae fair:

First, hooever sleekit the pysen tries tae hide

Ye'll ayewis find some on nettle wine's left side;

Second, different are those wha staund at either end,

But if ye wid move onward, neither is yer freend;

Third, as ye see clearly, aw are different size,

Neither dwarf nor giant hauds daith in their insides;

Fourth, the second left and the second on the richt

Are twins aince ye taste them, though different

at first sicht.

Hermione let oot a muckle sech and Harry, bumbazed, saw that she wis smilin, the verra lest thing he felt like daein.

'Brilliant,' said Hermione. 'This isnae magic – it's logic – a puzzle. Mony o the greatest warlocks havenae got an oonce o logic, they'd be stuck in here forever.'

'But sae will we, will we no?'

'O coorse no,' said Hermione. 'Awthin we need is here on this paper. Seeven bottles: three are pysen; twa are wine; yin will get us safely through the bleck fire, and yin will get us back through the purpie.'

'But hoo dae we ken which tae drink?'

'Gie me a meenit.'

Hermione read the paper a wheen times. Then she walked up and doon the line o bottles, mummlin tae hersel and pyntin at them. At lest, she clapped her hauns.

'Got it,' she said. 'The smawest bottle will get us through the bleck fire – toward the Stane.'

Harry looked at the tottie bottle.

'There's ainly eneuch there for ane o us,' he said. 'That's haurdly wan swallae.'

They looked at each ither.

'Which ane will get ye back through the purpie flames?'

Hermione pynted at a roond bottle at the richt end o the line.

'You drink that,' said Harry. 'Naw, listen, get back and get Ron. Grab bizzums fae the fleein-key room, they'll get ye oot o the trapdoor and past Fluffy – gang straicht tae the Hooletry and send Hedwig tae Dumbiedykes, we need him. I micht be able tae haud Snipe aff for a while, but I'm nae match for him, really.'

'But Harry – whit if You-Ken-Wha's wi him?'

'Weel – I wis lucky wance,' said Harry, pyntin at his scaur. 'I micht get lucky again.'

Hermione's lip tremmled, and she suddently lowped at Harry and flung her airms aroond him.

'Hermione!'

'Harry – ye're a great warlock, ye ken that?'

'I'm no as guid as you,' said Harry, turnin reid, as she lowsed him.

'Me!' said Hermione. 'Buiks! And cleverness! There are mair important things – freendship and bravery and – oh Harry – caw canny!'

'You drink first,' said Harry. 'Ye're shair which is which?'

'Positive,' said Hermione. She taen a lang drink fae the roond bottle at the end, and shiddered.

'It's no pysen?' said Harry anxiously.

'Naw – but it's cauld as ice.'

'Quick, gang, afore it wears aff.'

'Guid luck – tak care.'

'GET GAUN!'

Hermione turnt and walked straicht through the purpie fire.

Harry taen a deep braith and picked up the smawest bottle. He turnt tae face the bleck flames.

'Here I cam,' he said, and he dooned the wee bottle in wan gowp. Richt eneuch it wis as though ice wis floodin his body. He pit the bottle doon and walked forrit; he redd himsel up, saw the bleck flames lickin his body, but couldnae feel them – for a moment he could see naethin but daurk fire – then he wis on the ither side, in the lest chaumer.

There wis awready somebody there – but it wisnae Snipe. It wisnae even Voldemort.

Chaipter Seeventeen

The Man wi Twa Faces

It wis Quirrell.

'You!' gowped Harry.

Quirrell smiled. His face wisnae jirkin at aw.

'Me,' he said lownly. 'I wunnered whither I'd be meetin ye here, Potter.'

'But I thocht – Snipe –'

'Severus?' Quirrell lauched, and it wisnae his usual chitterin treble, either, but cauld and shairp. 'Aye, Severus does seem the type, does he no? Sae usefu tae hae him swoofin aroond like an owergrown bawkie bird. Nixt tae him, wha wid suspect p-p-puir, st-stootterin P-Professor Quirrell?'

Harry couldnae tak it in. This couldnae be true, it couldnae.

'But Snipe tried tae kill me!'

'Naw, naw, naw. I tried tae kill ye. Yer freend Miss Granger accidentally cowped me ower as she chairged up tae set fire tae Snipe at that Bizzumbaw match. She broke ma ee contact wi ye. Anither twa-three seconds and I'd hae got ye aff that bizzum. I'd hae managed it afore then if Snipe hadnae been mummlin a coonter-curse, tryin tae save ye.'

'Snipe wis tryin tae save me?'

'O coorse,' said Quirrell lichtly. 'Why dae ye think he wantit tae referee yer nixt match? He wis tryin tae mak shair I didnae dae it again. Unco, really … he shouldnae hae bothered. I couldnae dae onythin wi Dumbiedykes watchin. Aw the ither dominies thocht Snipe wis tryin tae stap Gryffindor fae winnin, he *did* mak himsel unpopular … and whit a waste o time, when efter aw that, I'm gonnae kill ye the nicht onywey.'

Quirrell snappit his fingirs. Ropes sprang oot o thin air and wrappit themsels ticht aroond Harry.

'Ye're ower nebbie tae live, Potter. Skitin aroond the schuil on Halloween like that, for aw I kent you'd seen me comin tae look at whit wis guairdin the Stane.'

'You let the trow in?'

'Aye, I did. I hae a special giftie wi trows – ye must hae seen whit I did tae the yin in the chaumer back there? Unfortunately, while awbody else wis rinnin aroond lookin for it, Snipe, wha awready suspectit me, gaed straicht tae the third flair tae heid me aff – and no ainly did ma trow fail tae beat you tae daith, that three-heidit dug didnae even manage tae chaw Snipe's leg aff properly.

'Noo, wait quietly, Potter. I need tae examine this interestin keekin gless.'

It wis ainly then that Harry realised whit wis staundin ahint Quirrell. It wis the Keekin Gless o Erised.

'This keekin gless is the key tae findin the Stane,' Quirrell mummled, chappin his wey aroond the frame. 'Trust

Dumbiedykes tae come up wi somethin like this … but he's in London … I'll be faur awa by the time he gets back …'

Aw Harry could think o daein wis tae keep Quirrell talkin and stap him fae concentratin on the keekin gless.

'I saw you and Snipe in the Forest –' he blirted oot.

'Aye,' said Quirrell, aff-loof, walkin aroond the keekin gless tae look at the back. 'He wis on tae me by that time, tryin tae find oot hoo faur I'd got. He suspectit me aw alang. Tried tae frichten me – as though he could, when I had Lord Voldemort on ma side …'

Quirrell cam back oot fae ahint the keekin gless and glowered hungrily intae it.

'I see the Stane … I'm presentin it tae ma maister … but whaur is it?'

Harry strauchled against the ropes haudin him, but he couldnae lowse them. He had tae keep Quirrell fae giein his haill attention tae the keekin gless.

'But Snipe ayewis seemed tae hate me sae muckle.'

'Och, he does,' said Quirrell casually, 'heivens, aye. He wis at Hogwarts wi yer faither, ye ken? They couldnae staun each ither. But he never wantit ye deid.'

'But I heard ye jist a few days ago, sabbin – I thocht Snipe wis threatenin ye.

For the first time, a spasm o fricht flitted across Quirrell's face.

'Whiles,' he said, 'I find it haurd tae follae ma maister's instructions – he is a great warlock and I am a shilpit –'

'Ye mean he wis there in the clessroom wi ye?' Harry gowped.

'He is wi me whaurever I gang,' said Quirrell quietly. 'I met him when I traivelled aroond the warld. A daft young laddie I wis then, ma heid fu o glaikit ideas aboot guid and evil. Lord Voldemort shawed me hoo wrang I wis. There is nae guid and evil, there is ainly pouer, and thae yins that are ower shilpit tae seek it … Sinsyne, I hae served him leally, although I hae let him doon mony times. He has had tae be awfie haurd on me.' Quirrell shiddered suddently. 'He doesnae easy forgie mistaks. When I failed tae steal the Stane fae Gringotts, he wis maist displeased. He gied me ma paiks … decidit he wid hae tae keep a closer ee on me …'

Quirrell's voice trailed awa. Harry wis mindin his trip tae the Squinty Gate – hoo could he hae been sae stupit? He'd seen Quirrell there that verra day, shook hauns wi him in the Crackit Caudron.

Quirrell cursit unner his breath.

'I dinnae unnerstaund … is the Stane inside the keekin gless? Should I brek it?'

Harry's mind wis racin.

'Whit I want mair than onythin else in the warld at the moment,' he thocht, 'is tae find the Stane afore Quirrell does. Sae if I look in the keekin gless, I should see masel findin it – which means I'll see whaur it's hidden! But hoo can I look wioot Quirrell kennin whit I'm up tae?'

He tried tae edge tae the left, tae get in front o the gless wioot Quirrell noticin, but the ropes aroond his ankles were ower ticht: he cowped and fell ower. Quirrell jist ignored him. He wis still talkin tae himsel.

'Whit does this keekin gless dae? Hoo does it wark? Help me, Maister!'

And tae Harry's horror, a voice answered, and the voice seemed tae cam fae Quirrell himsel.

'Use the laddie … Use the laddie …'

Quirrell roondit on Harry.

'Aye – Potter – cam here.'

He clapped his hauns wance, and the ropes haudin Harry fell aff. Harry got slawly tae his feet.

'Cam here,' Quirrell repeatit. 'Look in the keekin gless and tell me whit ye see.'

Harry shauchled toward him.

'I must lee,' he thocht desperately. 'I must look and lee aboot whit I see, that's aw.'

Quirrell moved close ahint him. Harry breathed in the unco reek that seemed tae come fae Quirrell's turban. He closed his een, stepped in front o the keekin gless, and opened them again.

He saw his reflection, peeliewally and feart-lookin at first. But efter a moment, the reflection smiled at him. It pit its haun intae its troosers pocket and poued oot a bluid-reid stane. It winked and pit the Stane back in its pocket – and as it did sae, Harry felt somethin heavy drap intae his real pocket in his ain breeks. Somewey – incredibly – he'd got the Stane.

'Weel?' said Quirrell impatiently. 'Whit dae ye see?'

Harry summoned up aw his smeddum.

'I see masel shakkin hauns wi Dumbiedykes,' he inventit. 'I – I've won the Hoose Tassie for Gryffindor.'

Quirrell cursit again.

'Get oot o the wey,' he said. As Harry moved aside, he felt the Philosopher's Stane against his leg. Daur he mak a run for it?

But he hadnae walked five paces afore a high voice spoke, though Quirrell wisnae movin his lips.

'He lees … He lees …'

'Potter, cam back here!' Quirrell shoutit. 'Tell me the truth! Whit did ye jist see?'

The high voice skirled again.

'Let me speak tae him … face-tae-face …'

'Maister, ye arenae strang eneuch!'

'I hae strength eneuch … for this …'

Harry felt as if Deil's Snare wis thirlin him tae the spot. He couldnae move a muscle. Petrified, he watched as Quirrell raxed up and began tae unwrap his turban. Whit wis gaun on? The turban fell awa. Quirrell's heid looked streengely wee wioot it.

Then he turnt slawly on the spot.

Harry wid hae skraiched, but he couldnae mak a soond. Whaur there should hae been a back tae Quirrell's heid, there wis a face, the maist scunnersome face Harry had ever seen. It wis bane-white wi glowerin reid een and slits for neb-holes, like a snake.

'Harry Potter …' it whuspered.

Harry tried tae tak a step backarties but his legs widnae move.

'See whit I hae become?' the face said. 'Mere shadda and vapour … I hae form ainly when I can share anither's body … but there hae ayewis been fowk willin tae let me intae their herts and minds … Unicorn bluid has strengthened me, thir past weeks … ye saw faithfu Quirrell drinkin it for me in the Forest … and aince I hae the Elixir o Life, I will be able tae create a body o ma ain … Noo … why no gie me that Stane in yer pocket?'

Sae he kent. The feelin suddently skelpit back intae Harry's legs. He stummled backarties.

'Dinnae be a fuil,' snirled the face. 'Better save yer ain life and jine me … or ye'll meet the same end as your parents … They dee'd beggin me for mercy …'

'LEEAR!' Harry shoutit suddently.

Quirrell wis walkin backarties at him, sae that Voldemort could still see him. The evil face wis noo smilin.

'Hoo touchin …' it hissed. 'I ayewis value bravery … Aye, laddie, yer parents were brave … I killt yer faither first, and he pit up a bonnie fecht … but yer mither didnae need tae dee … she wis tryin tae protect ye … Noo gie me the Stane, unless ye want her her daith tae hae been in vain.'

'NUT! NEVER!'

Harry lowped toward the flame door, but Voldemort skraiched 'SEIZE HIM!' and the nixt second, Harry felt Quirrell's haun close on his airm. At wance, a needle-shairp pain bleezed across Harry's scaur; his heid felt as though it wis aboot tae rive in twa; he yowled, strauchlin wi aw his micht, and tae his surprise, Quirrell let go o him. The pain in his heid dwyned – he looked aroond wildly tae see whaur Quirrell had gane, and saw him haudin himsel in pain, lookin at his fingirs – they were comin oot in bealin plooks afore his een.

'Seize him! SEIZE HIM!' skirled Voldemort again, and Quirrell lunged, clourin Harry clean aff his feet, landin on tap o him, baith hauns aroond Harry's thrapple – Harry's scaur wis awmaist blinnin him wi pain, yet he could see Quirrell yowlin in agony.

'Maister, I cannae haud him – ma hauns – ma hauns!'

And Quirrell, though peenin Harry tae the groond wi his knaps, lowsed his grup on his thrapple and glowered, dumfoonert, at his ain loofs – Harry could see they looked burnt, raw, reid, and sheeny.

'Then kill him, fuil, and be done!' skraiched Voldemort.

Quirrell liftit his haun tae perform a deidly curse, but Harry, by instinct, raxed up and grabbit Quirrell's face –

'AAAARGH!'

Quirrell rowed aff him, his face bealin and aw, and then Harry kent: Quirrell couldnae touch his bare skin, no wioot sufferin awfie pain – his ainly chaunce wis tae keep haud o Quirrell, keep him in eneuch pain tae stap him fae daein a curse. Harry lowped tae his feet, caucht Quirrell by the airm, and hangit on as ticht as he could. Quirrell skirled and tried tae fling Harry aff – the pain in Harry's heid wis biggin – he couldnae see – he could ainly hear Quirrell's awfie skraichs and Voldemort's yowls o 'KILL HIM! KILL HIM!' and ither voices, mibbe in Harry's ain heid, cryin, 'Harry! Harry!'

He felt Quirrell's airm wrenched fae his grup, kent aw wis lost, and fell intae bleckness, doon … doon … doon …

Somethin gowd wis glentin jist above him. The Sneckie! He tried tae catch it, but his airms were ower heavy.

He blenked. It wisnae the Sneckie at aw. It wis a pair o glesses. Hoo streenge.

He blenked again. The smilin face o Albus Dumbiedykes cam sweemin intae view abune him.

'Guid efternoon, Harry,' said Dumbiedykes.

Harry gawped at him. Then he mindit: 'Sir! The Stane! It wis Quirrell! He's got the Stane! Sir, quick –'

'Calm yersel, dear boay, ye're a wee bit ahint the times,' said Dumbiedykes. 'Quirrell doesnae hae the Stane.'

'Then wha does? Sir, I –'

'Harry, please relax, or Madam Pomfrey will hae me flung oot.'

Harry swallaed and looked aroond him. He jaloused he must be in the hospital wing. He wis leein in a bed wi white linen sheets, and nixt tae him wis a table happit high wi whit looked like hauf the sweetie shop.

'Gifties fae yer freends and admirers,' said Dumbicdykes, beamin. 'Whit happened doon in the dungeons atween you and Professor Quirrell is a complete secret, sae, naturally, the haill schuil kens. I believe yer freends Misters Fred and Geordie Weasley were responsible for tryin tae send ye a cludgie seat. Nae doot they thocht it wid cheer ye up. Madam Pomfrey, hooever, felt it widnae be awfie hygienic, and confiscatit it.'

'Hoo lang hae I been in here?'

'Three days. Mr Ronald Weasley and Miss Granger will be maist relieved ye hae cam roond, they hae been extremely worrit.'

'But sir, the Stane –'

'I see ye're no tae be pit aff. Verra weel, the Stane. Professor Quirrell didnae manage tae tak it fae ye. I arrived in time tae pit a stap tae that, although ye were daein awfie weel on yer ain, I hiv tae say.'

'Ye got there? Ye got Hermione's hoolet?'

'We must hae crossed in mid-air. Nae sooner had I raxed London than it became clear tae me that the place I should be wis the ane I had jist left. I arrived jist in time tae pou Quirrell aff ye –'

'It wis you.'

'I wis feart I micht be ower late.'

'Ye nearly were, I couldnae hae keepit him aff the Stane muckle langer –'

'No the Stane, boay, you – the effort involved nearly killt ye. For wan awfie moment there, I wis feart it had. As for the Stane, it has been destroyed.'

'Destroyed?' said Harry blankly. 'But yer freend – Nicolas Flamel –'

'Oh, ye ken aboot Nicolas?' said Dumbiedykes, soondin delichted. 'Ye did dae the thing richt, did ye no? Weel, Nicolas and I hae had a wee blether, and agreed it's aw for the best.'

'But that means him and his wife will dee, does it no?'

'They hae eneuch Elixir pit by tae set their affairs in order and then, aye, they will dee.'

Dumbiedykes smiled at the look o bumbazement on Harry's face.

'Tae wan as young as you, I'm shair it seems gey incredible, but tae Nicolas and Perenelle, it really is like gaun tae their bed efter a verra, verra lang day. Efter aw, tae the weel-organised mind, daith is but the nixt great adventure. Ye ken, the Stane wisnae really sic a wunnerfu thing. As muckle siller and life as ye could want! The twa things maist humans wid choose abune aw – the trouble is, humans are awfie guid at choosin jist thae things that are warst for them.'

Harry lay there, no kennin whit tae say. Dumbiedykes hummed a wee bit and smiled at the ceilin.

'Sir?' said Harry. 'I've been thinkin ... Sir – even if the Stane's awa, Vol–, I mean, You-Ken-Wha-'

'Caw him Voldemort, Harry. Ayewis use the proper name

for things. Fear o a name increases fear o the thing itsel.'

'Aye, sir. Weel, Voldemort's gaun tae try ither weys o comin back, is he no? I mean, he hasnae gane, has he?'

'Naw, Harry, he hasnae. He is aye oot there somewhaur, mibbe lookin for anither body tae share … no bein truly alive, he cannae be killt. He left Quirrell tae dee; he shaws jist as smaw mercy tae his disciples as his enemies. Nanetheless, Harry, while ye micht ainly hae hindert his return tae pouer, it will ainly tak somebody else wha is prepared tae fecht whit seems a losin battle nixt time – and if he is hindert again, and again, why, he micht never win back tae pouer.'

Harry noddit, but stapped quickly, because it made his heid hurt. Then he said, 'Sir, there are some ither things I'd like tae ken, if ye can tell me … things I want tae ken the truth aboot …'

'The truth.' Dumbiedykes seched. 'It is a bonnie and scunnersome thing, and should therefore be treatit wi great caution. Hooanever, I will answer yer questions unless I hae a verra guid reason no tae, in which case I beg that ye'll forgie me. I winnae, o coorse, lee.'

'Weel … Voldemort said that he ainly killt ma mither because she tried tae stap him fae killin me. But whit wey wid he want tae kill me in the first place?'

Dumbiedykes seched verra deeply this time.

'Alas, the first thing ye spier me, I cannae tell ye. No the day. No the noo. Ye will ken, wan day … pit it fae yer mind for noo, Harry. When ye are aulder … I ken ye hate tae hear this … when ye are ready, ye will ken.'

And Harry kent it wid be nae guid tae argue.

'But why could Quirrell no touch me?'

'Yir mither dee'd tae save ye. If there is wan thing Voldemort cannae unnerstaund, it is love. He didnae realise that love as pouerfu as yer mither's for you leas its ain merk. No a scaur, nae visible sign … tae hae been loved sae deeply, even though the person wha loved us is gane, will gie us some protection for aye and aye. It is in yer verra skin. Quirrell, fu o hatred, greed, and ambition, sharin his sowel wi Voldemort, couldnae touch ye for this reason. It wis agony tae touch a person merked by somethin sae guid.'

Dumbiedykes noo became gey interestit in a bird oot on the windae sill, which gied Harry time tae dry his een on the sheet. When he had foond his voice again, Harry said, 'And the Invisibility Cloak – dae ye ken wha sent it tae me?'

'Ah – yer faither happened tae lea it in ma possession, and I thocht ye micht like it.' Dumbiedykes' een skinkled. 'Usefu things … yer faither used it maistly for sneakin aff tae the kitchens tae chore food when he wis here.'

'And there's somethin else …'

'Fire awa.'

'Quirrell said Snipe –'

'Professor Snipe, Harry.'

'Aye, him – Quirrell said he hates me because he hatit ma faither. Is that richt?'

'Weel, they did raither detest each ither. No unlike yersel and Mr Malfoy. And then, yer faither did somethin Snipe could never forgie him for.'

'Whit?'

'He saved his life.'

'Whit?'

'Aye …' said Dumbiedykes dreamily. 'Funny, the wey

fowk's minds wark, is it no? Professor Snipe couldnae staund it bein in your faither's debt … I dae believe he warked sae haurd tae protect ye this year because he thocht that wid mak him and yer faither even. Then he could gang back tae hatin yer faither's memory in peace …'

Harry tried tae unnerstaund this but it made his heid poond, sae he stapped.

'And sir, there's ane mair thing …'

'Jist the wan?'

'Hoo did I get the Stane oot o the keekin gless?'

'Ah, noo, I'm gled ye spiered me that. It wis ane o ma mair brilliant ideas, and atween you and me, that's sayin somethin. Ye see, ainly somebody that wantit tae find the Stane – find it, but no use it – wid be able tae get it, itherwise they'd jist see themsels makkin gowd or drinkin Elixir o Life. Ma brain whiles surprises even me … Noo, nae mair questions. I suggest ye mak a stert on thae sweeties. Ah! Bertie Bott's Ivry Flavour Beans! I wis unfortunate eneuch in ma bairnheid tae cam across a boak-flavoured wan, and I've been aff them ever since – but I think I'll be safe wi a nice toffee, whit dae ye think?'

He smiled and papped the gowden-broon bean intae his mooth. Then he cowked and said, 'Waesucks! Lug wax!'

Madam Pomfrey, the nurse, wis a nice wummin, but gey strict.

'Jist five meenits,' Harry pleaded.

'Absolutely no.'

'Ye let Professor Dumbiedykes in …'

'Weel, o coorse, that wis the heidmaister, quite different. Ye need tae rest.'

'I am restin, look, lyin doon and awthin. Haw, please, Madam Pomfrey …'

'Och, verra weel,' she said. 'But five meenits ainly.'

And she let Ron and Hermione ben.

'*Harry!*'

Hermione looked ready tae fling her airms aroond him again, but Harry wis gled she decidit tae haud back as his heid wis still gey sair.

'Och, Harry, we were shair ye were gaun tae – Dumbiedykes wis sae worrit –'

'The haill schuil's talkin aboot it,' said Ron. 'Whit really happened?'

It wis ane o thae rare occasions when the true story is even mair streenge and excitin than the wild rumors. Harry telt them awthin: Quirrell; the keekin gless; the Stane; and Voldemort. Ron and Hermione were a verra guid audience; they gowped in aw the richt places, and when Harry telt them whit wis unner Quirrell's turban, Hermione skirled oot lood.

'Sae the Stane's awa?' said Ron finally. 'Flamel's jist gonnae dee?'

'That's whit I said, but Dumbiedykes thinks that – whit wis it? – "tae the weel-organised mind, daith is but the nixt great adventure."'

'I ayewis said he wis gyte,' said Ron, lookin quite impressed at hoo aff his heid his hero really wis.

'Sae whit happened tae you twa?' said Harry.

'Weel, I got back aw richt,' said Hermione. 'I brocht Ron roond – that taen a while – and we were nashin up tae the Hooletry tae contact Dumbiedykes when we met him in the

Entrance Ha – he awready kent – he jist said, 'Harry's gane efter him, has he no?' and breenged aff tae the third flair.'

'Dae ye think he meant ye tae dae it?' said Ron. 'Sendin ye yer faither's Cloak and awthin?'

'Weel,' Hermione explodit, 'if he did – I mean tae say – that's awfie – ye could hae been killt.'

'Naw, it isnae,' said Harry, aw thochtfu. 'He's a unco man, Dumbiedykes. I doot he kinna wantit tae gie me a chaunce. I think he kens mair or less awthin that gangs on here, ye ken. Nae doot he had a guid idea we were gaun tae try, and insteid o stappin us, he jist taucht us eneuch tae help. I dinnae think it wis an accident that he let me find oot hoo the keekin gless warked. It's awmaist like he thocht I had the richt tae face Voldemort if I could …'

'Aye, Dumbiedykes is aff his heid, aw richt,' said Ron proodly. 'Listen, ye've got tae be up for the end-o-year feast the morra. The pyntes are aw in and Slydderin won, o course – ye missed the lest Bizzumbaw match, we got gubbed by Corbieclook wioot ye – but the scran'll be guid.'

At that moment, Madam Pomfrey broostled ower.

'Ye've had nearly fifteen meenits, noo OOT,' she said firmly.

Efter a guid nicht's sleep, Harry felt nearly back tae normal.

'I want tae gang tae the feast,' he telt Madam Pomfrey as she redd up his sweetie pokes. 'Can I no?'

'Professor Dumbiedykes says ye're tae be alloued tae gang,' she said sniffily, as though in her opinion Professor Dumbiedykes didnae realise hoo risky feasts could be. 'And ye hae anither veesitor.'

'Oh, guid,' said Harry. 'Wha is it?'

Hagrid shauchled through the door as he spoke. As usual when he wis indoors, Hagrid looked ower muckle tae be alloued. He sat doon nixt tae Harry, taen wan look at him, and birst oot greetin.

'It's – aa – meh – bloomin – faut!' he sabbed, his face in his hauns. 'Eh telt yon sleekit belter hoo tae get past Fluffy! Eh telt him! It wis the ainly thing he didna ken, and Eh telt him! Ye could hae dehd! Aa for a draigon egg! Eh'll never drink again! Eh should be flung oot and made tae live as a Muggle!'

'Hagrid!' said Harry, shocked tae see Hagrid shakkin wi grief and remorse, muckle tears poorin doon intae his beard. 'Hagrid, he'd hae foond oot somewey, this is Voldemort we're talkin aboot, he'd hae foond oot even if ye hadnae telt him.'

'Ye could hae dehd!' sabbed Hagrid. 'And dinna say that name!'

'VOLDEMORT!' Harry yellyhooed and Hagrid wis sae shocked, he stapped greetin. 'I've met him and I'm cawin him by his name. Please cheer up, Hagrid, we saved the Stane, it's awa noo, he cannae use it. Hae a Chocolate Puddock, I've got hunners ...'

Hagrid dichted his neb wi the back o his haun and said, 'That minds me. Eh've got ye a present.'

'It's no a futrat on a piece, is it?' said Harry anxiously, and at lest Hagrid gied a wee geegle.

'Na. Dumbiedykes gied me the day aff yisterday tae fix it. O coorse, he should hae gien me ma jotters insteid – onywey, Eh got ye this ...'

It seemed tae be a braw, leather-covert buik. Harry opened

it curiously. It wis fu o warlock photies. Smilin and wavin at him fae ivry page were his mither and faither.

'Sent hoolets aff tae aa yer parents' aald schuil freends, spierin for photies ... kent ye didnae hae ony ... dae ye like it?'

Harry couldnae speak, but Hagrid unnerstood.

Harry made his wey doon tae the end-o-year feast alane that nicht. He had been held up by Madam Pomfrey footerin aboot, insistin on giein him wan lest look ower, sae the Great Ha wis awready fu. It wis decked oot in the Slydderin colours o green and siller tae celebrate Slydderin's winnin the Hoose Tassie for the seeventh year in a raw. A muckle banner shawin the Slydderin serpent covert the waw ahint the High Table.

When Harry walked in there wis a sudden wheesht, and then awbody sterted talkin loodly at wance. He slippit intae a seat atween Ron and Hermione at the Gryffindor table and tried tae ignore the fact that fowk were staundin up tae look at him.

Fortunately, Dumbiedykes arrived soon efter. The bletherin dee'd awa.

'Anither year gane!' Dumbiedykes said cantily. 'And I must trouble ye wi an auld man's wheezlin waffle afore we sink oor teeth intae oor delicious feast. Whit a year it has been! I hope yer heids hae a wee bit mair in them than they had ... ye hae the haill simmer aheid o ye tae get them guid and toom afore nixt year sterts ...

'Noo, as I unnerstaund it, the Hoose Tassie here needs tae be awardit, and the pyntes staund thus: in fourth place, Gryffindor, wi three hunner and twal pyntes; in third, Hechlepech, wi three hunner and fifty-twa; Corbieclook has fower hunner and twinty-sax and Slydderin, fower hunner and seeventy-twa.'

A stramash o cheerin and strampin broke oot fae the Slydderin table. Harry could see Draco Malfoy bangin his tassie on the table. It wis a sicht that wid seiken ye.

'Aye, aye, weel done, Slydderin,' said Dumbiedykes. 'Hooanever, recent events must be taen intae accoont.'

The room gaed awfie still. The Slydderins' smiles slippit a wee bit.

'Ahem,' said Dumbiedykes. 'I hae a wheen lest-meenit pyntes tae dish oot. Let me see. Aye …

'First – tae Mr Ronald Weasley …'

Ron gaed aw purpie; he looked like a radish wi a sunburnt face.

'… for the best-played gemme o chess Hogwarts has seen in mony years, I award Gryffindor Hoose fifty pyntes.'

Gryffindor cheers near raised the beglamoured ceilin; the staurs owerheid seemed tae shoogle. Percy could be heard tellin the ither Prefects, 'Ma brither, ye ken! Ma youngest brither! Got past McGonagall's muckle chess set!'

At lest there wis silence again.

'Second – tae Miss Hermione Granger … for the use o cool logic in the face o fire, I award Gryffindor Hoose fifty pyntes.'

Hermione hid her face in her airms; Harry strangly suspectit she had birst oot greetin. Gryffindors up and doon the table were aside themsels – they were a hunner pyntes up.

'Third – tae Mr Harry Potter …' said Dumbiedykes. The room went deidly quiet. '… for pure smeddum and ootstaundin courage, I award Gryffindor Hoose saxty pyntes.'

The din wis deefenin. Thae anes that could add up

while yowlin themsels hoarse kent that Gryffindor noo had fower hunner and seeventy-twa pyntes – exactly the same as Slydderin. They had tied for the Hoose Tassie – if ainly Dumbiedykes had gien Harry jist wan mair pynte.

Dumbiedykes raised his haun. The room gradually wheeshtit.

'There are aw kinds o courage,' said Dumbiedykes, smilin. 'It taks a great deal o smeddum tae staund up tae oor enemies, but jist as muckle tae staund up tae oor freends. I therefore award ten pyntes tae Mr Neville Langdowper.'

Somebody staundin ootside the Great Ha micht weel hae thocht some sort o explosion had taen place, sae lood wis the noise that eruptit fae the Gryffindor table. Harry, Ron, and Hermione stood up tae yowl and cheer as Neville, white wi shock, disappeart unner a bourach o fowk huggin him. He had never won as muckle as a pynte for Gryffindor afore. Harry, aye cheerin, dunted Ron in the ribs and pynted at Malfoy, wha couldnae hae looked mair scunnered and seik if he'd jist had the Body-Bind Curse pit on him.

'Which means,' Dumbiedykes cawed ower the rammy o applause, for even Corbieclook and Hechlepech were celebratin the doonfa o Slydderin, 'we need a wee chynge o decoration.'

He clapped his hauns. In an instant, the green banners became scairlet and the siller became gowd; the huge Slydderin serpent disappeart and a touerin Gryffindor lion taen its place. Snipe wis shakkin Professor McGonagall's haun, wi an ugsome, forced smile. He caucht Harry's ee and Harry kent at wance that Snipe's feelins toward him hadnae chynged a button. This didnae worry Harry. It seemed as though life wid be back tae normal nixt year, or as normal as it ever wis at Hogwarts.

It wis the best evenin o Harry's life, better than winnin at Bizzumbaw, or Yule, or knockin oot moontain trows … he wid never, ever forget the nicht.

Harry had awmaist forgotten that the exam results were aye tae cam in, but cam in they did. Tae their muckle surprise, baith he and Ron passed wi guid merks; Hermione, o coorse, had the best merks o aw the first-years. Even Neville scartit through, his guid Herbology merk makkin up for his dreidfu Potions yin. They had hoped that Gurr, wha wis jist aboot as glaikit as he wis thrawn, micht be flung oot, but he had passed and aw. It wis a shame, but as Ron said, ye couldnae hae awthin in life.

And suddently, their wardrobes were toom, their kists were packed, Neville's puddock wis foond scowkin aboot in a corner o the cludgies; notes were haundit oot tae aw students, warnin them no tae use magic ower the holidays ('I ayewis hope they'll forget tae gie us these,' said Fred Weasley a wee bit doonhertit); Hagrid wis there tae tak them doon tae the fleet o boats that sailed across the loch; they were boardin the Hogwarts Express; bletherin and lauchin as the country-side became greener and mair trig; chawin Bertie Bott's Ivry Flavour Beans as they sped past Muggle touns; pouin aff their warlock gouns and pittin on jaikets and coats; pouin in tae platform nine and three-quarters at King's Cross station.

It taen a wee whilie for them aw tae get aff the platform. A bauchlie auld guaird wis up by the ticket bairrier, lettin them gang through the gate in twas and threes sae they didnae attract attention by breengin aw at wance oot o a solid waw and fleggin the Muggles.

'Ye hae tae cam and stey at oor hoose this simmer,' said Ron, 'baith o ye – I'll send ye a hoolet.'

'Thanks,' said Harry. 'I'll need somethin tae look forrit tae.'

Fowk elbaed them as they moved forrit toward the gatewey back tae the Muggle warld. Some o them cawed:

'Bye, Harry!'

'See ye, Potter!'

'Ye're aye famous,' said Ron, grinnin at him.

'No whaur I'm gaun, I promise ye,' said Harry.

He, Ron, and Hermione passed through the gatewey thegither.

'There he is, Maw, there he is, look!'

It wis Ginny Weasley, Ron's younger sister, but she wisnae pyntin at Ron.

'Harry Potter!' she skirled. 'Look, Maw! I can see –'

'Be quiet, Ginny, and it's rude tae pynte.'

Mrs Weasley smiled doon at them.

'Busy year?' she said.

'Awfie,' said Harry. 'Thanks for the fudge and the ganzie, Mrs Weasley.'

'Oh, it wis naethin, dear.'

'Are ye ready or whit?'

It wis Uncle Vernon, aye purpie-faced, aye wi his mowser, aye lookin bealin at the nerve o Harry cairryin a hoolet in a cage in a station fu o ordinar decent fowk. Ahint him stood Auntie Petunia and Dudley, lookin frichtit at the verra sicht o Harry.

'Ye must be Harry's faimly!' said Mrs Weasley.

'That's wan wey o pittin it,' said Uncle Vernon. 'Hurry up, laddie, we've no got aw day, ye ken.' He walked awa.

Harry steyed back for a lest word wi Ron and Hermione.

'See ye ower the simmer, then.'

'Hope ye hae – er – a guid holiday,' said Hermione, lookin uncertainly efter Uncle Vernon, shocked that onybody could be sae soor-faced.

'Och, I will,' said Harry, and they were surprised at the muckle grin that wis spreidin ower his face. 'They dinnae ken we're no alloued tae use magic at hame. I'm gonnae hae hunners o fun wi Dudley the haill simmer lang …'